新潮文庫

道ありき

青春編

三浦綾子著

道ありき

青春編

「われは道なり、真理《まこと》なり、生命《いのち》なり」　イエス・キリスト
（新約聖書、ヨハネ伝福音書第十四章六節）

はじめに

　わたしはこの中で、自分の心の歴史を書いてみたいと思う。

　ある人は言った。

「女には精神的な生活がない」

と。果たしてそうであろうか。この言葉を聞いたのは、わたしが女学校の低学年の頃であった。その時わたしは、妙にこの言葉が胸にこたえた。なぜなら、たしかに女の話題は服装や髪形、そして人のうわさ話が多いように少女のわたしにも思われたからだ。

(女にだって魂はある。思想はある。いや、あるべきはずである)

　その時わたしは、そう自分自身に言いきかせた。

　これは、わたしの心の歴史であって、必ずしも、事実そのままではない。というより、書けない事実もあったと言ったほうがいい。なぜなら四十代の私の自伝には、他の人にさしさわりのある場合が多いからである。人を傷つけるようなことは、極力避けるつもりである。そんなわけで何人かは仮名にした。

しかし、心の歴史である以上、わたしの精神的な生活を豊かにし、生長させ、もしくは傷つけた事柄は、なるべく事実に即して書いていきたい。話は昭和二十一年、二十四歳の時から現在に至るまでである。

一

昭和二十一年四月、たしかその日は十三日ではなかっただろうか。啄木忌《たくぼくき》であったと記憶している。わたしの所に西中一郎から結納が届く日であった。

ところが、どうしたわけかわたしは急に貧血を起こして倒れてしまった。生まれて二十四年、かつて一度も貧血など起こしたことのないわたしであった。だから、よりによって、婚約の日に貧血を起こして倒れたということは、わたしに不吉な予感を与えた。

床の中で意識をとりもどしたわたしは、自分がどんな気持で婚約しようとしていたかを、反省せずにはいられなかった。実はあきれた話だが、わたくしは、もう一人の

Tという青年とも、結婚の約束をしていたのである。つまり二重婚約ということになる。そのような荒れた生活に至ったのには理由があった。

昭和二十一年という年は、敗戦の翌年であった。その敗戦という事実と、わたし自身の問題とを語らなければ、このわたしの婚約もわかってもらえないのではないかと思う。

わたしは、小学校教員生活七年目に敗戦にあった。

わずかこの一行で語ることのできるこの事実が、どんなに日本人全体にとっては勿《もち》論《ろん》、わたしの生涯にとっても、大きな出来事であったことだろう。

七年間の教員生活は、わたしの過去の中で、最も純粋な、そして最も熱心な生活であった。わたしには異性よりも、生徒の方がより魅力的であった。

授業が終って、生徒たちを玄関まで見送る。すると生徒たちは、

「先生さようなら」「先生さようなら」

と、わたしの前にピョコピョコと頭を下げて、一目散に散って行く。ランドセルをカタカタさせながら、走って帰っていく生徒たちの後姿をながめながら、わたしは幾度涙ぐんだことだろう。

（どんなに熱心に、どんなにかわいがって教えても、あの子たちにはどこよりも母親

のそばがいいのだ）

わたしは、内心子供たちの親が羨《うらや》ましくてならなかった。わたしは、ずいぶんきびしい教師であったけれども、子供たちは無性《むしょう》にかわいかった。

あるいは、こんな受持教師の愛情を、母親たちは、知らないのではないだろうか。よく勉強のできる子をかわいがるとか、美しい子をひいきにするとか言って、受持の教師の悪口をいう母親たちが今もいる。

しかし、一度でも生徒を受け持ってみたらわかることと思う。たしかに、最初の一週間ほどは、眉目《みめ》かたちの美しい子や、積極的に質問する生徒は目につく。それは、目につくということであって特に目をかけるということとはちがう。

だが、一週間も過ぎると、できる子もできない子も、美しい子も目立たない子も、一様にかわいくなってくるのだから不思議である。それはちょうど、結婚したら顔のことなど、それほど気にならないような、夫と妻との関係に似ている。

わたしは生徒一人一人について、毎日日記を書いた。つまり、生徒の数だけ日記帳を持っていたことになる。生徒の帰ったガランとした教室で、山と積み重ねた日記帳の一冊一冊にわたしは日記を書きつづっていった。

「国語の時間に、突然立ち上がって、気をつけ！　と号令をかけた人志君。びっくりして人志君を見つめると、頭をかいてすわった。わたしはニヤリとした。きょうは秋晴れのよい天気で、さっきから運動場で古川先生が四年生に号令をかけていられた。その号令に気をとられた人志君、たまらなくなって、自分も号令をかけてみたくなったのだろう。将来どんな青年になるか楽しみである」とか、

「図画の時間、飛行機を上手に書いていた守君。机間《きかん》巡視をしながら、うまいねと声をかける。鼻をすすり上げながら得意そうにほめられた飛行機を隣や後の友だちに見せている。やがて図画の時間も終わる頃、守君の絵は真黒にぬりつぶされていた。いったいどうしたのと尋ねると、守君ニコニコして、あのね先生、飛んでいるうちにすごい嵐《あらし》にあったんだよ。わたしは心打たれて、黙って守君の頭をなでた」

というような、日記が夕ぐれ近くまでのわたしの仕事となる。

ひとクラス五十五、六名の生徒のうち、毎日三人か四人はどうしても印象に残らない子供がでてくる。そんなときには、翌日第一時間目にわたしはその記憶になかった子供たちに、質問をしたり本を読ませたりする。これがわたしの、受持教師としての心ひそかなおわびであったのだ。

わたし自身はかなり熱心な教師のつもりであったし、生徒をふかく愛しているつもりでもあった。だが、一課終るまでに必ず、国語なら、クラス全員に朗読させるとか、

算数なら、問題のわからない子を必ず残して、放課後教えこむとかした。これは、生徒たちにとって甚《はなは》だ迷惑な教師ではなかったかと思う。

彼らにはただ無闇《むやみ》にきびしいだけの先生に思われたかもしれない。そんなことのひとつに、こういうことがあった。

クラスに土井芳子という生徒がいた。その時芳子は四年生であったが、各課目とも、成績がよく、特に綴《つづ》り方が上手であった。かなり大人《おとな》な感情を持っているのを、受持教師として、わたしはたのもしく思っていた。

ある日の遊び時間のことであった。その子を中心に、四、五人の子供が石けりをして遊んでいた。すると、ひとりの生徒がやってきて、

「わたしも加てて」

と頼んだ。加ててとは、仲間に加えてちょうだいということである。その子は家も貧しく、成績もよくはなかった。

「知らないもん」

と、土井芳子はそっけなく答えた。

そばでわたしは他の生徒たちと、縄とびをしていたが、二人のようすに注意を払ってみていた。

「加てて芳子ちゃん」

　ことわられたその子は、なおも嘆願した。しかし今度は、芳子は何も答えずにその子の顔をみているだけであった。

「加てて、ねえ、加てて」

　その子は余程石けり遊びをしたかったのであろう。三度四度と嘆願するが、芳子は、

「知らんもん」

　と言ったまま、もうその子の方をみようともしなかった。他の子供たちは、いわば女王に仕える侍女のような態度で、何の口出しもしない。

「芳子ちゃん、一緒に遊んであげなさい」

　わたしが言うと、芳子はだまってうつむいたまま答えない。その時、第三時間目の始業のベルが鳴った。

　教室に入ったわたしは、教科書を開かずに、先《ま》ず芳子の名を呼んだ。

「芳子ちゃん、一緒に遊ぶことができないのなら、一緒に勉強しなくてもいいんですよ」

　わたしのきびしい言葉に、芳子はハッとしたようにうなだれた。

「お立ちなさい。芳子ちゃんは勉強しなくてもよろしい」

芳子は泣きだした。

「芳子ちゃんと一緒に遊んでいた人たちは、なぜ加ててと人が言った時、加ててあげなかったのですか」

そうは叱《しか》ったが、その子供たちはそのまま机にすわらせておいた。芳子は泣いて謝ったが、わたしは決して許そうとしなかった。この賢い子が、今身に沁《し》みて覚えなければならないことを、わたしは叩《たた》きこんでおきたかった。とうとうその日は、芳子を教室の隅にすわらせたまま自分の席には戻さなかった。

翌日、翌々日と三日間遂《つい》に芳子は自分の席に戻ることができなかった。

わたしは、心ひそかに芳子に期待していたのである。貧しいとか、成績が悪いとかいうことで、人間を差別してはいけないということを、少女のうちにしっかりと胸に刻みこんで欲しかったのである。

考えてみると、芳子には三日間もそんな罰を加える必要はなかったのだ。利口なだけにすぐに芳子はわたしの気持をわかってくれたはずであった。だが、わたしも若かった。芳子に期待する余り、三日間もその席にすわらせなかったのは、行き過ぎであった。

けれども、わたしは真剣であったのである。そして恐らく、遊びに加えてもらえなかった子供が、余りにもかわいそうで、わたしは心から憤《いきどお》っていたのかもしれない。

自分は真剣なつもりで教育をしていたが、しかし、本当のところ、まだ教育とは何かということを、よくわかってはいなかったのではないかと思う。もし、教育ということが、どんなものであるかを知っていたならば、わたしは決して教師にはならなかったにちがいない。

二

満十七歳にならないで、小学校の教師になったわたしの最初の赴任校は、ある炭鉱街にあって、四十人ほどの職員がいた。その学校は、甚だ変わった学校であった。第一に、その出勤時間の早いこと、午前五時には校長はじめ何人かの先生が既に出勤している。本当は六時半までに行けばよいのだが、校長が五時には出勤しているからである。

ある先生が、うす暗がりの校庭に箒《ほうき》を持つ校長の姿に、

「すみません、おそくなりまして」

と言ったところ、

「あんたはいつもすまんというが、わしより早く来れないのかね」

と言われたことを、去年も思い出話の中で聞いた。

何しろ、戦時中のことである。国中がどこか狂っていたような時代であったから、このような学校もあったわけだろう。午前五時から六時頃まで奉安殿の回りや、校庭はきれいにそれこそ箒の目が立てられる。その箒の目を踏んで登校する時の気のひけたことを今も忘れない。

午前六時半から、七時までは修養の時間とか言って、全職員は自分のための修養の本を読むのである。七時には職員朝礼である。それは教員に賜わった勅諭を奉読し、教育歌をうたう。

「真清水《ましみず》の、よし濁《にご》ることがあろうとも
そこに咲く花を清く育てるのがわが使命である」

こんな意味の歌詞ではなかったかと思う。

うたい終ると、当番の教師が感話をする。たとえば次のような話が印象に残っている。

「雪のふる日、校庭を横切るのに、真直《まっす》ぐに歩こうと、目標を定めて歩いて行く。目標の所に来て振り返ると、真直ぐに歩いたはずなのに自分の足跡はひどくあちこちに曲がりくねって歩いている」

この話をした森谷武という先生は、特に国語の力のあった先生で、わたしも尊敬していた。この言葉は、女学校を出たばかりの十七歳のわたしには、非常に含蓄のある、教えられる言葉であった。

こんな感話の後、校長が感想を述べる。朝が早いということは辛《つら》かったが、この職員朝礼はわたしにはおもしろい三十分であった。

七時から七時半まで生徒の自習時間、七時半から朝礼で二千名以上の生徒が整列して、運動場に集まり、そしてまた教室に戻るだけで優に三十分はかかる。授業の始まる午前八時には、コックリコックリ居眠りをする先生がいるという伝説が生まれたほど、何しろ出勤時間の早い学校であった。

出勤時間ひとつをとってみても、まことに恐るべき学校であり、また時代であったといえるように思う。他はおして知るべしで、何かとおもしろい（今になってはおもしろいといえるが……）話がたくさんある。

とにかく、女学校を卒業して、いきなり飛びこんだ社会が、出勤時間からかなり異状であったにしろ、教師というものはこのように朝早くから修養につとめ、勉強するものであるということを、疑いもなくわたしは受け入れていた。

そして、そのことは若いわたしにとって、薬にこそなれ、大した毒にはならないようにその時は思っていた。

「如何《いか》なる英雄も、その時代を超越することはできない」

という諺《ことわざ》がある。まして、英雄どころか、西も東もわからぬ小娘には、その時代の流れを的確につかむことはできようはずはなかった。

「人間である前に国民であれ」

とは、あの昭和十五、六年から、二十年にかけての最も大きなわたしたちの課題であった。今、この言葉を持ち出したならば、人々はげらげらと笑い出すことだろう。そうした時代の教育は、天皇陛下の国民をつくることにあったわけである。だから、この教育に熱心であるということは、わたしの人間観が根本から間違っていたということになる。

敗戦がわたしにとって、どんな大きなものであったかと前に記した理由がわかってもらえるだろうか。

敗戦と同時に、アメリカ軍が進駐してきた。つまり日本は占領されたのである。そのアメリカの指令により、わたしたちが教えていた国定教科書の至る所を、削除しなければならなかった。

「さあ、墨を磨《す》るんですよ」

わたしの言葉に、生徒たちは無心に墨を磨る。その生徒たちの無邪気な顔に、わたしは涙ぐまずにはいられなかった。先ず、修身の本を出させ、指令に従いわたしは指示する。

「第一頁《ページ》の二行目から五行目まで墨で消してください」

そう言った時、わたしはこらえきれずに涙をこぼした。かつて日本の教師たちの誰が、外国の指令によって、国定教科書に墨をぬらさなければならないと思った者があろうか。このような屈辱的なことを、かわいい教え子たちに指示しなければならなかった教師が、日本にかつて一人でもいたであろうか。

生徒たちは、黙々とわたしの言葉に従って、墨をぬっている。誰も、何も言わない。修身の本が終わると、国語の本を出させる。墨をぬる子供たちの姿をながめながら、わたしの心は定まっていた。

（わたしはもう教壇に立つ資格はない。近い将来に一日も早く、教師をやめよう）

わたしは、生徒より一段高い教壇の上にいることが苦痛であった。こうして、墨をぬらさなければならないというのは、一体どんなことなのかとわたしは思った。

（今までの日本が間違っていたのだろうか。それとも、日本が決して間違っていない

とすれば、アメリカが間違っているのだろうか)

わたしは、どちらかが正しければ、どちらかが間違っていると思った。

(一体、どちらが正しいのだろう)

敗戦になったばかりで、日本の国は文字通り、上を下への大さわぎであった。わたしの勤めている学校にも、駐屯していた陸軍中隊があったが、敗戦と同時に、絶対服従の軍律はまるで嘘《うそ》のように破れ、上官を罵《ののし》る者や、なぐる者さえ出た。

昨日までは、上官の前では、直立不動でものを言っていた兵隊が、歩き方まで、いかにも横柄《おうへい》であった。

(昨日までの軍隊の姿が正しいのか。それとも今の乱れたように見える姿が正しいのか。一体どちらが正しいのであろうか)

わたしにとって、切実に大切なことは、

「一体どちらが正しいのか」

ということであった。

なぜなら、わたしは教師である。墨でぬりつぶした教科書が正しいのか、それとも、もとのままの教科書が正しいのかを知る責任があった。

誰に聞いても、確たる返事は返ってこない。みんな、あいまいな答えか、つまらぬことを聞くなというような、大人ぶった表情だけである。

「これが時代というものだよ」

　誰かがそう言った。時代とは一体何なのか。今まで正しいとされて来たことが、間違ったことになるのが時代というものなのか。

（わたしは七年間、一体何に真剣に打ちこんできたのだろう。あんなに一生懸命に教えてきたことが誤ちなら、わたしは七年をただ無駄にしただけなのだろうか。いや、誤ちを犯したということは無駄とは全くちがう。誤ちとは手をついて謝らなければならないものなのだ。いや、場合によっては、敗戦後割腹した軍人たちのように、わたしたち教師も、生徒の前に死んで詫《わ》びなければならないのではないだろうか）

　そんなことを考えているうちに、わたしは、わたしの七年の年月よりも、わたしに教えられた生徒たちの年月を思った。その当時、受け持っていた生徒は四年間教えてきた生徒たちであった。人の一生のうちの四年間というのは、決して短い年月ではない。彼らにとって、それは、もはや取り返すことのできない貴重な四年間なのだ。その年月を、わたしは教壇の上から、大きな顔をして、間違ったことを教えて来たのではないか。

（もし、正しかったとすれば、これから教えることが間違いになる）

どちらかわからぬことを教えるより、潔《いさぎ》よく退職して、誰かのお嫁さんにでもなってしまおうか。そんなことを考えていた矢先に、わたしの前に現れたのが、先に記した西中一郎だった。

（誰かのお嫁さんにでもなろうか）

という安易な態度で彼と婚約しようとしたわたしに、何者かが警告しようとしたのでもあろうか。結納の日に、わたしは脳貧血を起こして倒れたのである。

そして、間もなく肺結核でわたしはほんとうに倒れてしまったのである。

三

昭和二十一年三月、すなわち敗戦の翌年、わたしはついに満七年の教員生活に別れを告げた。自分自身の教えることに確信を持てずに、教壇に立つことはできなかったからである。そしてまた、あるいは間違ったことを教えたかもしれないという思いは、絶えずわたしを苦しめたからであった。

全校生徒に別れを告げる時、わたしはただ淋《さび》しかった。七年間一生懸命に、全力を注いで働いたというのに、何の充実感も、無論誇りもなかった。自分はただ、間違ったことを、偉そうに教えてきたという恥ずかしさと、口惜しさで一杯であった。教室に入ると、受持の生徒たちは泣いていた。男の子も、女の子も、おいおい声をあげて泣いている。その生徒たちの顔を見ていると、わたしは再び決して教師にはなるまいと思った。

無論、わたしも泣いた。一年生から四年生まで教えた子供たちに、限りない愛着を覚えずにはいられない。もう、ここに立って一人一人の顔を見、名前を呼ぶこともできなくなるのだと思うと、実に感無量であった。

わたしは決してやさしくはなかった。きびしいだけの教師であったかもしれなかった。けれども、弁当の時間、漬物しか持って来ない子供たちには、自分のお菜ひと切れずつでも分けてやった。分けてやらずにはいられないようなつながりが、教師と生徒というもののつながりではないだろうか。

そのうちに、わたしは校長の許可を得て、給食を始めた。その頃は勿論《もちろん》給食などのない時代である。生徒に、朝の味噌汁《みそしる》の実《み》を、ひとつまみずつ学校に持たせてよこすようにした。それと、味噌をほんの少々。

豆腐あり、キャベツあり、大根あり、油揚あり、実にいろいろの実が、ひとつ鍋《なべ》にぶちこまれる。それをズン胴のストーブにかけて授業をする。弁当の時間には、味噌を入れて味をととのえ、各自持参のお椀《わん》に分ける。

この味噌汁は大好評で、家では決して味噌汁を食べなかった生徒も、味噌汁好きになった。食糧のない頃の、特に寒い旭川《あさひかわ》の冬のお菜として、この味噌汁は成功であった。

別れに際して、そんなこともかえって、悲しみの種となった。

(もうこの子たちに、味噌汁を作ってやることもなくなる)

何だかやめて行くことが悪いような気もした。子供たちは、どこまでも、どこまでもわたしを送って来て帰ろうとしない。とうとう、二十二、三町離れているわたしの家まで、子供たちは送ってきてくれた。

たしかその日わたしは、子供たち一人一人に、別れの手紙を手渡して来たはずである。几帳面《きちようめん》な子なら、今もその手紙を持っていてくれることだろう。

こうして、とうとう学校を辞めてしまったわたしは、失恋したもののように、しばらく学校の回りをうろうろした。再び教壇に帰ろうとは思わなかったにしても、生徒たちの顔はひと目でも見たかった。けれども、新しい後任の教師に対して失礼だから、子供たちの顔を見に学校の中まで入ることはできなかった。授業の始まっている学校の回りを、ただうろうろしていただけであった。

そして、そんな中でわたしは西中一郎やTと婚約したのである。

二人のうちの西中一郎から結納の入る日に、わたしが脳貧血を起こしたことは前にも書いた。貧血がおさまって、気がついた時には、既に結納が入っていたのも、後で考えると、何か象徴的な気がする。とにかく何ものかに罰せられているような感じがつきまとって離れなかった。

それから一カ月半たった六月一日であった。わたしは突如、四十度近い熱を出してしまった。翌朝、目が覚めると、体じゅうの節々が痛い。わたしはてっきり、リウマチだと思った。昭和二十一年のその頃、まだあった人力車に乗ってわたしは病院に行った。医者もリウマチだと言い、ザルブロを打ってくれた。その頃は、ザルブロでもなかなか貴重な薬であった。

一週間ほどして熱も落ち着き、足の痛みもなくなったが、体は七キロ近くもやせ、微熱がなかなか去らなかった。五、六町離れている病院に通うのにも息切れがして、日に日に体は弱るばかりであった。

（もしかしたら、肺病かもしれない）

わたしは、ひそかに覚悟していた。

この頃では、肺結核と言って肺病とは言わない。肺病という言葉には、何ともたとえようのない陰気な、不吉なひびきがあった。肺結核と診断されるのは、死刑と宣告されるのと同じひびきがあったからである。

だから、その頃の医師は肺結核を肋膜《ろくまく》と言ったり、肺浸潤と言ったりした。その方が、幾分でも病状を軽く感じさせたからであろう。果たしてわたしも、

「軽い肺浸潤です。三カ月入院すればなおります。ただし、すぐに入院しなければ死にますよ」

と、言われた。その療養所に三カ月と言われて入院した者は、その後何年も療養しなければならなかったし、六カ月入院と言われて入った人たちのほとんどは死んだ。でも、自分たちは肺病ではなく、肺浸潤だと思っていたのだから、あわれな話である。

医師の診断を聞いた父も母も、一言として愚痴を言わなかった。給料取りの父にとって、中学生、小学生の子供たちのいる生活の中から、わたしを入院させなければならないということは、どんなに困難なことであったろう。母としても、婚約がととのったばかりの娘の発病は、どんなに大きなショックであったことかわからない。当時の両親の心の中を思うと、今でも泣きたくなってくる。

それなのに、親不孝なわたしは、親の胸中を思いやるよりも、自分本位な考え方で、この発病を心ひそかに喜びさえしたのである。それは、生徒たちに誤ったことを教え

たという自責の念が肺結核発病によって、やっと薄らぐような思いがしたからである。
実の話、わたしは本気になって、乞食《こじき》でもしようかと思っていた。乞食の言葉は、決して人々にそれほど大きな影響を与えることはない。誰も乞食の言葉を信用することはないからだ。けれども、一段高い所に上った教師の言葉を、純真な子供たちは、疑いもなく信じこんでしまう。信じられるということの責任を、敗戦によってわたしは文字どおり痛感したのである。乞食になって、誰にも何をも語らず、ひっそりと生きて行くならば、少なくともこの世に害毒を流す恐れはないと思っていた。そして、それが生徒たちへの、教師としての自分の詫びであるとも思っていた。

箱庭の夢は微塵《みじん》に砕けたり

安易な考えによる婚約であるとはいえ、それはそれなりに、小さな夢がないではなかった。たとえ、箱庭ほどのささやかな設計であるにせよ。だが、肺結核発病は、わたしの心をさわがせはしなかった。むしろ、来るべきものが来たような、そんな気持であった。

四

婚約者の西中一郎は、ひとことで言うならば、真面目《まじめ》で誠実な男性であった。わたしが発病するや否《いな》や、彼は遠くの地から、直ちに見舞にやって来た。そして、その見舞は、彼のその後の何年間かの仕事となってしまった。ある月は、その月給の全額を、わたしの見舞に送ってくれたこともある。旭川に来ると、

「駄目だよ、そんなものを食べていては」

と、筋子《すじこ》や肉などを沢山買いこんで来てくれたこともある。何とか病気をなおしたいと言って、生長の家の本を何冊も持って来て、枕元《まくらもと》で読んでくれたこともあった。わたしが、痰《たん》を出そうとすると、いち早く手を伸ばして痰壺《たんつぼ》を取り、わたしの口元まで持って来てくれる。実によく気のつく親切な人でもあった。俳句を作ったりして、よく手紙もくれた。生活力もあり、ミスター北海道にかつぎ出されようとしたほど、美しい容貌《ようぼう》と、優れた体格をしていた。

わたしの弟たちにも親切で、弟たちは「一郎さん」「一郎さん」と言って、よくなついた。いわば、一点の非の打ち所のない男性に思われた。

しかし、わたしの心は、彼を離れて暗く荒れて行った。もはや、その時のわたしには、「信ずる」ということが、一切できなくなっていたのである。二十三歳の年まで、信じ切ってきたものが、何もかも崩れ去った敗戦の日以来、わたしは、信ずることが恐ろしくなってしまった。そうした、わたしの心の動きを、西中一郎はわかってくれそうもなかった。

ある日、わたしは尋ねた。

「一郎さん、あなたは、どんな悩みを持っていて?」

「ぼくには悩みなんて、何にもないな。悩みなんてぜいたくだよ」

彼は明るい顔で、何の屈託もないように答えた。あるいは、病床のわたしに、悩みなど話すことは、タブーだと思っていたのかもしれない。だが、わたしは若かった。その言葉を聞いたとたん、

（悩みのない人など、わたしには無縁だ）

と、思ってしまったのである。わたしは、人間とは、悩み多いものであるべきだと思っていた。

少なくとも人間である以上、理想というものを持っているべきではないか。理想を持てば、必然的に現実の自分の姿と照らし合わせて、悩むのが当然だとわたしは思っ

ていた。わたしの悩みは、何とかして、信ずべきものを持ちたいということの反語ではなかったろうか。

あれほどの親切な、誠実な西中一郎に、悩みがない訳はなかったであろう。現に、婚約者のわたしの病気こそ、最大の悩みではなかったか。彼が、

「ぼくには悩みなどない」

と、言ったのは、わたしへのいたわりの言葉であったのだと気づいたのは、大分後のことであった。とにかく、その時から、わたしは西中一郎と共に語る言葉を失ってしまった。わたしは、暗い目をして、果たして何のために生きようとしているのかと、自分の心の中を探りつづけていた。

わたしの姉百合子《ゆりこ》は、やはり体が弱かった。けれども、十町ほど離れている療養所に、朝早く来ては食事をととのえてくれた。

その頃の療養所は、看護婦もたった二人で、給食はなかった。掃除さえ患者がし、みんな七輪をパタパタあおいで、煙にむせながら、自炊をしていたのである。わたしは、生きることに喜びを持たない自分のために、朝早く炊事に来てくれる姉が、ひどくいたいたしく思われてならなかった。姉が実にやさしく、親切であればあるほど、わたしは何か心が重かった。

（こんなにしてもらっても、わたしは、何のお返しもできずに、死んでしまうのよ）

わたしは、姉の後姿に時々そんなことを呟《つぶや》いていた。

わたしが、自分を死ぬと思ったのは、誇張でも何でもない。敗戦直後の、あの食糧もなく、餓死する人さえあった時代である。無論、ストレプトマイシンもパスも、ヒドラジッドもなかった。療友は、文字どおり軒並に死んで行った。昨日まで、咳《せき》に苦しみながら、米を磨《と》いでいた患者が、今日は大喀血《だいかっけつ》をして死んでしまう。そんなことが幾度もあった。

わたしはここで死んだとしても、それほど残念だとは思わなかった。生徒たちに対して、すまないと思いつづけて来たからばかりではなかった。わたしには、生きる目標というものが見つからなかったのである。何のためにこの自分が生きなければならないか、何を目当てに生きて行かなければならないか、それがわからなければどうしても生きて行けない人間と、そんなこととは一切関《かか》わりなく生きて行ける人間があるように思う。わたしはその前者であった。

何を目標に生きてよいかわからないのに、生きているということは、ひどく苦痛であった。わたしは、何者をも信ずることができず、この世のものすべてがむなしく思われた。虚無的な生活というものは、人間を駄目にする。第一に、すべてがむなしいのであるから、生きることに情熱はさらさら感じない。それどころか、何もかも馬鹿《ばか》らしくなってしまうのだ。すべての存在が、否定的に思われてくる。自分の存在すら、肯定できないのだ。

そのようなわたしが、西中一郎に対しても、情熱を失ったのは、いたし方のないことであった。だが、たったひとつ、わたしには否定できないものがあった。それは教え子たちに対する愛情である。

四カ月ほど経《た》った十一月、炊事も、掃除もできなくなったわたしは家に帰った。そのわたしの所に、教え子たちは幾度も見舞に来た。そして、新しく習った歌を唄《うた》ってくれたり、学校の話を聞かせてくれた。それが、どんなにわたしの心を慰めてくれたことだろう。また、炭鉱の学校時代に受持の生徒だった中井忠男は、その頃、アルバイトをしたお金で、卵をどっさり買って来た。あまり沢山なので、畳の上に並べてもらうと、畳一畳にびっちり並ぶほどの数であった。もらったわたしよりも、うれしそうな中井の顔を見て、わたしはただ教師であったという理由だけで、こんなに沢山のものを受けていいのだろうかと、恐れさえした。中井は、その後、コークスを何叺《かます》も送ってくれて、きびしい冬の旭川で療養するわたしを助けてくれた。今、中井は慶応大学に勤めている。

そしてまた、わたしの後任の、二宮生男先生は教え子たちを連れて幾度も見舞に来てくださった。この先生は、わたしが辞めてから赴任して来られたので、一日も机を並べて勤めたわけではない。けれども、わたしを前任者として、あくまでも礼を尽くしてくださった。子供たちが六年を卒業する頃であった。二宮先生は、展覧会に出した子供たちの図画や習字を届けてくださった。男の生徒たちが、それを六畳の病室の壁いっぱいに展示してくれた。わたしはそれを、長いこと外さずに置いた。その一枚一枚を、幾度も幾度もながめながら、その生徒たちを思い浮かべていた。夜中にふっと目が覚めて、周囲の壁にある図画や、習字が目に入ると、わたしは泣きたいほど生徒たちが懐《なつか》しかった。

もし、生徒たちへの愛情がなかったとしたら、わたしはあの虚無的な生活で、生きて行くことは到底できなかったに違いない。そのわたしの心を、見通していたかのように、二宮先生は実によくわたしを慰めてくださった。その中で最も忘れられないのは、卒業式の日のことである。

朝から、わたしは教え子たちの卒業式を思って心が落ち着かなかった。卒業式というのは、教師にとって最もうれしい日のはずであるのに、実は最も辛《つら》い日である。自分が一度も教えたことのない生徒たちの卒業式でさえ、思わず涙ぐんでしまうのが、小学校の教師というものである。まして、受持の生徒ともなれば、どんなにしっかりした、およそ涙とは縁のないような男の先生であっても、つい泣いてしまうのが常である。

退職して二年も経ったわたしでも、教え子たちの卒業式を、ひと目でも見たいというのは人情の自然というものではなかったろうか。何もかもがつまらなく思われていたはずなのに、教え子に対する感情だけは以前のままであった。

「ごめんください」

正午近い時であった。玄関の戸がガラリと勢いよく開けられて、男の声がした。取次に出た母が廊下を小走りにわたしの部屋にやってきた。

「綾《あや》ちゃん、生徒さんたちが、先生につれられて来ていますよ」

わたしはハッと驚いて、布団《ふとん》の上に起き上がった。狭い病室の中に入ってもらうわけにはいかない。その頃は、まだ、脊椎《せきつい》カリエス発病以前であったから、家の中を歩くことはできた。わたしは急いで着替えをすると、玄関に出て行った。

家の前には、生徒たちが全員整列して、わたしの方を見つめていた。

「先生、おかげさまで、全員無事卒業することができましたので、ごあいさつに参りました」

若い二宮生男先生が、きびきびとした口調でそう言うと一礼した。わたしはその時、自分が何を言ったか、全く覚えていない。ただ、生徒たちが声をそろえて唄う、

「仰げば尊しわが師の恩……」

の歌が、今もはっきりと耳に残っているだけである。

二宮先生と共に、雪どけ道をふり返り、ふり返り、去って行く生徒たちの後姿をながめながら、よい先生に受け持たれた生徒たちの、五年生六年生の二年間を思って、わたしもまたしあわせであった。今も、この時のことを思うと、感動的な名画の一場面のようにわたしの胸に迫ってくる。

五

しかし、虚無というものは、恐ろしいものである。こんなにわたしを支えてくれた生徒たちのことも、結局はわたしを救ってはくれなかった。何もかも、つまらなくなり、すべてのものが信じられなくなるという、その生活の中で、わたしは次第に心が荒れて行った。

自炊できる体力ができた昭和二十三年八月、わたしは再び療養所に入院した。その

療養所は、男女合わせて、三十人ばかりの小さな療養所であった。患者の中には、三木清に傾倒するヒューマニストもいた。懐疑的なわたしに向かって、

「ヒューマニズムって最高だと思わない」

と、目を輝かすその学生に、わたしはついては行けなかった。

人間が中心の思想に、わたしは何の感動もなかった。あの、忘れられない敗戦の、苦い体験が、わたしに人間というものの愚かさ、頼りなさをいやというほど教えてくれた。

「君は、懐疑のための懐疑主義者じゃないか」

そうも言われた。

また、非常に心のきれいなマルキストも、療養者の中にいた。彼は熱心にわたしをマルキシズムへ誘おうとした。だが、わたしは、唯物論《ゆいぶつろん》を理解することができなかった。ベッドに寝ていて、白い壁をながめる。朝の壁の色と、昼の壁の色と、そして夕べの壁の色とは全くちがう。壁はたしかに客観的にそこに存在する。しかし、いつの壁の色が、その壁本来の色であろうか。わたしは、そんなことからでも、何か、人間の客観性というものを疑わずにはいられなかった。まして、人間の目は、ほんとうに生きるために大事なものを全部見ているとは思えなかった。否、生きるために一番大

事なものを、人間の目は見ることができないような気さえした。唯物論は何かと学ぶ前に、わたしは受けつけることができなかったのである。

「貧乏がなくなり、みんなが平均した富の社会になることは、たしかにうれしいことね。でも、それだけで人間はほんとうに幸福にならないような気がするの。お釈迦《しやか》さまは、王子様で、金があり、健康で、その上美貌の妻と、かわいい子供がいたのに、その城を捨てて山に入ったということが、何かすごく象徴的な気がするの」

そんなことをいうわたしから、マルキストの彼は離れて行った。塚越さんという人だった。

その外、学問だけが最高だと信ずる人や、文学だけが命だという人もいた。恋愛至上主義者もいた。誰もが、何かを至上としているような、若々しい空気の療養所の中で、わたしの心はひとり滅入《めい》っていくばかりであった。

皮肉なことに、投げやりな生き方になればなるほど、わたしの周囲に、男や女が沢山集まるようになった。わたしは二十七歳になっていたから、適当に人をあしらうことも知っていた。いや、それは二十七歳になっていたからではなく、自分を大事にしないと同様に、人を大事にすることを知らなかったから、いい加減に人あしらいができたのだろう。

そんなふうになって行ったある日のこと、わたしを訪ねて来たのは、思いがけなく幼なじみの前川正であった。

六

幼なじみの前川正のことにふれる前に、ここで、わたし自身の生まれ育った背景である家族のことを述べて置きたいと思う。

わたしの父の生まれた苫前《とままえ》は、日本海に面した北海道の一漁村である。わたしは小学校四年の時、初めてこの村に行った。案内してくれた土地の親戚《しんせき》の者が、

「ここもあんたの家の土地だった。あそこもあんたの家の土地だった」

と、教えてくれた。そして、沖の彼方《かなた》に眉《まゆ》のように見える二つの島、天売《テウリ》・焼尻《ヤギシリ》を指さして、

「あんたのおじいさんが、この苫前村に手柄があったというので、あの島をあげると言われたそうだが、おじいさんは欲がなくて、もらわなかったそうだよ」

と語った。わたしが寺に行くと、

「旭川の堀田さんのお嬢さんがいらっしゃった」

と歓迎された。

父方の祖父も祖母も、わたしの生まれる前に死んでいて、少女のわたしにとっては、二人とも何の関心もない存在であった。だが、この時初めてわたしは、祖父や祖母を身近に感じ、二人のことを知りたいと思うようになった。多勢の家族を抱えて、父の生活は決して楽ではなかったから、もうすでに失われたものではあっても、苫前における祖父や祖母の華やかな生活は、少女のわたしにひとつの夢に似たものを感じさせたのだろう。

父方の祖父は十六歳で単身佐渡から渡道した。明治六年のその頃、今は大きな町である羽幌《はぼろ》町（苫前村の隣町）も渡し守の家が一軒あるだけであったという。祖父は十六歳で呉服の行商をして、日本海岸の漁村を売り歩いていた。後に苫前に、米・みそ・醤油《しょうゆ》などから小間物呉服に至るまで扱う大きな店を持った。蔵が三つ、番頭が五人、女中が二人で、その頃の小さな村の店としては、かなり手広くやっていたようである。

祖父は村総代をしていた。その頃は戸長役場時代と言って、村議会制のなかった頃だった。夜、学校の先生たちが給料のことで、祖父の所によく来ていたという。この祖父はおだやかな性格で、怒った顔を見せたことのない人であったそうだ。この祖父を誰もがほめるばかりなので、欠点の多いわたしとは何の血のつながりもないような気さえする。

祖母は、祖父とは対照的な激しい性格の人であったようだ。いつか父が、山田五十《いす》鈴《ず》の写真を見て、

「ほう、これはおかあさんにそっくりだ」

と、懐しげに見入っていたことがある。寺のお坊さんでも、祖母の前にすわると動きたくなくなって、なかなか帰って行かなかったという話を幾度か聞かされた。気前がよく、食事時に訪ねてくる人には、ご用聞きでも見知らぬ人でも招じ入れて食事をもてなした。もてなしたと言っても、多分味噌汁《みそしる》と漬物ぐらいであったろう。とにかく、二斗樽《だる》の漬物が一日で空になったことも、珍らしくなかったと聞いたが、誇張ではないようだ。佐渡から祖父を頼って来た人を、家に二、三カ月居候《いそうろう》させて、一軒の店を持たせたことも一度や二度ではなかったらしい。今の時代では想像もできない気っぷのいい話である。しかし、気の毒な貧しい人には、手づかみで銀貨銅貨を与えたというこの祖母も、何か気に入らないことをされると、前にやった布団を返せとか、着物を返せとか言ったというから、かなり稚気《ちき》のある、きかない人であったらしい。

この祖母は四十一で夫に先立たれた。花札が好きで、花札で勝った金は、仲間をつ

れて料理屋で散じてしまったそうである。着物から下着までいっさい絹ばかりだったということも、その頃としては大変な贅沢《ぜいたく》であったろう。この、贅沢で、カケ事の好きな、そして、気性の激しい美人の祖母には、まだまだ人間臭い話があるのだが、これはまたの機会に書いてみたい。この祖母の性格の激しさは、父を通じてわたしたちきょうだい十人全部に流れている。

祖父は父が十五歳の時に、祖母は父が二十二歳の時に死んだ。祖父死後十二年の間に、七万五千坪からの土地も、海産干場《かんば》と言って、いわば海岸の地主のような権利数カ所も、店も蔵もいっさい失われていた。明治末期で、その海産干場のあがりは一カ所、年百円内外だったというからそれだけでも相当な収入であった筈《はず》である。

長男の父が十五歳では、店の切り盛りもむずかしく、その上祖父の死後も、祖母の生来の気の大きさで、出費は依然として変らなかった。更に、これは北海道の漁場の一種の運命でもあったろうか、網元が鰊網《にしんあみ》をおろしても、毎年大漁とは限らない。盆暮二度の勘定払で貸した米、味噌、醤油、莚《むしろ》その他いっさいの貸が一銭も入らない年がある。内地から多数のヤン衆がやって来て、飲み食いしたり、着たりしたものが、金で支払われず、そのカタに網や船を押しつけられた。この高価な網や船をそのまま遊ばせて置くのはもったいないと、つい漁《りょう》に手を出した。当れば大きいが、外れれば損害は更に大きい。そんなことの失敗も幾度か重なり、遂《つい》には売食い十二年で素寒貧《すかんぴん》になったわけである。

父も勝気で、何かしようと思ったらしいが、漁村では漁師以外にすることはなかったようである。今も、わたしたちは天売・焼尻の島を、一種の感慨を持たずに眺めることはできない。しかし、あの島を祖父がもらっていたとしても、わたしたち孫にとって、それが必ずしも幸福であったとは思わない。

母方の祖父は同じ苫前の造材師であったという。この祖父は余りわたしたちの心に影を落してはいない。だが、祖母は九十三歳で健在であり、小さい時からわたしたちきょうだいにとって、大きな安らぎを与えてくれる人であった。この祖母はいつも人の身になってものを考える人である。三十九歳で夫を失い、子供五人を抱えて苦労した筈だが、とげとげした所の全くない、実にやさしい人である。いろいろと貧乏も経験した末に、息子が社長と呼ばれる地位に着いた。だが、この祖母は、抱えの運転手にもきわめて丁重《ていちょう》で、自分は何の取柄もない人間であると頭を低くしている。だから、丹羽文雄《にわふみお》の「厭《いや》がらせの年齢」を読んだ時、わたしは実に驚いた。わたしにとって老人とは、祖母のように万事控え目で、いつも人のことを思いやることのできる豊かな感情を持ち、人々に敬愛される存在だと思っていたのである。残念ながらこの祖母の性格は、母には受け継がれていても、わたしにはひとかけらも伝わってはいない。だが、父は苫前の小学校を尋常科も高等科も一番で出たというが、頭は確かにいい。祖母に似て性格は激しく、一徹な人で好き嫌いもハッキリしている。旭川に来て行商をしたこともあるが、後に新聞社に勤めるようになり、無尽会社にも勤めた。おもしろいのは、定刻の一時間前に出社しなければ気のすまぬことである。これは出勤時間だけではなく、汽車に乗る時も同様で、ある時、岩見沢駅前の親戚の家から旭川に帰る時、駅前の家なのに、発車時刻の一時間前にその家を出て、駅で汽車を待っていたことがある。これは今も家人の語り草になっている。

祖父と祖母の性格から推して考えると、誰に似て父はこんな小心な一面があるのか不思議に思う。それだけに勤め先に対して忠勤なことも人一倍であった。父は晩年無尽会社に勤めたが、その会社が後に相互銀行になった。満六十でその銀行を停年退職したが、望まれて嘱託として二年間勤め、その後社長の親戚の土地の管理を委《まか》された。これは日頃の勤務ぶりを買われたからであろう。この管理していた土地が一部売りに出されたことがある。父も、借金してでも買えば買えないことはなかった。買った人の中には、程なく倍にして売った人もいて、父にも早く買った方がいいと勧める人が多かった。しかし父は、

「馬鹿《ばか》を言え。自分の管理している土地で、もうけることができるか」

と、頑強にその言葉を退けた。今になっても、あの時買って置けば大したもうけになったのにという話は出るが、父は一度も、買えばよかったとは言わない。わたしたち子供は、父を忠勤家老と呼んでいるが、この父の態度はやはり今の世に大事なことのように思っている。

母は静かな人である。十人の子供を育てながら、親戚の者や知人たちにもよく気を配り、子供たちの誕生日はもちろん、親戚知人の命日や四十九日などを正確に記憶していて、足まめに人を訪問する。それだけではなく、わたしがギプスベッドに寝たっきりになってからは、わたしの療友の見舞まで、自分から進んで行ってくれた。わたしは、この静かでいつも端然としている母には、余り似ない娘で、あぐらをかいたり、逆立ちをして母を嘆かせた方である。

きょうだいは兄三人、弟四人、姉一人、妹一人、その外に大きくなるまで姉だと思っていた父の妹が一人、甥《おい》が一人共に育っている。このきょうだいに共通しているのは、性格が激しいということである。だが家の中では、きょうだいげんかをすることは割合少なかったようだ。これは、母が父に叱《しか》られたりしないようにという気持が、かなり子供なりに働いていたからであろう。

父は、現代では失われているという父権を強力に持っていた。十五、六年前のある雪の夜半、父は屋根がみしみしいうようだと言って、眠っている息子たちを起した。屋根の雪をおろせというのである。弟たち四人はすぐさま飛び起き、屋根に上って雪をおろした。この時、誰一人眠いとか寒いとか文句を言った者はなかった。この時のことを、父は時々思い出すらしく、

「うちの子供たちは、えらい所がある」

と、すまなそうに言うことがある。親戚の者も、

「堀田の子供たちが、親に口返しをしているのを見たことがない。素直な子供ばかりだ」

と、再々ほめてくれる。子供たちが素直だったのか、父権が強かったのか、とにかく、確かにそういう所はあった。しかしそのことが、ほめられるべきことであったかどうかと、疑問に思うこともある。

職場では、どのきょうだいもみなかなりきかないようである。家中で一番やさしいおとなしい五男坊の弟の職場に、わたしはある時電話をかけた。

「タロやん電話だよ」

取次に出た人が、弟を呼んだ。弟の名は太郎ではない。後に不思議に思ってこの弟

に尋ねると、

「二、三年前にね、ケンカタローの映画が来たんだ。その主人公がおれのようにきかないものだから、その主人公の名がついたのさ」

弟はそう言って笑った。

この一番おとなしい弟にして然《しか》り、他は推して知るべしという所であろう。それぞれにかなりの激しい性格でありながら、家庭では自制する知恵もあったのだろう。

七

きょうだいが多いのは、かなりの煩《わずら》わしさもないではないが、豊かな人生経験を与えられる機会は、一人っ子よりは確かに多い。たとえば、弟や妹の誕生である。まだ人間の顔をしていない赤ん坊ではあっても、それはわたしに姉らしい気持を呼び起してくれた。タライの中で産湯《うぶゆ》をつかわれている赤ん坊を毎日飽かずに眺めたり、すぐに背中が苦しくなるのに、自分から頼んで背負わせてもらったり、ヨチヨチ歩き始めたのを喜んだりする中で、わたしはわたしなりに何かを経験して行ったと思う。また、数が多いと、一年に一度は誰かしら入院するほどの重い病気になる。

わたしの只一人《ただ》の妹が、六つの時病気で死んだ。この妹陽子は数え年三つで字を読み始め、死ぬ年には小学校四年生程度の読み書きができた。この妹の手がわたしの手の中で次第に冷たくなっていくのを、どうしてやることもできなかった時、十三歳のわたしは、死というものを観念ではなく事実として知った。死の冷酷無情さは、その後のわたしの生き方に大きな変化をもたらしている。この時の枕《まくら》お経、

「あしたの紅顔夕べは白骨となる……」

という言葉が、妹の死によって実感させられた。また、

「人が死ぬ時には一族が集まって泣き悲しんでも、何の益にもならない」

といった意味のお経の言葉も身にしみた。学校から帰るとすぐに妹のお骨のある部屋に行き、そこで片仮名をふったお経の本を開いて読んだものである。

「女人ハ罪深ク、疑ヒノ心深イ」

とか、

「栄華栄耀《えいよう》ニフケリテオモフサマノコトナリト云《い》フトモ、ソレハ五十年乃至《ないし》百年ノウチノコトナリ」

とか、

「死ヌ時ニハ妻子モ財宝モ、ワガ身ニハヒトツモ相添フコトアルベカラズ」

とかのお経の言葉にも深く共感したりした。

夜おそく、家のすぐ近くの刑務所と学校の間の真っ暗な道を歩きながら、

「陽ちゃん出ておいで、陽ちゃん出ておいで」

と、死んだ妹に叫んだりしたのも忘れられない。妹に会えるのなら、幽霊でもかまわないと思ったものだった。この妹への愛惜が、小説「氷点」の主人公の名前になったわけである。

妹の死後三年目に、わたしのすぐ下の弟が大腸カタルで危篤《きとく》になり、夜半起されて病院に走った。この時も、妹のように弟も帰らぬ人になってしまうのではないかと、どんなに恐れたことだろう。病室の前の廊下に、父は額をすりつけて祈っていた。それは何とも言いようのない悲痛な姿であった。わたしも父と同じように、病院の廊下にべたりと両手をついて、一心に祈った。

「神さま、仏さま。どうか弟の命を助けて下さい」

何者に祈ってよいかわからぬわたしは、神と仏に二股《ふたまた》かけて祈った。涙がぼとぼとと廊下の板をぬらした。なぜこんなに悲しいことがあるのかと、ふっと生きて行くことが恐ろしくなるほど、わたしは悲しかった。弟が全快してからケンカをすると、わたしは、

「流した涙を返してちょうだい」

と、言ったりしたが、それほど真剣に祈ったということは、わたしの生まれて初めての経験であった。

やがて戦争がたけなわになり、弟も兄たちも兵隊に行った。長兄は、宣撫《せんぶ》班員として北支に渡り、現地で結婚することになった。写真見合できまった人は、マツ毛の長い背の高い美しい人であった。昭和十七年七月のある暑い日、その結婚式を旭川のわが家で挙げた。無論、北支から兄が帰ってくることはできない。花嫁姿のその横の席には、兄の羽織袴《はおりはかま》が置いてあった。只一人三三九度の盃《さかずき》に唇をふれる花嫁を見て、わたしは、何とも言えない哀《かな》しみのようなものを感じないではいられなかった。それは戦争がもたらしたひとつの運命に対してであったろうか、写真だけの見合で、まだ見ぬ遠い北支へ嫁入りするということに、深い感動もあった。この嫂《あによめ》をつれて四十九歳の母は、北京の長兄の所まで行った。帰りは満州を通り朝鮮を通って、一人、旭川まで帰って来た。その母の姿に、わたしは初めて母というものの強さを感じたものである。母になるということは何と大変なことであろうと、心ひそかに舌を巻いたものだった。

次兄は陸軍大尉《たいい》であったが、昭和二十三年三月戦病死した。この敗戦後の軍人の惨《みじ》めさを、わたしは次兄を通していやというほど見せつけられた。それは全く、時代の移り変りを鮮やかに染めわけたような感じですらあった。

このように、きょうだいの多いということは、いろいろの悲しみにもあう。その他、きょうだいの恋愛や、結婚や就職など、ひとつひとつ何かを考えさせられることにぶつかって、わたしたちは暮して来た。

わたしが前川正に会った昭和二十三年は、まだ長兄がシベリヤに抑留されており、次兄の死んだ年でもあった。わが家は総勢九人の大家族で、末の弟はまだ小学生、次兄の遺児も、更に小さかった。そんな中で、療養するわたしがいたのは、どんなに経済的に辛《つら》かったことだろう。小さな弟たちが羨《うらや》ましそうに見ている前で、わたしだけが白米を食べ、肉を食べることは、わたし自身も辛かった。だが弟たちも、それを見ている母たちも、どんなにか大変なことであったろう。そう思いながらも、生きる目標の定まらないわたしは、決して意欲的な療養者ではなかった。

前述したように、まだその頃は療養所の患者の受け入れ態勢が整っていなかったから、入所するためには少なくとも、自炊するだけの体力が必要であった。その療養所生活も金がかかるので、再入所したわたしは上川支庁管内の結核療養者の会の書記をした。その報酬は僅《わず》か月千円であったが、それでもその時のわたしにとって、千円はありがたい大金であった。

書記の仕事は、会員名簿にもとづいて、三百人からの結核患者に、会誌を編集したり、その郵送をしたり、またバターや栄養品の獲得に配慮することなどであった。自然、わたしの病室は、会の幹事たちや、会員のたまり場になった。

窮極の生きる目的は依然として見出《みいだ》せなかったが、さし当っての毎日は仕事が沢山待っていて、結構忙しかった。忙しければ気も紛れて、わたしは時々自分でギョッとすることがあった。

(わたしは何のために生きているかわからないのに、どうしてこんなふうに多くの人と話し合い、会の仕事をして行くことができるのだろう)

忙しさに紛れて、自分の生活が何かごまかされているような、押し流されているような、そんな感じがわたしにはひどく恐ろしかった。こんなふうに、いい加減に生きることに馴《な》れてしまっては、わたしは今に本当に駄目になってしまうと思うことがあった。

(わたしは今に、気の紛れることさえあれば、その日その日を暮して行ける、精神的日雇になってしまうのではないだろうか。今にその気の紛れることが、単なる遊びであっても、遊びによって自分を忘れた生き方をしてしまうのではないだろうか)

そんなふうに思い始めた頃、わたしの部屋を訪れたのは、結核患者の会の会員である幼なじみの前川正であった。

毎日わたしを訪れる男性の会員は何人かいて、時には訪問客が煩わしいと思うこともあった。だが、

「前川です。しばらくでした」

と、大きなマスクを外した前川正を見た時、わたしは喜んだ。

前川正がわたしの家の隣に移って来たのは、わたしが小学校二年生の時である。彼はその時四年生であった。その一年後に彼は五、六町離れた所へ移って行ったが、小学校は同じであった。彼が卒業する時、優等生であったし、旭川の名門である旭川中学校に一番で入学し、五年間級長を続けて、北大医学部に入学したことをわたしは知っていた。

少なくとも秀才である彼との会話は、響きのある面白いものであるだろうと、わたしは期待して喜んだのである。そして、わたしは先《ま》ず初めに、長年聞きたいと思っていた、彼の妹の美喜子さんについて尋ねた。彼女はわたしより二つ年下だったが、女学校に入学した年、肺結核で死んでいた。だが、伝え聞いたその死は、十三歳の少女とも思えぬ感動的な最後であったのである。

八

前川正の妹の美喜子さんは、わたしの家の隣に移って来た時、まだ小学校に入っていなかった。しかし、字もよく覚えていて、なかなかしっかりした子供だった。この子の口からよく「イエス様」とか「キリスト」とかいう言葉を聞いたが、小学校二年生のわたしには何のことかわからなかった。

その年のクリスマスに、教会に行こうと彼女に誘われて、わたしは初めてキリスト教の教会堂に入った。広い会堂の中に、子供たちがびっちりとすわっていて、舞台の右手の方にクリスマスツリーが飾られていた。そこで小学生たちが歌や劇や踊りをした。幼稚科の美喜子さんも羊飼になって、何かせりふを言った。その日わたしが一番驚いたのは、まだ小学校に入らない子供が、長い聖書の言葉をすらすら暗誦《あんしょう》したことである。そしてもうひとつ記憶に残っていることは、美喜子さんの父親がお祈りをしたことであった。わたしは子供心に、

（隣の小父《おじ》さんて、えらい人なんだなあ）

と思ったものである。あれだけ沢山の人の中で、ひとりお祈りをするというのは、

学校の校長先生くらい偉い人に違いないと思ったわけである。この日から、わたしの前川家に対する認識が新たにされた。それは、大人の言葉でいえば、前川家は「ただの家ではない、ただ人《びと》ではない」ということだったろう。

とにかく、生まれて初めてわたしを教会に誘ったのは、この美喜子さんが初めてだということで、今も忘れることはできない。

前川家はわずか一年ほどで、五、六町離れた九条十七丁目に移って行った。だが、正さんはわたしと同じ学校の二級上、美喜子さんは二級下であった。兄妹そろって成績がよかったので、話をすることがなくても、わたしの記憶に残っていた。

美喜子さんが死んだと聞いたのは、わたしが女学校三年生の時である。小学校の受持の先生の所に遊びに行くと、その先生が言った。

「堀田さん、二級下に前川美喜子さんていう人がいたのを知っている？」

「知ってるわ。元うちの隣に住んでいたから」

わたしは何気なく答えた。

「かわいそうに、あの人この間亡《な》くなったのよ」

背が高く、体格のよい体や、そして級長をしていた賢そうな彼女の顔などを一瞬に思い浮かべてわたしは驚いた。

「せっかく女学校に入ったばかりなのに、胸が悪くて死んでしまったのよ。でもねえ、自分が死ぬということをちゃんとわかっていて、それでもとても落ちついていたんですって。いよいよ死ぬ時になって、親や兄弟や先生やお友だちに、ていねいにお礼を言って、それからお祈りをして死んだんですって」

この話はわたしを打った。

いかにクリスチャンの家に育ち、幼い時から日曜学校に通っていたとはいえ、わずか十三歳になるかならぬかの年である。そんなにも従容《しょうよう》として死につくことができるものだろうかと、わたしは激しく心を打たれた。

だから、前川正に会って、わたしが一番先に聞きたかったのは、その妹の美喜子さんの臨終のことであった。だが、わたしがそのことを話すと、彼は、

「子供でしたからね。信仰が純だったんですよ」

と、おだやかに微笑しただけであった。

「じゃ、大人になったら、どんなに信仰があっても、美喜子さんのように死ねないというんですか」

わたしはいく分がっかりして尋ねた。

「まあ、そうでしょうね」

彼の答はあまりにも正直であった。

その日、たしかわたしたちはパスカルの「パンセ」について少し話をした。だが、秀才の誉れ高い彼の言葉にしては、その返ってくる言葉は、どれもあまりにもおだやか過ぎた。わたしは率直に言った。

「正さんて、有名な秀才だから、もっとおもしろい人かと思っていましたのに」

「十で神童、十五で才子、二十《はたち》過ぎればただの人って言いますからね。ぼくはただの人ですよ」

彼はそう言って、やはりおだやかに微笑しているだけであった。

その頃、療養所の中には、才気溢《あふ》れる学生たちが入院していたから、前川正との会話は、わたしをかなり失望させた。

（療養所の学生たちの方が、ずっとおもしろいわ）

生意気にも、わたしはそう思ってしまった。

その再会から二、三日たって、前川正から葉書が来た。これが、その後の千通余りにおよぶ手紙の第一信となったわけである。

静臥《せいが》中をお邪魔致し、申訳ありませんでした。原稿を書く方はなかなか出来ま

せんが、同生会の雑用等ありましたら、お手伝い致したく思っています。御健康を祈ります。また

この葉書を読んで、わたしの彼に対する印象はますますたいくつな人だということになってしまった。その後、二、三度葉書が来たが、どれもさしさわりのない便りばかりであった。しかし、幼なじみのありがたさで、二人は一、二度会っただけですぐに打ちとけた友だちになることができた。お互いに親のスネをかじり、貧しい療養者であったから、文通もほとんど葉書であった。小さい字で裏表にびっちり書くと、葉書でも千二百字は書けるのである。昭和二十四年二月二十三日、療養所のわたしから、自宅療養中の前川正宛《あて》の葉書は次のようなものであった。わたしが彼に書いた三度目の葉書である。

昨夜はどうしても眠る事が出来ないものですから、とうとうベッドの上に起き上がって、しばらくじっと坐《すわ》っておりました。
月が回《めぐ》って、西窓から光が射《さ》していました。その月光に照らされて、私の細い手が一層蒼《あお》く細く、何か自分の手でないような、妖気《ようき》の漂う凄味《すごみ》を帯びているの

でした。私は突然、何ともいえない冷気が背筋を走るのを感じて、夢中で手を振りました。そして枕元《まくらもと》の電気スタンドをつけました。赤いスタンドの傘の反射で、病室の空気の厚い層を感ずるような錯覚を覚えました。私はスタンドの傍《そば》近々と手を寄せて眺めました。それは細い青い静脈の浮いた手ではありますけれど、まさしく私の手でありました。あの月光に照らされていた時の、チロチロ燃える妙な妖気は消えて、二十幾年の間私の手であったように、まちがいもなく私の手であったのです。

二十六年の間に、私はこの手で何をつかみ、何をなして来たのでしょう。

善悪正邪交々《こもごも》の無数の業をなして来たに違いないこの手は、未《いま》だ何一つ善い事も悪い事もした事がないように、ほっそりとそして静かに電気スタンドの灯に照らされているのです。

過去において、多くの人々と握手をした時の感情も忘れたかのように、ひっそりと照らされているのです。ある時は情熱的に、ある時は性急に、またある時はものうい握手をして来たに違いない私の手は、余りに多くの人と握手をしたために、どの人がどんな肌ざわりを持っていたかをすっかり忘れているようです。無邪気と言えば無邪気、横着と言えば横着な話です。でも私は、そうした過去をさらりと忘れ去ったような無表情な手をみつめていると、何ともいえないいとしさを感じました。そしてトロイメライを無意識に弾くような気持で、床頭台の上を手が動き出した時、私はまたしてもこの手が自分では制御しがたい罪を犯して行くのではないかとゾッと致しました。

この白雲荘で、私はまた幾人かの人々と握手をして行くのでしょう。果たしてどんな握手をして行く事かと、電気スタンドの灯を消してベッドの中に入ってから、私は明方まで色々と考えつづけました。

この葉書の内容は、日記の中に書いて置いてもいいものだった。わざわざ彼にどうしても読んでもらわなければならないというものではなかった。それは彼でなくとも、あるいは他の友人に書いてもよかったのかも知れない。それなのに、この葉書を前川正にあてて書いたということに、わたしは自分の甘えを感ぜずにはいられない。そして多分前川正も、わたしのこの甘えを感じとったに違いない。彼はそれから、わたしの心の動きに注目するようになった。

彼は度々療養所に訪ねてくるようになった。彼が何度目かの見舞に来てくれていたある日の午後、外は雪が降っていた。ノックもせずに入って来た療養者の学生が、酒ビンを丹前の下からそっと出した。

「今夜のお楽しみだよ、預かっておいてね」

わたしはその酒ビンを、病室の押入にしまいながら言った。

「何人で飲むの」

「それっぽっちの酒だもの、君と、Kと三人でやろうよ」

男の患者はそう言って部屋を出て行った。

「綾ちゃん、あなたはお酒を飲むの」

いつにないきびしい声であった。

「ええ、時々ね」

平然としてわたしは答えた。

「なぜお酒なんか飲むんですか」

「おもしろくないからよ」

「じゃ、飲めばおもしろいんですか」

「そうね。別段飲んだからって、おもしろくもないわ。だけど、あなたってずいぶんうるさい人ね。少しぐらいお酒飲んだって、そんなに悪いことじゃないでしょ」

わたしはいらいらしていた。

「療養所に入っていてお酒を飲むなんて、そんな不まじめな療養態度ではいけませんよ。僕は医学生としても、断じて許せないことだと思いますね」

普段のおだやかな彼にも似合わない、断固とした言い方が、わたしのかんにさわった。

(あなたは、わたしの恋人でも何でもないわ。何の関係もないのに、少しうるさいわね)

そう思いながら、わたしは言った。

「正さん。だからわたし、クリスチャンって大きらいなのよ。何よ君子ぶって……。正さんにお説教される筋合はないわ」

何不自由なくクリスチャンの家庭に育って、聖書を読み、教会に通っているだけのお坊っちゃんに、わたしの生き方がわかってたまるものかと、わたしは心の中で毒づいていた。

「でも、綾ちゃんと僕は友人でしょう。友人なら忠告したっていいじゃありませんか」

彼は雪の降る窓に向かってそう言った。

「わたし、あなたをそんなにお友だちだとは思っていないわ」

「そうですか。じゃ、どうしてあんな葉書を、友人でもない者にくれたんですか」

「あんな葉書って？」

「手のことを書いた葉書ですよ。あれにはあなたの悲しみが、滲《にじ》み出ていると、僕は思いました。あの葉書をもらった時から、二人は友だちになったのだと思っていたんですけれど……」

答えられずにいるわたしに、彼の言葉が鋭く迫った。

「それとも、綾ちゃんは誰にでもあんな葉書を書くのですか。僕だから書いてくれたと思っていました」

彼はそう言って帰って行った。

九

その言葉はわたしには痛かった。わたしには、同生会の書記をしている関係もあって、異性の友人も何人かいた。そして、その中には簡単に愛を打ち明けてくる青年もいた。わたしは、人の心を大事にするということがどんなことか、まだわからなかった。愛するという男には、愛しているとわたしも答えた。それがどんなに悪いことかということなど、考えてもいなかった。なぜなら自分自身、生きるということが、どういうことかわからず、目的もなくただ生きていたから、他の人々もまた無目的に生きているに過ぎないものに思えた。

安静時間にじっと目をあけて寝ていると、光の中に漂う塵埃《じんあい》が目につく。ホコリは金色に光ったり、赤かったり、砂粒よりもなお細かい白いものもあった。ふっとひと息、息を吹くと、静かに漂っていた微塵《みじん》が、あわてたように四散する。光りを当てなければ見ることのできない細かな微塵の漂いを見つめながら、このチリホコリと、わたしたち人間と、どれほどの違いがあろうかとわたしは思っていた。だから、人が好きだと言ってくれれば、自分もまた、好きだと言ってやればいいように思っていた。

それでもたまに、

「愛するってどんなことなの」

そう反問することもある。するとある人はわたしに、アクセサリーをプレゼントしたり、ある人はまた、わたしの肉体を欲しいと言ったりした。その度に、わたしは心の中でゲラゲラと笑い出した。

(男が女を愛するって、そんなことだろうか)

わたしには、もっと違うものに思えてならなかった。

酒を飲むと言っても、実はわたしは、盃《さかずき》にふたつも飲めはしなかった。ただ、飲みながら話をする男たちの言葉に、何か生きていくために必要な真実のひとかけらでもありはしないかと、耳を澄ましていたのだった。だが、わたしが漠然とではあるけれど、期待しているような確かな手応《てごた》えのある話はなかなか出て来なかった。

「砂枕をするとよく眠れるよ」

「なぜ」

「サウンドリーに眠れるもの」

せいぜいそんな駄じゃれが飛び出すくらいのものである。中学一年生でニイチェを読んだという早熟な学生も、道内で有数の詩人だという青年も、単に会話がおもしろかっただけであった。誰もが結局は誰かの言葉を真似《まね》ていた。ちょうどその頃サルトルの小説が読まれていて、誰もが実存主義者であった。そして、とうにわたしが読んでしまったその小説の中の言葉を、得々として自分の言葉として語っているだけだった。三木清を読む者は、自分が三木清であるかのように語り、トルストイを読む者は、自分がトルストイのように悩んでみせるだけだった。少なくとも当時のわたしにはそのように思われたのである。それでも女の友だちと話するよりは、男の友だちと話する方が楽しかったから、わたしのまわりには、いつも何人かの異性がいた。

前川正は、自分がそんな取巻の一人に思われてはたまらないと言いながらも、それでも時々わたしを訪ねて来た。会うや否《いな》や、わたしはきまって、世のキリスト信者というものを罵《ののし》った。

「クリスチャンなんて、偽善者でしょ。そしてお上品ぶって、自分もバーに行きたいくせに、バーになんか行く奴《やつ》は、救い難き罪人だというような目をするんじゃないか?」

とか、

「クリスチャンは精神的貴族ね。わたしたちを何と憐《あわ》れな人間だろうと、高い所から見下しているんじゃないの」

などと、ケンカ腰で言うのだった。

わたしには妙な癖があって、人と仲よくなりたいと思う時には、子供のように喧嘩《けんか》を売るのである。子供たちは、よく初めての子に会うと、

「やい、喧嘩をするか」

などと言って、ひと渡り喧嘩をしてから仲よくなるものである。

前川正は、そうしたわたしの気持を知ってか知らずか、いかにも困ったような顔で、悪口を聞いているが、しかし弁解がましいことは何も言わなかった。あれだけ言われ

たのだから、多分もう訪ねてはくるまいと思っていると、カロッサの小説などを持って来て、

「これをお読みなさい」

などとニコニコ笑っているのである。彼は彼なりに、何を求めていいのかわからない不安な魂を、わたしの中に見出《みいだ》して、見過ごすことができなくなっていたのであろう。後にその頃のわたしのことを、彼はこう言った。

「たいていの人は、人とつき合う時に、なるべく長所を見せようとするものだけれど、綾ちゃんはその反対ですね。こんな自分でもよかったら、つき合ってみたらどう？　という態度ですからね。損なタチですよ」

ふしぎに喧嘩で始まった友人は、たたいても、割ってもこわれないような、厚い友情に育っている。

その年の四月にわたしは退院した。だが微熱は下がらない。依然として生きる喜びも見出せなかった。三年前に婚約した西中一郎とは、まだそのまま婚約者の間柄であった。（もう一人の結婚の約束をしたTは、肺結核で既に死んでいた）西中一郎の母は、すでに七十を過ぎていたし、わたしとしても婚約を破棄しなければならないと思っていた。それは六月の初めであった。旭川の街にはライラックの花が匂《にお》っていた。

わたしは一人汽車に乗って、西中一郎の住むS町へ旅立った。発《た》つ前に、わたしは前川正に会った。その時わたしは、

「自殺って罪かしら」

とさり気なく尋ねた。

「嫌なことを聞きますね。まさか、綾ちゃん死ぬんではないでしょうね」

彼は、じっとわたしの目をのぞきこむようにして言った。

「わたし若いのよ。死ぬなんて、そんなもったいないことをしないわ。ただ、自殺って罪かなって思ったの」

「そうですか。それなら安心ですけど……。自殺は他殺より罪だって言いますよ」

彼はそう答えた。S町に、西中一郎に会いに行くと告げると、

「西中さんとの婚約を破ってはいけませんよ。あんないい人はいないのですから」

彼は熱心に、くり返して言った。この頃すでに、彼は自分の病状を的確につかんでいたのである。自分の命が、その頃の医学では、三年と持つまいと思っていたようである。

オホーツク海に面したS町に着いたのは、ちょうど昼頃であった。駅前を出たわたしの影が、地に黒くクッキリと短かったことを覚えている。

（もうじき死ぬ筈《はず》のわたしの影が、こんなに黒いなんて）

わたしはそう思ったものである。

西中一郎の家に着くと、彼はびっくりしてわたしを迎えた。

「長いこと心配をかけてごめんなさいね。結納金を返しに来たの」

二人っきりで、砂山にのぼった時にわたしが言った。彼は彫りのふかい美しい横顔を、潮風にさらしながら黙っていた。だが、しばらくしてから、静かに言った。

「僕はね、綾ちゃんと結婚するつもりで、その費用にと思って、十万円ためたんだ。綾ちゃんと結婚できなければ、もうそのお金に用はない。結納金も、その十万円も綾ちゃんに上げるから、持って帰ってくれないか」

彼はそう言って、じっと海の方を眺めていた。西中一郎の誠実さが、あらためて胸に迫り、偉い人だとわたしは思った。

「向こうに見えるのが知床《しれとこ》だよ。ゴメが飛んでいるだろう」

そう言った時、彼の頬を涙がひとすじ、つつーっと流れた。

一〇

西中一郎は、わたしにもっと恨みごとや、愚痴を言ってもいいはずであった。

「わたしは三年も待っていたんだ」

「月給をそっくりそのまま、一銭残らず送った月もあるじゃないか」

「旭川まで、何べん見舞に行ったかわかりゃしない」

「綾ちゃんは男の友だちがたくさんいるようだが、わたしは一人の女友だちもつくらなかった」

こう言って、わたしを責めてもよかったはずである。だが彼は、すべてを知っていて何も言わなかった。言ったのはただ、結婚の資金にと貯《た》めた十万円をあげようという、そのひとことだけであった。昭和二十四年のその頃、十万円といえば、かなりの金額であった。

二人は、美しい六月のオホーツクの海を眺めながら、それぞれの思いにふけっていた。

(もっと早く、婚約をご破算にすればよかった。発病した時にすぐにそうするのがほんとうであった)

わたしは自分の、彼に対する思いやりのなさが恥じられてならなかった。早くにきっぱりと別れていたならば、彼は今ごろ健康な人と、楽しい家庭を築いていたに違いないのだ。何という心ないことをして来たのかと、わたしは自分を責めていた。西中一郎が、わたしをひとことも責めなかったから、いっそう吾《われ》とわが身が責められたのである。

この別れを、彼の母も姉もその日知ったが、何も言わなかった。

「川湯温泉に遊びに行って来たらいいよ」

七十過ぎの、彼の母親は静かにそう言って、わたしと西中一郎と、その姉の三人を、にこやかに送り出してくれた。三年の年月、さんざん迷惑をかけたわたしに、何も温泉をおごることはないのだ。いまさら彼がそのために金を使うことはないのだ。だが、彼も彼の姉も、わたしをやさしくいたわって、川湯温泉まで連れて行ってくれた。

今、これを書きながら、わたしは西中一郎親子の美しい心根を思って、胸が熱くなるのをどうすることもできない。

川湯温泉から再び彼の家へ帰った夜も、わたしはひとつのことを考えつづけていた。それは旭川を出る時から考えていたことである。

（どうせ病気はいつなおるかわかりはしない。あと何年療養をつづけたところで、なおるという保証もない。わたしがこの世に生きていて、人に迷惑をかけるよりは、死んだ方がいいのではないか？）

そんなことを、わたしはしきりに考えつづけていた。無論、それは自分自身の行為を正当化しようとするための、死の口実であって、その実わたしは、生きることに疲れていたのだ。何の目的で生きているのかわからない生活に、わたしは次第に無気力になり、怠惰になり、うみ疲れていたのだ。

西中一郎を訪ねる汽車の中でも、わたしはこう考えていた。

（今、この汽車に乗っている人たちも、五十年後には、その大半が死んでしまうのだ。今、あの網棚から荷物をおろそうとしている四十年輩の、油ぎった男も、五十年後まで生きられるかどうか。目の前で、リンゴの皮をむいている若い娘さんだって、結局は死んでいくのだ。この人たちが、今から死ぬまでの間に、いったいどれほどの意味を人生に見いだすことができようか。結局は大した進歩もなく、ただ年を重ねるだけで、死んでしまうわけではないか）

そして自分もまた、その誰よりもこの世に何の役にも立たずに死んでいく人間ではないかと、わたしは思った。今死ぬのも、五年十年後に死ぬのも、つまりは同じことではないかと思いつづけていたのだった。

その夜、一郎の母が心づくしに作ってくれたチラシズシはおいしかった。そのおいしいことが、わたしには不思議だった。

（これが最後の食事になるというのに、どうしてこんなにおいしいのだろう。人は生きるために食べるとか、食べるために生きるとかいうけれど、今夜のこの食事は、生きることとは何の縁もない食事なのだ）

明日の今頃、自分はこの世にないと思い定めた時、案外人間というものは冷静になるものである。どこかゆとりのある、やさしい心持にさえなっていた。

やがて、みんな床につき、家の中が静かになった。わたしは前川正の言った、

「自殺は他殺よりも罪ですよ」

という言葉を思い出していた。自分のような人間には、最も罪ある死に方がふさわしいような気がしていた。父のこと、母のこと、兄弟ひとりびとりのことが思い出された。だが、一たん死のうと思い定めたわたしにとっては、それはもう遠い人でしかない。同じ療養所の友だちのことが、むしろ身近に思い出された。

（わたしが死んだら、羨《うらや》ましく思う人も、あの療養所にはいるかも知れない）

そんなことを思ったりもした。死にたくても死ねない、そんな思いを持っている何人かの友もいたはずだったから。

時計が十二時を打った。わたしはその音を、ひとつふたつと数えていた。数え終わると静かに起きあがり、そっとレインコートを羽織った。田舎のことで、玄関に錠を

おろしてはいない。わたしは靴を履いて、そろそろと玄関の戸をあけた。その戸を閉めて空を仰ぐと、真っ暗な夜であった。風がわたしの髪を乱し、潮騒《しおざい》の音が聞こえた。

家を出てすぐ横の坂を、一歩一歩踏みしめるように歩いて行った。道の傍で突然「ニャゴー」という猫の鳴き声がした。野鳥のような、鋭い不気味な声にハッと立ちどまると、燐光《りんこう》を放った猫の目が、わたしをうかがって、すぐ闇《やみ》の中に消えた。坂道を大股《おおまた》にぐんぐんおりて行くと、靴の中が砂で一ぱいになった。わたしは立ちどまり、砂を払った。片足になった体が、ぐらりと傾いた。

(今すぐ死ぬんだもの、砂なんか入っていたって、かまわないはずじゃないか)

わたしは、靴の砂を払っている自分がおかしかった。

やがて、ごろごろと歩きにくい浜に出た。軽石であった。大きな軽石に足をとられながら、歩きなずんでいる目の前に、真っ暗な海が音を立てていた。何も見えない。しかし、真っ暗な海の匂いと、音だけはあった。わたしは、すぐそこの目の前の海にたどりつくのに、時間がかかりすぎた。一歩行ってはハイヒールが石に取られ、二歩行っては体がつんのめる。

波がわたしの足を冷たく洗った時、一閃《いっせん》の光が海を照らした。白い飛沫《しぶき》が目の前に躍ったかと思うと、わたしはしっかりと男の手に肩をつかまえられていた。西中一郎だった。

彼は黙ってわたしに背を向け、わたしを背負った。不意に、わたしの体から死神が離れたように、わたしは素直に彼の肩に手をかけていた。

「海を見たかったの」

わたしはそう言ったが、西中一郎は黙ってわたしを背負ったまま、懐中電灯で足もとを照らしながら、砂原を歩いて行った。

しばらくして、砂山に登ると、

「ここからでも海は見えるよ」

彼はそう言って、わたしを砂の上におろした。

二人は砂山に腰をおろしたまま、真っ暗な見えない海を眺めていた。

「駅の方に行ったのかと思って、先に駅の方に走って行ったんだよ」

ぽつりと彼はそう言った。何事もなかったかのように、あとは語らなかった。暗い海が、何もかも呑《の》みこんでくれたようである。風だけが激しく吹いていた。

翌日、わたしはひとりで汽車に乗って、旭川に帰って来た。その朝彼は、涙に頬をぬらしていたが、何も言わなかった。だが、駅まで送ってくれた時の彼の顔は、むしろ明るくさえあった。またいつか会う人のように、わたしたちは手を振って別れた。

一一

旭川に帰ると、前川正が待っていた。西中一郎との仲が終わりになったと聞いて、彼はいかにも残念そうに言った。

「困りましたねえ。それでは綾ちゃんを大事にしてくれる人を、急いで探さなければならないですね」

彼は本気で、わたしのために立派な青年を探し出そうとしているようであった。それはわたしから見ると、こっけいでさえあった。

(何のためにこの人はこんなに躍起《やっき》になるのだろう。人のことなのに……)

わたしにはまだ、彼の心がわからなかった。

「綾ちゃん、西中さんの所に出かける時、自殺って罪なのかと聞いたでしょう。あれがどうも気になって、だいぶお祈りをしていましたよ。もちろん、無事に帰るとは思っていましたけれどね」

何日かたってから、彼がそう言った時、わたしはあの夜の海のことを告げてしまった。彼はひとことも言わずに、激しい目でわたしを見つめていたが、やがて淋《さび》しそうに視線を外《そ》らした。ずっとあとになってわかったことだが、彼は自分の命が、あと何年ももたないことを知っていて、その命をわたしに注ごうと思っていたのである。だからわたしに、死を語られることは、その場で彼自身が抹殺《まっさつ》されたような淋しさを感じたわけなのだろう。しかし、その時のわたしは、相手のことなど考える人間ではなかった。

「安彦さんがもう少し年を取っていたらいいのになあ」

前川正は、不意にそんなことを言った。

「どうして?」

「だって、あの人なら頭もいいし、綾ちゃんの好みに合う人だから、綾ちゃんを頼むことができるんだけれど……。少し年が若過ぎますものね」

間藤安彦は、わたしより七つ年下の医学部の学生だった。「天《てん》の夕顔《ゆうがお》」を読んだ彼が、

「ぼくとあなたぐらい年が違いますね」

と、言ったことがある。彼が療養所に入って来た時六十を過ぎた掃除婦の小母《おば》さんが、

「昨日入った学生さんは、とてもきれいな人ですよ」

と言ったほど、彼はハッとするような美しさを持っていた。丹前を着てベッドの上に起きあがり、青い電気スタンドの灯に照らされている横顔は「光源氏《ひかるげんじ》」の名を思い出させるほど、あざやかに美しい人であった。話をしても、かなりよく勉強していたから、話相手には楽しい人間であった。わたしと間藤安彦は、人のうわさに上るほど親しくもあったから、前川正がその名を言ったのは、偶然ではなかった。

「でもね綾ちゃん。十九か二十の学生の頃は、人を愛してもいいけれど、人に愛されてはいけない頃なのですよ」

そんなことも言った。

「川口先生なら一番綾ちゃんを頼むのにいい人ですけれどね」

川口勉は、わたしの元の同僚である。彼とわたしは、格別に親しい仲ではなかった。年に一度、賀状を取りかわすだけの人だったが、わたしはこの人の夢を、発病する頃からひと月に一度は見たものである。しかも、それが何年にもわたって、夢の中で次第に親しくなっていった。最初、川口勉は夢の中で行きずりに挨拶《あいさつ》をする程度だったが、次の夢では少し話をかわし、また次の夢では肩を並べて散歩するというふうに、次第に夢の中で親しくなっていった。初めはその夢に気づかなかったが、あまりに度々彼の夢を見、しかも前の夢のつづきのように次の夢を見るので、わたしも奇異に思うようになった。

川口勉は、わたしが結核に倒れた時、誰よりも一番先に見舞ってくれた。だが、その後は彼の母が来るばかりで彼自身は手紙さえもよこさなかった。だから、夢を見るほどのことは二人の間にあるはずもないのに、不思議な夢は何年もつづいたのである。このことを知っていて、前川正は川口勉のことを言い出したのだった。

「いやね。川口先生なんか、あたしのことを何とも思ってはいはしませんよ」

「だけど、この間のあの人の葉書は、確かに綾ちゃんを愛している人でなければ書けないものがありましたよ」

前川正は、そんなことを言って、一度川口勉に会って話をしたいなどと言ったりもした。わたしにはつまらないようなことだったが、自分の命の年を知っている前川正にとっては、冗談ごとではなかったのであろう。彼は、

「真剣に生きようとしない人を見るのは、とても淋しいのです。それがたとえ綾ちゃんでなくても、淋しいことには変わりありません」

などと、葉書に書いてくれたこともある。

そんな前川正の思いとはかかわりなく、わたしは相も変わらず、怠惰に生きていた。死のうとして死ぬこともできなかった自分を、わたしは自嘲《じちょう》していたのかも知れない。

彼が訪ねて来ても、ぼんやりと対座するだけで、口をきくのもおっくうなことさえあった。

（やはり、あの時死んでいた方がよかったのではないか）

そんなことを思っていたわたしが、前川正の目に異常にうつらなかったわけはない。

ある日彼は、わたしを春光台の丘に誘った。萩《はぎ》の花の多いその丘は、萩ケ丘とも呼ばれていた。六月も終わりに近い緑は、したたるように美しく、二人のゆくてに小リスがちょろりと太いしっぽを見せていた。郭公《かっこう》が遠く近くで啼《な》いているその丘は、元陸軍の演習場でもあった。一軒の家もなく、見渡す限りただ緑の野に、所々楢《なら》の木が丈高く立っている。この丘は、徳富蘆花《とくとみろか》の小説、「寄生木《やどりぎ》」の主人公篠原《しのはら》良平が、恋の傷手《いたで》に泣きながら彷徨《ほうこう》した丘でもある。この丘には滅多に来る人もなく、その日も丘の上には人影はなかった。旭川の街が、六月の日の下に、眠っているように静かだった。だが、そんな美しい眺めも、わたしには無意味に思われた。いつまでもこの街が、このようにここにあるとは思えなかった。旭川ばかりではなく、世界のどの街も、やがては人の死に絶える終わりの日があるような気がした。何かの小説で読んだ人ひとりいなくなった地球の上に、月の光がこうこうとさし、時の流れだけが音を立てて流れていくようなそんな荒涼とした地球の姿を、わたしは目の前に見るように幻想していた。

(結局は虚《むな》しいことじゃないか。何もかも死に絶える日が来るのだから)

そんなことを思いながら、丘に立って旭川の街を見おろしていた時、

「ここに来たら少しは楽しいでしょう」

と前川正が言った。

「どこにいても、わたしはわたしだわ」

ソッ気《け》なくわたしは答えた。

「綾ちゃん、いったいあなたは生きていたいのですか、いたくないのですか」

彼の声が少しふるえていた。

「そんなこと、どっちだっていいじゃないの」

実際の話、わたしにとって、もう生きるということはどうでもよかった。むしろいつ死ぬかが問題であった。小学校の教師をしていた頃の、あの命もいらないような懸命な生き方とは全く違った、「命のいらない」生き方であった。

「どっちだってよくはありません。綾ちゃんおねがいだから、もっとまじめに生きてください」

前川正は哀願した。

「正さん、またお説教なの。まじめっていったいどんなことなの？　何のためにまじめに生きなければならないの。戦争中、わたしは馬鹿《ばか》みたいに大まじめに生きて来たわ。まじめに生きたその結果はどうだったの。もしまじめに生きなければ、わたしはもっと気楽に敗戦を迎えることができたはずだわ。生徒たちにすまないと思わずにすんだはずだわ。正さん、まじめに生きてわたしはただ傷ついただけじゃないの」

わたしの言葉に、彼はしばらく何も言わなかった。郭公が朗らかに啼き、空は澄んでいた。黙って向き合っている二人の前を、蟻《あり》が無心に動き回っていた。

（この蟻たちには目的がある）

わたしはふっと、淋しくなった。

「綾ちゃんの言うことは、よくわかるつもりです。しかし、だからと言って、綾ちゃんの今の生き方がいいとはぼくには思えませんね。今の綾ちゃんの生き方は、あまりに惨《みじ》め過ぎますよ。自分をもっと大切にする生き方を見いださなくては……」

彼はそこまで言って声が途切れた。彼は泣いていたのだ。大粒の涙がハラハラと彼の目からこぼれた。わたしはそれを皮肉な目で眺めながら、煙草《たばこ》に火をつけた。

「綾ちゃん！　だめだ。あなたはそのままではまた死んでしまう！」

彼は叫ぶようにそう言った。深いため息が彼の口を洩《も》れた。そして、何を思ったのか、彼は傍にあった小石を拾いあげると、突然自分の足をゴツンゴツンとつづけざまに打った。

　さすがに驚いたわたしは、それをとめようとすると、彼はわたしのその手をしっかりと握りしめて言った。

「綾ちゃん、ぼくは今まで、綾ちゃんが元気で生きつづけてくれるようにと、どんなに激しく祈って来たかわかりませんよ。綾ちゃんが生きるためになら、自分の命もいらないと思ったほどでした。けれども信仰のうすいぼくには、あなたを救う力のないことを思い知らされたのです。だから、不甲斐《ふがい》ない自分を罰するために、こうして自分を打ちつけてやるのです」

　わたしは言葉もなく、呆然《ぼうぜん》と彼を見つめた。

　いつの間にかわたしは泣いていた。久しぶりに流す、人間らしい涙であった。

（だまされたと思って、わたしはこの人の生きる方向について行ってみようか）

　わたしはその時、彼のわたしへの愛が、全身を刺しつらぬくのを感じた。そしてその愛が、単なる男と女の愛ではないのを感じた。彼が求めているのは、わたしが強く生きることであって、わたしが彼のものとなることではなかった。

　自分を責めて、自分の身に石打つ姿の背後に、わたしはかつて知らなかった光を見たような気がした。彼の背後にある不思議な光は何だろうと、わたしは思った。それは、あるいはキリスト教ではないかと思いながら、わたしを女としてではなく、人間として、人格として愛してくれたこの人の信ずるキリストを、わたしはわたしなりに尋ね求めたいと思った。

(戦時中に、お前はまちがって信じたはずではないか。それなのに再びまた何かを信じようとしているのか) 結局は、人間は死んでいく虚しい存在なのに、またしても何かを信じようとするのは、愚かだと思った。しかし、わたしはあえて愚かになってもいいと思った。

丘の上で、吾《われ》とわが身を打ちつけた前川正の、わたしへの愛だけは、信じなければならないと思った。もし信ずることができなければ、それは、わたしという人間の、ほんとうの終わりのような気がしたのである。

一二

前川正のわたしに対する真実を見たあの丘の日以来、わたしは酒もたばこもやめた。

数多くの異性の友だちとのむなしい交際もやめた。ただひとり、あの光源氏のような美少年の間藤安彦とだけは、そのまま交際をつづけていた。前川正が、間藤安彦のデリケートな性格を知っていて、彼を傷つけてはならないと言ったからである。

前川正はあくまでわたしを一人の人間として、まじめに生きていく仲間として、遇してくれた。彼と二人っきりで映画を見ても、石狩《いしかり》川の堤防を散歩しても、決して甘いひそやかなふんいきはなかった。

「このごろどんな本を読んでいますか」

とか、

「いま見た映画の批評を聞かせてください」

とかいう、いわば教師が生徒に質問するような、そんなふんいきであった。彼自身、二人の関係を「先生と生徒」と呼んでいた。

その頃彼は、わたしに英語と短歌の勉強をすすめ、また聖書を読むこともすすめてくれた。わたしたちの交際のあり方は、次の葉書からわかっていただけることと思う。

来週から火、金曜の午前中、ご一緒に英語を勉強するお約束をいたしましたが、(注・教授ではありませんから無料奉仕ですよ)その前に一応ご両親のご承諾を得ていただきたいと思います。私から直接お許しを得ようかと思いましたが、一応綾ちゃんからご諒解《りょうかい》おきください。とにかくお若いのですから、綾ちゃんの結婚問題が生じた時に、面倒の起きたりせぬよう。お邪魔になったりしては、かえって本意ではありませんので、慎重居士《こじ》の特色を発揮し、以上のごとく。

（昭和二十四年八月三十日）

この葉書でもわかるように、彼は決して親にかくれてこそこそとつきあうというような、交際の仕方をとらなかった。映画を見る時も、わたしの家まで迎えに来、帰りも必ず送ってくれた。ずいぶん親しくなってからも、握手すらかわさず、彼はきちんと頭を下げて、

「おとなしくしていらっしゃいよ」

「あまりわがままをしてはいけませんよ」

などと、ひとこと先生らしいことを言いそえて別れるのが常であった。それでも五、六歩行ってから、片手を伸べていかにも握手をしているように手を振ることはあったが、それをわたしたちは空中握手と名づけていた、今の世の若い人たちが見たならば、吹き出しそうな姿だったことだろう。

わたしもまた、前川正と交際をつづけながら、決して彼自身を求めてはいなかった。ただわたしの心は、創世記の第一日目のように混沌《こんとん》として、何ひとつ定かなものがなかった。あったのは、とにかく何かを求めようとする、しかし何を求めてよいかわからぬ不安な魂であった。その頃のわたしの姿を次の前川正宛《あて》の手紙に見ていただきたい。

何が私を憂鬱《ゆううつ》にさせるのか。いったい私とは何ものなのだろう。何ものかであろうと努力し、何ものであるかを見出《みいだ》そうとすることは、あまりにも愚かしいことというものか。

正さん、私はこうした奇妙なメランコリイに捉《とら》われると、何か書かずにいられなくなるのです。

頭痛の時にペンを取ることと同じく失礼なことと、あなたはおっしゃるかもしれない。

精神的にも肉体的にも疲れきった時、わめきたくなるというとんでもない生まれつきなのかもしれない。正さんにはこうした私がわかっていただけないのだろうか。

ぎゃんぐぽうえっと
ぎゃんぐぽうえっと
読み捨ててしまいたい小説です。

私の胸の中にひそむある神経が、時折きりきりと痛みを感じている。読みながらそれを感ずるのです。「嫌いではない小説」と言いましたのは、「好きとも言えない小説」でしたから。以下思いついたままに無秩序にならべたててみます。

無秩序、それはそのまま「私」であるようなものに思えてなりません。

酔っている！　作者も小説の中の人物も、抱きあったまま酔っている、みんな酔っぱらっている。酔っている小説……ところで酔っていない小説というものがあるだろうか……とにかくも。酔わすもの、それはいったい何なのか。サントリイを飲んだか、メチールを飲んだか、否《いな》飲む以前に酔っている人間。

理性の過信も一つの酔態なら、意地を振り回して啖呵《たんか》を切ったようすも立派な酔いどれ状態。牧師も、強盗も、学生も闇屋《やみや》も、官僚も、何かに酔っているこの世の中。

もしも素面《しらふ》だったら、きっと恥ずかしくて（他に対してでなく）、辛《つら》くて、誰も彼も生きていることができない筈《はず》だ。それが本当ではないか。

これも酔っぱらいのたわごとに過ぎないのかもしれない。

事実は小説よりも奇なりと、偶然という言葉の持つ恐ろしさ、必然とは何だろう。いずれにしても、偶然とは？　必然とは、？　？　逢《あ》ったこと、別れたこと、殺したこと、殺されたこと、恋したこと、恋されたこと、憎んだこと、憎まれたこと、小説の因果めいたストーリイ。しかしそれには人間の手心が加わった因果めいたもの。現実のそれは、因果はふるえるほど残酷だ。変転、推移、何か糸を引く者がいるような不気味な気配。私達は強いられているのか？　自然の成行とは何だろう？　偶然？　必然？　私が堀田綾子であったということ、何と薄気味の悪いことだろう。人間が生まれるそのこと自体偶然というものかどうか。いずれにしても無性《むしょう》に恐ろしい。

恐怖をもたらすもの、不安。その不安は何の故《ゆえ》に。永久を希《ねが》う有限の身である故にか。時間、時の流れ、それは私達の頭の中にのみあり、時そのものは実在してはいないのだろうに。不安はしかし、「時」のみがもたらすものではなさそうだ。

「真の姿」を捉えられないということ。「自分」がわからない「他のなにもの」一もわからない。逆立ちしたまま歩き回っているのにも気づかないらしい自分。結局何もわからない私、その不安。

人間の弱さ貧しさだけが、ひしひしと感ぜられる。

人間の弱さ——そのみにくささえも美しく果敢《はか》なく感ずるほどの弱さ。

人間の貧しさ——英雄、学者、聖者、富者、それらまでが哀れに滑稽《こっけい》に思われるほどの貧しさ。

人の世の淋《さび》しさとはこの小説に流れているようなものなのか？　しかし私の持つ淋しさとは異っている。オクターブ高いか低いか、そうした違いを感ずる。淋しさとは何から来るのか、どれほどの種類があるのか、とにかくも淋しいことだけはたしかなようだ。

生きている素晴らしさを発見したなんて、嘘《うそ》っぱちだ。生きたいという強烈な願いを人間が持てるというのか。

何故《なぜ》そんな嘘をいうのか、嘘ではなくてそうした姿を肯定したいというのか、とにかく私にはわからない。

センチメンタルなヒーロー気取りと誰が嘲《わら》えよう。社会の罪？　そんな甘いものじゃない、社会の罪以前のものがこんなに人間を悲しくしているのだ。ぎりぎりに生きてみたらきっと死にたくなるか、何にも努力するものを見出せないように運命づけられているのが人間なのだ。

ものの中も外も、私のこの目で何がとらえられるだろう。寝言だ。酔っぱらっている人間の暴言だ。酔眼だ。何ひとつ確かなものなんてありゃしない。何もかも、？　？の連続。だがほしいのだ。何かが。安心の出来る何かが。火花の散るような一瞬一瞬でありながら、永遠であるものが。多くの人間はあまりにも燃えたがらない。恐れている。ぶすぶすといぶっているだけだ。それでその煙が目に入って痛かったり、鼻や口から入ってむせたりしている私達。完全燃焼の中にこそ、永遠なるものがあるのではないか。これもまた酔っぱらいのたわ言。

　私はいったい何を書いたのでしょう。この小説の中で胸に沁《し》みたのは、浮浪児と狂女のふしぎな清潔感です。この中にも何かの鍵《かぎ》がかくされている。暗闇の中にあってほの白く浮き出ている浮浪児と狂女、願わくば私もまた狂いたい、と思うのでした。私のような人間にはこんな読み方しかできないのです。多分真の叡《えい》智《ち》というもののある人（いるかどうかを疑いますが）には悩むことなく悟られるのでしょうが。結局は悩みに価《あたい》しないものを悩んでいる愚を何時《いつ》までくり返すというのでしょうか。

正さん、私は何故こんな生まれつきなのでしょうか？　そのくせ求めているのです。何をともわからず、不安のない世界に憧《あこが》れているのです。いいかげんな所で妥協はしたくないという稚《おさ》なさが、私には生涯つきまとうような気がします。

　私は小さい時から人一倍夢をみつづけて来ました。そして今も。夢に逃避したのではなく、それもまた生まれつきだったのでしょうか。しかも、その夢はみんなこわされてしまったのです。一つ夢がこわされればまた一つ、と夢をみて。

　今の私にはたった一つ、永遠に安らう世界を求めつづけるしかなくなりました。しかしあまりにも「?」が多すぎる。「常に酔え」と詩人は言いました。しかし何に酔えとは言いませんでした。私は求めることに酔い、自虐《じぎやく》に酔っているのでしょうか。

　ぎゃんぐぽうえっと、よい小説でした。だから読み捨てたかったのです。小説自身の持つ酔いに、作者のかなしさが滲《にじ》み出ていると私は思いました。

　ふっと身の落ちて行くような虚無感に襲われながら、時々何かにつまみ上げられ、最後には何かの岐路に立たされて。

　本を読む度に、私は私の愚かさを読むような気がします。作者の意図を読み得ずに、ただ自分の中に沈潜してしまう。愚かしいの一語に尽きるのです。いつも帰って来るのは此処《ここ》であってみれば、ああいったい私は何をしているのでしょう。

「生きる」とは何でしょう。「何を」「生きる」のでしょうか。

金曜日は明日ですのね、只今《ただいま》教会の御案内いただきました。

正さん、人間は淋しくないようになれるものでしょうかしら。風が吹いています。


混沌とした状態ではあっても、その心の中に、ともかくも何かを求めはじめていたということは、わたしにとって大きな事実といえることだろう。敗戦以来、信ずるものを失ったわたしが、そして何もかもすべてのものに虚《むな》しさを感じていたわたしが、今ここで何かを求めはじめたのだ。それはあの暗い夜、海べで己《おの》が命を絶とうとしたことが、ひとつの大きな終点であり、且《か》つ起点になったに違いない。

わたしは自分が死にたかったにもかかわらず、その死ぬことにも真剣になり得なかった自分の姿を思ってみた。死とは自分にとって最も重大なことであるはずだった。その重大な死を前に、わたしはその夜のチラシズシがおいしかったことを記憶している。

(人間は死ぬ覚悟ができると、案外冷静なものだ)

その時わたしはそう思ったものだ。だが、後になって思ったのは、自分の死に対してさえ、真剣でもなく熱心でもなかったということである。

(自分の死に対してさえ真剣になり得ぬ者が、どうして毎日の生活に真剣であり得ようう)

わたしはあの夜まで、自分自身が虚無的であったにせよ、それはそれなりにやはり人生に対してまじめだと思っていた。まじめだからこそ、絶望的になることができたのだと思っていた。だが、それは自分の間違いであることに気づいたのだ。気づかせてくれたのは、あの丘の上の前川正の姿であった。

「綾ちゃん、だめだ!　あなたはそのままではまた死んでしまう!」

と叫び、

「綾ちゃん、ぼくは今まで、綾ちゃんが元気で生きつづけてくれるようにと、どんなに激しく祈って来たかわかりませんよ。綾ちゃんが生きるためになら、自分の命もいらないと思ったほどでした。けれども信仰のうすいぼくには、あなたを救う力のないことを思い知らされたのです」

と、自らの足を石で打ちつけた彼の姿を思った時、真剣とはあのような姿をいうのだとわたしは気づいたのである。いや、真剣とは、人のために生きる時にのみ使われる言葉でなければならないと、思ったのである。

そう考えると、わたしは自分の生き方がどこか中心を外れた生き方のように思うようになった。しかし、その中心が何であるかがわからない。それでわたしは、それが何かと求めはじめるようになっていたのである。

一三

けれども、前川正との交際に、周囲は必ずしも暖かくはなかった。

「西中一郎さんのようなよい人はいないのに、あの人と別れては、二度といいことはないわね」

と、身近な人たちに明らさまに言われた。健康で、気前のよい西中一郎から見ると、前川正は療養中の学生に過ぎなかった。経済力から見ると、この二人は子供と大人ほどの相違があった。

さらに、わたしの側よりも、前川正の周囲には、わたしを疫病《えきびょう》のように忌《い》み嫌う人たちが多かった。わたしとは直接話し合ったこともない人たちが、ずいぶんとわたしの悪口を言ったものである。彼のある先輩は、

「あの人を連れて遊びに来るのなら、二度と家に来ないでほしい。子供たちの教育に

悪いから」

とさえ言った。その先輩の妻は、前川正が少年の頃から、

「正さんの奥さんは、わたしが探してあげるわよ」

と言っていたそうだから、いっそう勘気にふれたのかもしれない。だが、わたしを悪く言ったのは、単にその人だけではなく、悲しいことだが彼の所属する教会の人たちもまた、同様であった。彼の母は教会で人々に言われたことを彼に告げ、彼もまた正直にその言葉をわたしに告げた。

それは、彼らに言わせれば当然のことであったかもしれない。わたしに男の友だちが多かったことは事実だったから、世にもうとましき女に見えたのかもしれない。

「困りましたねえ。ぼくは綾ちゃんを教会のグループの中で、一緒につきあっていきたいと思っていたんだけれど……」

先輩には訪問を拒まれ、教会のある人からは道楽息子とまで言われては、彼も立つ瀬がなかったことであろう。

「ほんとうは、こうした二人だけの交際にしたくなかったんですよ。みんなの中で見守られながら、正々堂々とつきあいたかったんですけれどね」

自分の意図に反した状態になったことを、彼は嘆いたこともある。しかし、彼は断

固としてわたしとの交際を続けて行った。わたしもまた、周囲の目を恐れることなく、健康の許す限り教会に行くように努めた。

「ぼくは綾ちゃんの前に、大手を広げてかばっている、青年剣士のような気がします」

と、その頃の彼の手紙には書いてある。

とにかく、わたしにとってそのようなことはそれほど痛手《いたで》ではなかった。わたしは人間というものを、決して高く買ってはいなかったからである。厳密にいえば、この世に全く信頼し得る人間はいないと考えていた。だからこそわたしは、この世のすべてに虚しさを感じ、何の意味も見出せずに死のうとさえしたのだった。

特別にキリスト教を信ずる人だけが、立派だとは思っていなかった。仏教信者にしろ、天理教信者にしろ、必ずしも、信仰を持っているからといってその人間が立派とは限らない。単に立派といえる人なら、それはむしろ信者でない人に多くいるかもしれない。

わたしの同僚だった佐藤利明という先生は、何の信者でもなかったが実に立派だった。今でも札幌真《ま》駒内《こまない》の養護学校に勤めていられるが、この先生はわたしの学年主任だった。一年半の間机を並べたが、一度として人の悪口を言ったり、感情に激して怒ったことはない。いつも頭が低く親切だった。同僚の一人に意地の悪いのがいて、時々先生を小馬鹿《こばか》にした。面と向かって馬鹿にするのだが、先生はいつも実にいい笑顔で、静かにそれを聞いている。

（何とか言い返してやればいいのに）

と、普通なら思う所だが、若いわたしたちでさえ一度もそう思わなかったほど、それはかえって見事であった。弱い者が、相手を天下の豪傑と知らずに言いがかりをつけている感じで、その二人の差があまりにも判然としていた。その時先生は三十そこそこの青年だった。

だが、この立派な先生と共にいたとしても、わたしは自分の不安の根本を解決されることにはならなかったと思う。わたしが求めていたものは、漠然とではあったけれど、やはり神と呼ぶべきものであった。だから、教会の中の一部の人がわたしを拒み、悪く言ったとしても、わたしの求道に別段何の支障もなかった。いや、むしろ、わたし自身とそれほど違わぬ弱い愚かな人々も、教会にいるということで、わたしは心ひそかに安心もしていたのだ。

（あの人たちを信者として受け入れてくれる神なら、わたしだって或《あるい》は受け入れてくれるのではないか）

そんな傲慢《ごうまん》なことを思って、わたしはわたしなりに、聖書を熱心に読みはじめていた。

よく、教会という所はこの世の最も清らかな人たちが集まっている所だと錯覚して、教会に来る人もあるが、教会は決して美しい人の集まりではない。教会は神の前にも、人の前にも頭を上げ得ない罪人だと、自分を思った人たちが集まっている所のはずなのだ。だから、人に何かを求めるのではなく、神に求めていかなければ、人々は絶望するかもしれない。その点、わたしはまず誰よりも自分に絶望していたから、その後今に至るまで、他の人のことで、教会を離れたいと思わずにすんで来た。これは最初に、わたしの悪口を言った何人かが、教会にいてくれたおかげでもある。

一四

教会に通い始めたとは言っても、クリスチャンそのものに抱いていた、いくぶん侮《ぶ》蔑的《べつてき》な感情をわたしは捨てきれなかった。なぜなら、信ずるということが、その頃のわたしにはお人好《ひとよ》しの行為に思われたからである。

（あの戦争中に、わたしたち日本人は天皇を神と信じ、神の治めるこの国は不敗だと

信じて戦ったはずではないか。信ずることの恐ろしさは、身に徹していたはずではないか)

その戦争が終って、キリスト教が盛んになった。戦争中は教会に集まる信者も疎《まば》らだったのに、敗戦になってキリスト教会に人が溢《あふ》れたことに、わたしは軽薄なものを感じていた。

(戦争が終ってどれほどもたたないのに、そんなに簡単に再び何かを信ずることができるものだろうか)

どうにも無節操に思われてならなかった。

そう思って教会に行くと、クリスチャンの祈る祈りにも、わたしは疑いを持った。祈り会で次々に祈る信者の祈りを、わたしは聞いた。みんなが両手を組み、敬虔《けいけん》に頭を垂れているのに、わたしはカッキリと目を見ひらいて、一人一人の顔をじっとみつめた。

「天にまします父なる御神、この静かなる今宵《こよい》、共に祈り得ることを感謝いたします。どうぞ主の御導きによって歩み得ますように、切に祈ります……」

などと祈る顔を眺めながらわたしは思った。

(ほんとうにこの人たちは、神の前に祈っているのだろうか。もしわたしが神を信じているのなら、神の前にあるというだけで、祈りの言葉など出てこないような気がする。ほんとうに神が、この世をつくり、この世を支配しているほどの偉大なる存在であれば、どうしてその畏《おそ》るべき神の前に出て、べらべらと口が動くだろう。こちんこちんに固くなって、ぶるぶるふるえるのがほんとうではないだろうか。この人たちは神の前に祈っているのではなく、人に聞かせるために祈りの言葉を並べているだけではないのか)

そんな思いがしきりにした。どうもウソッパチな姿に思えてならなかったのである。わたしが信者になったなら、真実な祈りのできる、ほんとうの信者になろう、などとわたしは、傲慢な思いを持っていたのである。そしてその思いをわたしは、前川正にかくさず告げた。彼は、

「綾ちゃんは手きびしいなあ」

そう言うだけで、それ以上には何も言わなかった。

「クリスチャンって、なんてお人好しでしょう。信じていない者同士が、神はある神はあると言いあって、お互いに安心しているんだもの」

ある時はそんなことも言った。前川正は、そんなわたしに聖書を開いて、伝道の書を読めとすすめた。

何の気なしに読み始めたこの伝道の書に、わたしはすっかり度胆《どぎも》を抜かれた。

「伝道者曰《いわ》く。

空《くう》の空《くう》、空の空なるかな。すべて空《くう》なり。日の下に人の労して為《な》すところのもろもろのはたらきは、その身に何の益かあらん。世は去り世はきたる。地は永久に保つなり」

そこまでの僅《わず》か一行半を読んだだけで、わたしの心はこの伝道の書にたちまちひきつけられてしまった。

「河はみな海に流れ入る。海は満つることなし。目は見るに飽くことなく、耳は聞くに満つることなし……。

先に成りしことは、また後に成るべし。日の下には新しきものあらざるなり。見よこれは新しきものと、指して言うべきものなるや。それはわれらの前にありし世々に、既に久しくありたるものなり……。

前《さき》のもののことは、これを憶《おぼ》ゆることなし。後のもののこともまた、後に出《い》ずるものこれをおぼゆることあらじ」

わたしはここまで読んで、思わず吐息が出た。

わたしはかなり、自分が虚無的な人間だと思っていた。何もかも死んでしまえば終

りだと考えていた。だが、この伝道の書のように、

「日の下には新しきものあらざるなり」

とまでは、思ったことはなかった。毎日が結局は繰り返しだと思いながらも、しかしわたしは、やはりこの世に新しいものがあると思っていた。こうまですべてを色あせたものとして見るほどの鋭い目を、わたしは持っていなかった。

「われわれが心に言いけらく、汝《なんじ》楽しみを極めよと、ああこれもまた空《くう》なりき。

われは大いなる事業をなせり。わがために家を建て、園をつくり、もろもろの木をそこに植え、また池をつくりて水を注がしめたり。われは僕婢《しもべしもめ》を買い得たり。われは金銀を積み妻妾《さいしょう》を多く得たり。

かくわれは、すべての人よりも大いになりぬ……。されど、みな空《くう》にして風を捕《とら》うるが如《ごと》くなりき。日の下には益となるものあらざるなり」

つづいて、自分は知恵があると思っているけれど、愚かな人間の遇《あ》うことに自分もまた遇うのなら、知恵などあるとは言えない。利巧者も馬鹿者も、共に世におぼえられることはない。次の世にはみな忘れられている。みんな同じように死んでしまうのだ。知恵などあっても、結局は空の空ではないか、と書いてある。

十二章に及ぶこの伝道の書は、この調子で何もかも空なり空なりと書いてある。わ

たしは少なからずキリスト教というものを見なおした。そしてまた、お人好しに見えるクリスチャンを見なおしたのである。

この地上にあるいっさいを、すべてむなしいと、徹底的に書いてあるのは、たしかにキリスト教らしからぬことに思えた。いったい何のためにこんなことを聖書に書いてあるのかと、わたしはふしぎに思った。聖書というものは、それまでの二、三カ月に読んだ限りでは、

「互いに相愛《あいあい》せよ」

とか、

「人もし汝の右の頰を打たば、左をも向けよ」

などという教訓に貫かれているもののように思っていた。だから伝道の書のこの虚無的なものの見方は、わたしにキリスト教全体を見なおさせた。ここを読んでわたしは釈迦《しゃか》の話を思った。釈迦は二千五百年前、インドの王子に生まれた。健康で高い地位と富とに恵まれ、美しいヤシュダラ妃と、かわいい赤子を与えられていた。言ってみれば、この世で望める限りの幸福を一身に集めていたわけだ。しかし彼は老人を見て、人間の衰えゆく姿を思い、葬式を見て人の命の有限なることを思った。そしてある夜ひそかに、王宮も王子の地位も、美しい妻も子も捨てて、一人山の中に入ってし

まった。

つまり釈迦は、今まで自分が幸福だと思っていたものに、むなしさだけを感じとってしまったのであろう。伝道の書と言い、釈迦と言い、そのそもそもの初めには虚無があったということに、わたしは宗教というものに共通するひとつの姿を見た。

わたし自身、敗戦以来すっかり虚無的になっていたから、この発見はわたしにひとつの転機をもたらした。

虚無は、この世のすべてのものを否定するむなしい考え方であり、ついには自分自身をも否定することになるわけだが、そこまで追いつめられた時に、何かが開けるということを、伝道の書にわたしは感じた。

この伝道の書の終りにあった、

「汝の若き日に、汝の造り主をおぼえよ」

の一言は、それ故《ゆえ》にひどくわたしの心を打った。それ以来わたしの求道生活は、次第にまじめになって行った。

一五

と言っても、外から見て格別変ったわけではない。

夜半に帰りて着物も更《か》へず寝る吾《われ》を
この頃父母は咎《とが》めずなりぬ

これは、アララギに初投稿のわたしの歌で、土屋文明選に初入選の歌でもある。

湯たんぽのぬるきを抱きて目覚めゐる
このひと時も生きてゐるといふのか

妖婦《ヴァンプ》てふ吾《わ》が風評をニヤニヤと
聞きて居《お》りたり肯定もせず

こんな歌が幾つかできた。とにかく虚無的な人間が歌を作るというのは、大きな変りようであるはずだった。なぜならそれは、無から有を作り出すことなのだから。一見喜びのない歌のようでありながら、わたしの心の底に、生み出す力が湧《わ》いてきたのだ。それはやはり聖書を読み始めたことと、無関係ではなかった。

前川正とわたしは、相変らずよく会い、会っては本や映画の話などをした。教会にも共に行った。前にも書いたが、彼は教会の人の、わたしに対する陰口をそのままかくさずに伝えた。普通なら、教会の人たちを善人であるかのように言い、教会をさも楽しい所のように言うものである。たとえわたしの陰口を言う人がいても、それを伝えないのが求道者に対する思いやりというものであったろう。

だが彼は、ありのままの教会の姿をわたしに伝えた。それはわたしという人間の気性を、よく飲みこんだ上でのことだったろう。いや、それ以上に、わたしを最初から厳しく訓練しようと身構えていたに違いない。ちょうど獅子《しし》が、わが子を千仞《せんじん》の谷底に突き落して訓練するように、彼はわたしを甘やかさなかった。

しかし、その彼の心の底にあるものを、わたしは知らなかった。彼は、常に自分の残る命の短さを思っていたのである。ある時、二人で夜の道を歩きながら、こんな話をした。秋も深まった九月の末であったろうか。

「ねえ、五年たったら、二人は何をしているかしら。わたしはだんだん病気が悪くなって、死んでしまうかしら」

「綾ちゃん、綾ちゃんはまだ若いんですよ。死ぬという言葉を、そう簡単に言ってもらっては困りますね」

「そう、では五年後も、やっぱりこうして、正さんと二人でこの道を行ったり来たりして、五年後は二人は何をしているかしらと、話しているかしら」

わたしはそう言って笑った。すると彼は、黙ってわたしの顔を見ていたが、

「綾ちゃんはいつまでも僕に甘えていては、いけませんよ。僕の願いは、綾ちゃんが

誰にも頼らずに、ひとりで生きて行くことなのですから」

彼は、一語一語に深い思いをこめて、そう言った。

「あら、それではいつまでもわたしの話し相手にはなってくださらないの」

わたしは彼の言う意味を受け取りかねて尋ねた。その頃彼には、女の友だちがいた。それは特定の恋人というのではないが、少なくともわたしと親しくなる前までは、歌を共にやり、信仰も同じ人であった。その女性は頭もよく、美人でもあったし、彼の結婚相手としてもふさわしい人であった。

「わたしがあんまりわからずやで、もう面倒になってしまったの？」

それならそれでもいいと、わたしは思った。彼は彼の世界に戻ればよい。わたしとつきあっているばかりに、彼自身何かと、教会の人に煩《わずら》わしいことを言われるのだからと思った。すると彼は、何ともいえない淋《さび》しそうな微笑をした。

「綾ちゃん、とにかくね、綾ちゃんはひとりで生きるということを、しっかり学ばなければいけませんよ。僕は綾ちゃんが一人立ちするまでの、突っかえ棒なのです。わかりますか」

彼は再び熱心にそう言った。だが、わたしには彼の言う言葉はわかっても、その心はわからなかった。

その翌日、彼からの手紙があった。

「……悲しい時、苦しい時は、何かひとつに苦行的に、精神を集注することがよい……というのが私の生活法です。マルテの手記の主人公マルテルは、淋しくてならぬ、悲しくてならぬ時は、博物館に行き憩《いこ》ったようです。旭川には博物館がないので、私は図書館に行くことにしています。そして今月はなるべく図書館に行くことに決めています」

この手紙にも、わたしは彼の心がなぜ淋しいのか、悲しいのか、わからなかった。いま、その時の彼の心を思うと、何と思いやりのなかったわたしだろうと、ただ悔いるばかりである。彼の肺に巣食った空洞が、彼を次第に死に追いつめて行ったことを、わたしは知らなかった。一見彼は健康そうに見えた。肺結核という病気は、一人の患者に十人の医師を要すると言われたほど、各人各様の病状をあらわす。わたしの場合は、微熱と盗汗《ねあせ》があり、体も痩《や》せていた。すぐに肩がこり疲れやすかった。

「この世にはずいぶん細い人もいるものだなあと思って、近づいてみたら綾ちゃんなんですものね。がっかりしましたよ」

彼にそう嘆かせたほど、わたしは細々としていた。だが彼は、微熱もなく体重も六十kg前後で、疲労感も少なかった。一里や二里の道を歩いても、ほとんど疲れないほどの体力だったし、肩こりもなかった。ただわたしは咳《せき》をしなかったが、彼は道を歩いていても、立ちどまって体を屈《かが》めなければならないほどひどい咳をしていた。とにかく、一見健康そうであり、体力があったために、彼の病気はわたしよりも軽いように思われた。だから彼の悲しみが、わたしには単なるセンチメンタリズムにしか感じられなかった。

彼はよく手紙を書いた。わたしは九条十二丁目に住み、彼は五町離れた所に住んでいた。毎日のように会いながら、彼は毎日のように手紙をくれた。二人がわたしの家で話しあっている時に、彼の手紙が着いたことが幾度かある。

「手紙マニヤなんですよ」

彼はそんな時、顔を赤らめて笑っていたが、彼としては、一通一通に別れの言葉を書いていたのではなかったろうか。

一六

前にも書いたように、わたしは多くの男の友だちとの交際は断ったが、光源氏のような間藤安彦とは、依然としてつきあっていた。

彼は時々わたしの家を訪ねた。彼もまた虚無的な点においてはわたしに劣らなかった。間藤安彦は、秀才というより、どこか天才的なひらめきを持った学生だった。と同時に、独特のふんいきを持った人間で、彼の周囲には、いつも蒼《あお》い空気が張りつめているような感じがした。ある時は花の精に、ある時は水の精に見える人だった。

彼がお茶を飲む時に、両手に茶碗《ちゃわん》をくるむようにして持ち、長いマツ毛を伏せて、茶の香りをかぐ姿など、たしかに「光源氏」を思わせる風情《ふぜい》があった。そのようないくぶん女性的とも言える肌目《きめ》の細かい感じは、女の友だちにもなかったから、彼と二人でいると、わたしの心も何か和んだ。

彼はニヒリストだけあって、

「ぼくって、恋愛のできない人間なんです」

と、よく言っていた。多分過去に激しく人を愛したことがあって、その傷が癒《い》えていないのではないかと、わたしは想像した。前川正のように、いつも相手をいたわろうとするようなところが、彼にはなかった。

ある日安彦に誘われて散歩に出た。ちょうど菊が咲いている頃で、晴れた気持のよい日だった。彼は何か淋しくてたまらないらしく、いつもより口数多く話していたが、十町も歩かないうちに、次第に無口になった。彼の美貌《びぼう》は目に立ったから、電線の工事をしている工夫たちが二人を見てからかった。そんなことが彼を無口にしたとは思えなかったが、突然立ちどまって、

「悪いけど、ここから一人で帰ってくれない」

彼はそんなことを言った。前川正のように、必ずわたしの家に迎えに来て、また送ってくるというのとは、全く違っていた。

だがわたしには、むしろ間藤安彦のように、淋しいから散歩に連れ出す、しかし途中で言いようのない自己嫌悪《けんお》におちいって、帰ってくれと言う、そんなわがままがおもしろかった。つまり、前川正は二つ年上であり、間藤安彦は七つ年下であるということが、この二人への差になったのだろうか。

前川正とだけつきあっていたとしたら、得られない母性的な感情を、わたしは持つことができたような気がする。そんなわたしに、彼はある時、いつもの柔かい口調で

言った。

「ぼくねえ、大学を出たら、どこかの町で高校の教師になろうと思うの。どこの町がいいかしら」

「そうね、海の見える町がいいんじゃない。虻田《あぶた》あたりが気候がいいって言うけれど」

「そう、じゃぼく虻田に住むことにするよ。あなたも一緒に来てくれる？」

安彦の言葉に、わたしは驚いた。

「わたしも行くの？」

「うん、だからあなたの好きな町に行くって言ったの」

「だって……」

わたしには、この気まぐれな安彦の言葉が飲みこめなかった。

「ぼくは一生、結婚なんかしたくない。あなたも病気だから、結婚はしないでしょう。夫婦でも恋人でもない者同士が、一生同じ屋根の下に暮すって、案外おもしろいんじゃないかなあ」

「そうね、それはいいわ。でも、もしかしたら、わたしはごはんを炊《た》けるかどうか、わからないわよ。何だかこの頃微熱が取れなくて」

「かまわないよ。一緒の屋根の下に住んでくれればいいんだもの」

彼はその生活を空想するだけでも、楽しそうであった。母にそのことを言うと、

「そんなこと、だめですよ。いくら二人がそのつもりでも、世間では夫婦と見ますからね」

と、たしなめられてしまった。

前川正に告げると、

「あの人だけはいけない、安彦さんと綾ちゃんは、どちらかと言うと同質の人間だから、二人が一緒になっては、二人ともだめになってしまう」

彼は、なぜか強く反対した。以前は年齢さえ下でなければいいと言っていたはずなのに、安彦がわたしと暮したいという話を聞くと、彼は反対した。

「綾ちゃんも、安彦さんも余り生きたがり屋ではないでしょう。二人で自殺の話などしていると、お互いに意気投合して心中でもされては、ことが面倒ですからね」

前川正はそう言って、できたらなるべく間藤安彦からも離れる方がいいと言った。

わたしはそれを、前川正のゼラシーだと思った。

そんなことがあってから、幾日かたったある日、前川正が会うなりわたしに言った。

「綾ちゃん、綾ちゃんって、凄《すご》いんですってね、昨日教会で、女子青年の人に、綾ち

ゃんの話を聞きましたよ」

「あたしが妖婦《ヴァンプ》だっていう話でしょう。それならとうに、正さんだって知っていることじゃないの。何もいまさら凄いなんて驚かなくてもいいじゃないの」

だが、彼の受けたショックが大きかったのは、その話を告げた人が、彼の最も親しい女の友だちだったからであるということを知って、わたしは口をつぐんだ。そしてわたしは、心の中で、間藤安彦と誰も知らない町に行って、静かに暮したいと、しみじみ思っていた。

一七

雪がすっかり土をおおい、白一色の冬がきていた。そしてわたしの心も、冬のように荒涼としていた。

前川正が、その親しい教会の女友だちに、わたしのうわさ話を聞いてきたと知ってから、わたしは淋しかった。誰もわたしのことを知らない町に行って住みたいと、一時は思った。

しかしある夜、床の中でぼんやりと天井を眺めていたら、クモの糸が一本ゆらゆらとゆらめいてみえる。部屋にはストーブが燃えているので、空気が流れるのだろう。そのクモの糸はふわふわと右に左にただよっている。けれども、糸の一方は、天井にへばりついているので、結局はまた同じ所に垂れさがる。

その糸をみつめていると、わたしは、

(どんなにこの町がいやで、世界の果まで逃げたところで、つまりはこの地球の上から、一センチも離れることはできないのだ)

そう思うと、逃げ出すことが何となくこっけいに思われてきた。どこまで逃げ出しても、自分は自分のみにくさを忘れることはできない。このみにくさから逃げ出すことは到底できないのだと思うと、誰も知らない所に行くということも、無意味な気がしてならなかった。

ここで、断わっておくが、わたしは男の友だちが何人もいたけれど、相手に夢中になって自分のすべてを投げ出すことはしなかった。わたしが異性の友だちに求めていたものは、肉体ではなく、いわば人生について、共に語り合うことであったような気がする。その頃のわたしの手紙を読んでいただいた方がよくわかると思うので、次に引用する。

昭和二十四年十二月二十七日、綾子より前川正宛《あて》。

……（前文十四行略）

正さん。わたしは今日、こんなのんびりとした思い出を書くために、ペンを持ったのではないのです。この間の夜、正さんが教会の女子青年の方に、「綾子さんて凄腕《すごうで》だから……」と忠告を受けたとおっしゃって、「綾ちゃんなかなか凄いんですってね」とおっしゃったことに対して、ちょっと書きたくなったんです。

妖婦《ヴァンプ》てふ吾《わ》が風評をニヤニヤと
聞きて居りたり肯定もせず

という歌、おみせしたでしょう。歌は「肯定もせず」ですが、わたしは自分の娼婦性《しょうふ》は肯定します。天性の娼婦だと自認します。

でもね、意識的に男性を誘惑しようとか、だまくらかして金をまきあげてやれということは、しませんでした。だってわたしの欲しいものは、そんなものではないのですもの。

わたしは、男性の、わたしへの愛の言葉を、幼な子がおとぎ話を聞くような、熱心さと、まじめさと、興味とあこがれをもって聞いたのです。なぜなら、男が女を愛すること、女が男を愛することは、わたしにとって大切な問題であったからです。

わたしのあこがれと熱心さが、何に向かっていたかご存じでしょうか。それは生きるについての最も大切な「何か」を示されるであろうことへの期待だったのです。わたしの期待する「何か」と愛とは、つながっていなければならぬと、わたしは思っていたのです。

「ぼくはあなたを愛している。命をかける」

という、どんな女にもあてはまり、またどんな女にもあてはまらぬこの言葉。

「愛するってどんなこと？」

と尋ねたら、もうだめなんです。なぜって、愛するということは、ある人にとっては「好き」ということであり、ある人にとっては「肉体を求めること」であり、ある人は「結婚すること」なんです。しかもその結婚の内容はあいまいなのです。ねえ、愛するとは何かわからないのに、なぜ愛すると言えるんでしょう。

わたしの生に対する不安が、結婚によって、男の胸に抱かれることによって、解決できるように考えている人は、それはわたしという人間を愛していることにはならないのです。

「女」を愛することと、「綾子」を愛すること、または「○○子」を愛することとは違います。わたしの生への不安、何ものへともわからぬあこがれを少しでもわかってくれる人があったなら、その人は、「私」をみつめて「私」を愛していたといえるかも知れません。でも、そんな人は現われませんでした。一緒の世界で、力強くわたしを励ましながら、共に歩みつづける人を求めていたのですのに。

女に「魂」の生活があるってことを知らない男性たちが、何と多いことでしょう。きれいなブローチの贈物、映画や喫茶への誘い、そしてたいくつな会話。わたしは一人一人の胸をのぞきこみ、そして逃げ出した女です。

わたしは、ヴァンプというわたしへのレッテルを別に否定はいたしません。かくべつ美しくもなく、賢くもない、何の取柄もない女が、いつも何人かの男性と交際していれば、そう言われても仕方がないんです。

でも、わたしの血の中に、ただ一滴の男の血も流れていないことを、ふしぎな哀《かな》しさで思います。誰かに、肉体のすべてを捧《ささ》げていたとしたら、

「わたしは聖女よ。ヴァンプではないわ」

と、言ったかも知れません。わかって？　正さん。

読み返して何だかいやな手紙。わたしは自分の娼婦性を、男性のつまらなさに起因するもののように、思っているんでしょうか。いいえ、わたしは悪い悪い女

なんです。

うわさなんて、悪意と興味で語られるから、わたしのうわさもきっとひどいことでしょう。でも、わたしの本質的に持っている醜さは、語られていることよりも、もっと醜いんです。誰もそれは知らないんです。お気をつけあそばせ、正さん。

「君子危うきに近寄らず」

とやら、後をみずに一目散にお逃げなさい。それが正さんに忠告してくださった女の方への、ご好意に報いることになるのです。

ここでわたしは、ほんのぽっちり涙をこぼしました。でも、ほんのぽっちりよ。しかもヴァンプの涙なんてどれほどの価値があって？

ごきげんよう、よいお年をお迎えください。わたしはこれから、この手紙を出しにポストへ行きます。そして、牛朱別《うしゅべつ》川のゴミ捨場に、カラスが群れている様を見に行きます。わたしは雪景色の中で、このゴミ捨場を漁《あさ》る黒いカラスの群が好きなのです。

恐るべきヴァンプの綾子さんより

善良なるクリスチャンのお坊っちゃんへ

一八

年が明けた。

前川正とわたしは、以前よりもかえって親しくなっていた。彼の女友だちから聞いたうわさ話も、結局は二人を親密にさせただけであった。

わたしはその頃、旭川保健所に通って、週一回気胸療法をつづけていた。ストマイがあり、成形手術の発達している今日では、この気胸療法はなくなったかも知れない。

しかしその頃の結核患者は、肋膜《ろくまく》が癒着《ゆちゃく》していない限り、誰もがこの療法を受けていた。太い針を胸にズブリと刺される。この針にはゴムの管がついていて、気胸器から空気が送られてくる。空気は肋膜腔《こう》の中に入って、肺を圧迫する。空気に圧迫されて、肺の病巣《びょうそう》はつぶされるらしいのである。

はじめてこの太い針を、麻酔もなく、ズブリと刺される時は、誰もが観念する。だがこの針は、太い割にそう痛くはないものだ。痛いのは、はじめて空気を入れられた胸の中である。ちょっと息をしても、ものも言えないほど痛かったり、苦しかったりする。

二回目からは、空気を入れられる苦しさは次第に減ってくる。やがては空気を入れてもらうことが、待ちどおしくなるほど、体の調子がよくなってくるものだ。

だが、この気胸療法も、決して安全とは言えない。ある療養所の患者は、もう退院近くなっていた。気胸日に看護婦に呼ばれて、鼻唄《はなうた》まじりにスタスタと気胸室に行ったが、そのまま帰らぬ人となってしまった。それは、医師の不注意で、うっかり針を血管の中に刺してしまったのだ。気胸器には圧を計る器械がついているが、その時医師は、つい油断をしたのだろう。空気が血管の中に入り、空気栓塞《せんそく》を起して死んでしまったらしい。血管の中に空気を入れるというのは、実に恐ろしいことである。

また、肋膜腔内に入れるべき針が、肺に達することがある。すると呼吸する度に、空気がその腔内に洩《も》れて、急激に肺を縮め、人事不省におちいり、やがては死んでしまうという事故もいく度か聞いた。「自然気胸」と呼ぶこの事故も、空気栓塞と同様に、わたしたち気胸を受ける患者は恐れたものだ。馴《な》れた医者ほど、患者や看護婦と冗談を言ったりして、この事故を起すと聞いていた。

いかに稀《まれ》な事故でも、あり得ないことではなかったから、気胸を受ける度に、ちらりと不安を抱くのが普通だった。

ある雪の日、わたしはいつものように気胸を受けに保健所に行った。気胸が終って、

部屋を出ようとすると、急に目の前がまっ暗になった。看護婦が、

「あ、まっ青《さお》だわ」

と、わたしの体を支えて、静かにそばの長椅子《ながいす》に横たえてくれた。医師があわただしくわたしのプルスを取った。その間三十秒とたったであろうか。

(ああ、何か事故だな)

わたしはとっさに、自分が不運な事故にあったことを感じた。そしてすぐに、

(ああわたしは、死ぬのか。仕方がない)

と思い、更につづけて思ったことは、父や母のことではなく、

(同生会の仕事の引きつぎをしなくてはならない)

ということだった。
二、三時間たって、わたしの体は幸いにも元通りになった。わたしの身に起ったのは、あの自然気胸でも、空気栓塞でもなかったのだ。「ショック」と呼ばれていた状態らしかったのだが、しかしこの事件は、わたしにとってよい経験であった。
それは、わたしにとって、待てしばしのない突如襲った臨終の経験であった。目の前がまっ暗になった時、わたしはあの恐ろしい事故が自分の上に起き、そして自分は死ぬのだと思った。

それまで、自分で死のうと思ったことはある。しかし、自分の意志とかかわりなく、突如死に襲われるという経験はなかった。わたしは決して、積極的な生き方をしていなかったが、もともとは非常に意気地《いくじ》なしである。九歳の時に、死について一晩考えぬいたことがあった。どうして人は死ぬのかと考えると、眠ろうにも眠られなかったのだ。そして九歳のわたしが得た結論は、

「ほかの人は死んでも、綾子だけは決して死なない」

ということであった。

小さい時から、死についてつきつめて考えるほどであったから、わたしは命根性《いのちこんじょう》の汚ない人間であると思う。

だから、突如死に襲われたりしたら、さぞみっともない死様《しにざま》をするだろうと思ってきた。ところがその時のわたしは、意外にもまことに諦《あきら》めがよかった。

(仕方がない。いま死ぬのか。それもよかろう)

という、平静さがあった。無論医師を恨む気持などみじんもなかった。そして、最もふしぎに思うことは、父母兄弟、友人のことを思うよりも先に、毎月千円の報酬を受けていた結核患者の会同生会の書記の仕事の引きつぎを、第一に考えたということである。これは言ってみれば、療養片手間のアルバイトで職業ではなかった。日頃そ

れほど重要に考えていなかったことが、どうして意識に上ったのだろう。ふだん親しくつきあっている前川正にさえ、ひと目会いたいとも思わなかったのである。

この経験でわたしが得たものは、第一に、人間は死を恐怖しているが、いざとなると案外簡単に死を肯定するものだ、ということである。そして第二には、案外自分という人間を知らないで生きているものだということであった。自分が死ぬ時には、多分こうだろうなどと想定してみても、全く思いがけない一面をみせるものだと、つくづく思った。つまり、どれほどもわたしはわたし自身を知ってはいないということである。

無論、今後死に面した時のわたしは、この時のわたしとは全く違った面を、またみせることだろう。よく人々は、その人の死際《しにぎわ》の姿をもって、その人間を計ることをするけれど、長い病人ならいざ知らず、突如訪れる死に際してみせる姿を、それほど重要に考えることはどのようなものであろう。

あの時、あのままわたしが死んだとしたら、わたしは実に往生際《おうじょうぎわ》のいい人間として、語り伝えられたことだろう。だが、わたしはやはり、自分がほんとうに死ぬ時は、じたばたすることだろうと思っている。

この事件が、わたしの生活に様々な影響を与えたのは無論である。死は何の相談もなく突如襲ってくるものだということを、しみじみと感じた。わたしが死にたいと願ったあの夜の海べでは、わたしは死ぬことができなかった。しかし、いままた生きようと思いはじめた時に、死はいつわたしの上に訪れるか、わからないのだ。

死にたいということは、わたしの強烈な願いであり、意志であったはずなのに、しかも死ぬことはできなかった。いま生きたいと思っていることも、確かにそれはわたしの願いであり意志であるはずなのに、何とわたしたち人間の意志は、簡単にふみにじられることだろう。

そう考えてくると、わたしはこの世に、自分の意志よりも更に強固な、大きな意志のあることを感ぜずにはいられなかった。その大いなる意志に気づいてみると、平凡な日常生活の一日にも、確かに自分の意志以外の、何かが加わっていることを認めないわけにはいかなかった。

たとえば、きょうは洗濯をし、本を読み、街に買物に出て行こうと、大ざっぱな計画を立てる。ところが洗濯の途中で雨が降り出し、読書の最中に腹痛が起り、さて街へ出かけようと思うと客がくる。決して自分の意志通りに事が運んではいない。

わたしは、自分が二十八歳のその時までの生活の中においても、それに似たことを見出《みいだ》した。その最も顕著な例は、西中一郎の結納が入った日、わたしが倒れ、やがて発病し、結婚の予定が狂ってしまったことである。人間の考えが、余りにあさはかだから、何者かがわたしたち人間の立てた計画を修正してくれるのだろうか。そんなことをわたしは考えるようになって行った。無論この何者かとは、絶対者神のことを指しているのである。

一九

雪どけの雫《しずく》が、絶え間なく軒から落ちていた三月のある日だった。

間藤安彦から葉書がきた。小さな、余りうまくない字がポツポツと並べられている。

「綾さん、お元気ですか。いまぼくの手もとに、たった一枚の葉書しかありません。ぼくはあした、胸郭成形の手術を受けることになりました。誰にも知らせないで手術を受けようと思いましたが、この一枚の葉書をみて、あなたにだけは知らせておきたいと思い、ペンを取りました」

簡単な文面であったが、内容は重大である。胸郭成形は胸を切り開いて肋骨《ろっこつ》を何本か切る手術だ。それほど危険ではないにせよ、大きな手術である。ちょうどわたしを

訪ねてきた前川正に、わたしはその葉書をみせた。一読するなり、前川正は、

「すぐ行きましょう。いろいろと人の手も欲しいことでしょうし、そばにいてあげるだけでも力になりますよ」

と、もう立ち上がっていた。

「でもわたし、少し微熱があるの」

そう言うと、彼は呆《あき》れたように、

「間藤さんが死ぬか生きるかの、大手術をするんですよ」

と、わたしを叱《しか》るように言った。

間藤安彦には母親がいない。手術の時に、一番いて欲しい人がいないのは、確かに憐《あわ》れであった。しかしわたしは、たった一枚の葉書をわたしに書いてくれたことに、いく分こだわっていた。彼には何人も友人がいたし、女の友だちもいた。その中で、わたしだけに葉書を書いてくれたということは、正直に言って、うれしくないことはなかった。

前川正は、以前に、わたしと間藤安彦の交際を断つべきだと言ってはいたが、彼自身は短歌雑誌や、葉書などを間藤にやっていたのである。だが間藤はどういう気持か、

前川正のそうした好意に、一度も報いようとはしなかった。はために は冷然と読み捨てていたような印象を受けた。

その間藤安彦の手術に、何も前川正までが行ってやることはないではないかとも、わたしは思って行きしぶっていたのである。

病院に行ったが、まだ必要な用意は整えられていなかった。たとえば横飲みや、体の下に敷く油紙など、手術患者には必需品であるものさえ、整えられていなかった。前川正は、医学生らしい細かい配慮で、それら必要なものを紙に書いて、彼の姉に渡した。

そしてまた、八人もの大部屋ではつらいだろうと、医者に交渉して、二人部屋に移してもらうようにした。

翌日は、間藤安彦の手術の日である。わたしと前川正は連れだって、ふたたび病院に行った。間藤は、基礎麻酔を打たれ、担送車で手術室に入った。手術の終るのを待つ間に、わたしは売店から、キャラメルを買ってきて、疲れた顔をしている前川正に、

「ひとついかが」

と、すすめた。すると彼は、ちょっと気色ばんで、

「いま、間藤さんは手術室で、手術を受けている最中なんですよ。そのことを思ったら、キャラメルなんか、のどを通るわけがないでしょう」

と首をふった。わたしは、その前川正の言葉に打たれた。間藤は必ずしも前川正に親切ではない。否《いな》むしろ前述したように、冷淡でさえあった。その間藤の手術に、こんなにも本気で心配しているのかと思うと、前川正という人間が、実に偉く思われた。しかしわたしは、ひとりでキャラメルを一箱あけてしまった。

二〇

間藤安彦の手術は成功し、彼は徐々に体力を回復していった。その間藤を、わたしよりも前川正の方が数多く見舞っていたようである。時には二人そろって間藤を見舞に行った。すると間藤は、

「あなた方を兄妹かと、部屋の人や、看護婦さんたちが思っているようですよ」

と言った。わたしと前川正の間にかもし出されるふんいきは、よそ目にも恋人のそれとは見えなかったのであろう。

わたしは、二重瞼《まぶた》の大きな目であり、前川正は一重瞼の細い目であった。容貌《ようぼう》が似

ていないのに、どこか相似て見えたということは、わたしを喜ばせた。虚無的であった自分が、少しずつでも彼に似ていくことを、わたしは、自分自身の進歩のように喜んだのである。

ある日前川は、わたしに大学ノートを一冊買ってきた。

「このノートにお互の読書の感想を書きあいましょう」

彼は、わたしを少しでも成長させることに、喜びを感じているようだった。ゲオルギューの「二十五時」、リルケの「マルテの手記」、宮本百合子《ゆりこ》・顕治《けんじ》の「十二年の手紙」など、次々に買ってきては、わたしに感想文を書かせるのだった。

世の男女の交際は、こんな「宿題」を出すようなことはしないだろうと思いながらも、わたし自身も楽しかった。リルケの言葉に、

「学びたいと思っている少女と、教えたいと願っている青年の一対《つい》ほど美しい組合せはない」

とかいうのがあったような気がする。わたしたちは、ほんとうにそんな一対になりたいと思っていたのだ。だから一層熱心に共に聖書を読み、英語を学び、短歌を詠《よ》んだのであった。

彼は、昭和二十年頃から短歌をはじめていて、アララギの会員だった。歌をはじめ

たばかりのわたしには、彼の歌のうまさはまだよくわからなかったが、次のような、人間性のあふれた歌には心ひかれた。

公園の木立の中を並びゆくに何か恋人の如《ごと》き錯覚
このまま抱擁せば如何《いか》ならむなどと想《おも》ひつつ暗き道を処女《おとめ》と並びゆく

彼がうたったこの女性は、わたしではない。以前にわたしを凄腕《すごうで》だと彼に告げた女性である。この歌は、教会の修養会で、神楽岡《かぐらおか》公園に行く途中作ったものだと言って、彼はわたしに見せてくれた。

「へえ、正さんのような、そんなまじめそうな顔をしていても、心の中は何を考えているのかわからないのね」

わたしは呆《あき》れたように言った。

「綾ちゃんは、小説は読んでいるけれど、まだまだ男というものを、ちっともわかっていませんよ。ぼくが誘えば、人けのない春光台でも平気でついて来ますねえ。しかしぼくだって男ですからね。ほんとうはもっと警戒すべきだと思うんですよ」

「だってわたし、男なんてちっともこわくないわ。男の人だって、恥ずかしいということを知っているでしょう。そうむやみに変なことはしないと思うの」

「ダメダメ。それだから困るんだ。全く綾ちゃんときたら子供と同じで、危なっかしくて見ていられない。菊池寛は、男をほんとうによく知っているのは、芸者だけだと書いていたことがあるけれど、もっと男というものを知らなくちゃ困るんですねえ」

彼はむきになって、男を信用してはいけないと、わたしに忠告した。

それはわたしにとって、初めてのことであった。男の人たちは、みんな自分だけは紳士であるというような顔をしていた。男は油断のならないものだなどと、言ってくれた人は一人もなかった。前川正は、

「ぼくはねえ、形だけは品行方正ですよ。だけど、心の中はそれだけに妄想《もうそう》で渦まいているのです」

とも言った。わたしは内心、こう言う人こそ信用していい人なのだと、あらためて思うのだった。


唇を得しと思ひしたまゆらに息荒々と目覚めけるはや

彼はこんな歌も作っていた。そして、彼を信じているわたしに、彼は何とかして自

分を信じさせまいとするように、いく度も言うのだった。

「ぼくはね。人に言えないような夢を見るんですよ。この歌なんか、まだてのいい方ですよ」

そしてまた、

「綾ちゃんは女でしょう。女である以上、生活の相手である男性というものを、ほんとうの意味で知らなくてはいけませんよ。男性をきれいなものに思い描いていて、その思い描いた幻と結婚したりするから、世には不幸な結婚も多いのですよ」

などと説き聞かせてくれるのだった。今考えると、彼は自分自身を美化されるのを嫌っていたのかもしれない。いや、それ以上にわたしの将来を考えていたのではないだろうか。自分の命の短いことを知っていて、この何もわからないわたしが、つまらぬ結婚などしないようにと、心を配っていたのではなかったろうか。

こんな歌を作る彼には、そのくせ次のような歌もあった。

意気地《いくじ》なく距離を保ちて交はれば処女《おとめ》は次々と吾を離れゆく

彼はまた、平和問題にも非常に関心を持っていた。旭川の共産党員五十嵐久弥の誠実な人柄を敬愛して、共産党員との平和懇親会にも出ていた。かなり熱心であり、共産党に心ひかれていた一時期のことは、次の歌にも現われている。

地下に潜《くぐ》る覚悟つかねば入党をすすむる君に吾は無言なり

入党をすすめられたぐらいだから、かなりのシンパであったはずである。だが自分は、五十嵐久弥のように、非合法の時代にも節を曲げなかったような強さはないと、彼は言っていた。しかし平和だけは、絶対に守らなければならないと思っていたらしく、よくわたしにもそんな話をしてくれた。ある時堤防で二人が平和問題を語り合っていた時、二、三人の男がひやかしの言葉をかけながら通り過ぎた。

「よそ目には、甘い会話をとり交している恋人同士と見えるのかもしれませんね。若い男女がこうして、美しい堤防で平和のことなど話し合っているなんて、ほんとうは世界の悲劇のようなものなんですけれどね」

彼はそう言って笑った。わたしはその時はじめて、切実に平和という問題を考えた。ほんとうに世界中には、何百万組の若い恋人たちがいることだろう。彼らはただ二人の恋を語っていればそれでいいのだ。それが、

「いつまた戦争が起きるのかしら、戦争が起きたら、あなたは戦場に行ってしまうのね」

そういう会話をしなければならないとしたら、それは何という悲しいことであろうと、わたしは思った。

「ほんとうにねえ、わたしたちが欲しいのは、自家用車でもなければ、大きな邸宅でもないわ。たったひと間でもいいから、家族が戦争のことなど一度も心配せずに生きていくことなんだわ」

わたしは彼にそう言った。平和を願う彼は、次のような歌をいくつか作った。

平和をば唯《ただ》祈るより術《すべ》なきか組織なく気力なきクリスチャン我等
若きらが萌《きざ》す不安におびえつつ教授等の入党を伝へ来《きた》りぬ
今度こそは迎合クリスチャンでゐたくなし外電は原子戦争の悲惨を伝ふ
平和とは永劫《えいごう》の希望かと思ふ時風見矢が方向を転じたり
戦争を鼓吹せざりし消極を今となり孤高者と自誇するグループ

そしてある時、わたしに新聞の読み方を教えてくれたことがあった。

「綾ちゃん。見出しの大きい記事が重要とは限りませんよ。新聞の片隅に小さく書かれている二、三行が、ほんとうは重要だということがあるのですからね。しっかりと目をあけて、これは今の世にとってどんなことなのかということを、聡明《そうめい》に読みとらなければいけませんよ」

それを裏書するような事実に、わたしもその後いくつかぶつかった。彼自身の歌にも、

外電の短き記事に怖《おそ》れつつ或《あ》る結論を抽《ひ》き出さむとす

というのがある。彼はその時三十一歳だったが、北大にまだ籍のある療養学生だった。だから次のような歌ができたのも当然だったろう。

中国に拡《ひろが》りてゆく革命か沁《し》む大学生の加はることも
徴兵反対の掲示囲める学生等サフランの鉢をかばひ持つ一人あり

わたしは特にこの二首目の歌が好きだった。フランス映画の一こまのような歌では

ないだろうか。徴兵に反対する若い学生たちの、清純な真剣な青春が、サフランの花を傷つけまいとかばっている学生の姿に象徴されているような気がしてならない。今でもわたしは、この歌を、青春の日の秀《すぐ》れた歌としてあげることをためらわない。

二一

わたしの歌も拙《つたな》いなりに、かなり変ってきた。歌をはじめた頃は、虚無的な歌が多かった。

極量の二倍を飲めば死ねると言ふ言葉を幾度か思ひて今日も暮れたり
自己嫌悪《けんお》激しくなりて行きし時黒く濁りし雲割れにけり
惰性にて生き居る吾《われ》と思ひたり体温計をふりおろす時
乞食《こじき》なども羨《うらや》ましくなるこの夜よ郵便局のベンチに臥《ふ》してをりしに

このような歌が、いつしか次のように変っていった。

「主婦の友」の内職欄を読みて居つ胸病む吾に生くる術《すべ》がありや

フォルマリン匂《にお》ふ寝巻に着更《きか》へつつ心素直になりて行きたり

そのうちに前川正が、札幌の北大病院に診断を受けに行くことになった。わたしはその時何となく不安になった。と言うのは、彼の健康のことではない。札幌には彼の初恋の人がいたからである。相手は下宿先の娘さんで、彼の四つ年上の人だった。初恋の人と言っても、彼が想っていただけで、相手の人は何も知らずに結婚してしまった。それで彼は、「春と秋」という短編小説を北大の校友会誌に発表し、その小説の中で彼女を書いた。小説の中の彼女は、長いまつ毛の、ギターの上手な人である。それは事実らしかったが、結末は彼女を自殺させている。

彼に言わせると、

「結婚されたので、しゃくにさわったから、自殺させたのですよ」

ということなのだ。もっとも、その女性は非常に聡明だったから、彼の想いに気づいていても、そしらぬ顔をして、適当に彼をあしらったそうである。

彼はそのことをわたしに語る時、

「あれはありがたかったですねえ。若い時は愛してもいいが、愛されてはいけないことがあるんですよ」

と、感謝していた。この話をわたしに聞かせたのは、七つ年下の間藤安彦と、わたしの間に危険なものを感じていたからであったらしい。

とにかく彼が、久しぶりに出札すると聞いて、わたしは直感的に、彼と初恋の人がどこかでばったり会うのではないかと感じた。わたしは時々予言者のように、きょう起きる出来事を当てることがある。特に入院中は、何か鋭《と》ぎすまされたような神経であったのか、寝ていて、一町も離れた炊事場で、いま作っているものが何かを当てることが、しばしばあった。

札幌に出た彼は、僅《わず》か一週間の間に、わたしに葉書を二十八通も書き送ってくれた。

「いま札幌の駅におり立ちました。旭川よりずっと暖かです。これから北大病院に行くのですが、その前にとりあえず一筆しました。風邪をひかずに待っていてください」

そんな簡単な文面だったが、ある時は病院の控え室で、ある時は食堂で、またある時は本屋の店先で、というように実に手まめに便りをくれた。

そして、何を食べたか、道で誰に会ったか、札幌の街のようすはどうか、あたかもわたしが同行しているような錯覚をおぼえるほど、一から十まで報告してくれた。

やがてわたしは、わたしの直感が当ったことを彼の葉書で知った。

「きょうは札幌は暖かで、ザラメ雪が足にこたえます。きょう思いがけない人に会いました。『秋』です。（小説『春と秋』はその妹を春、その姉を秋に象徴して彼は書いていた）えんじのベレー帽も、口紅の色も、七年前と同じでした。五歳ぐらいの男の子を連れて、少し斜めに首をかたむけながら歩く姿も、七年前と同じでした。向うは気づかなかったようですので、言葉をかけずに過ぎました」

わたしは、自分の直感が当ったことを思いながら、その葉書をいく度も読み返した。その行間に、「秋」に対する彼の想いがひそんではいないかと思ったのだ。そして、

（やっぱり彼は、まだ彼女を愛している）

と感じた。もし、愛していないならば、ひとつ屋根の下に何年も住んでいた「秋」に、言葉をかけることをためらうわけがない。思わず口から、その人の名が出るのが自然ではないかとわたしは思った。

ベレー帽のかぶり方も、口紅の色さえも、七年前のそれと同じだと記憶しているのは、並々の感情ではない。

しかも、仔細《しさい》にその人を眺めながら、そのまま通り過ぎたのは、何と言ってもまだ彼女を愛しているのだろうと、わたしは思った。

やがて彼は一週間の予定を終えて旭川に帰って来た。会うなりわたしは言った。

「あの『秋』に会ったのね」

二十八通もの便りをもらったことを喜ぶ前に、わたしはただそれだけを言った。その時わたしは、ハッキリと自分が前川正を愛していることに気づいた。いままで、師として、友としてつきあっていたはずなのに、わたしの心は急激に彼に傾いていった。

「会いましたよ」

彼はそう言って笑い、

「どうかしましたか」

と、尋ねた。わたしは、何も言わなかった。七年ぶりに「秋」に会った彼の心は、その「秋」の上におき忘れてきただろうと思ったからである。

「綾ちゃん」

呼ばれて顔を上げると、彼の激しい目の色がわたしの前にあった。その目は、雄弁に彼の心を語っていた。

「なぜ『秋』に言葉をかけなかったの」

わたしは彼の目の色に、激しく感情が波立ちながらも言った。

「ぼくはね綾ちゃん。秋だけではなく、どの女性にも言葉はかけないんだ」

彼はそう言って、初めてわたしの手を取った。その日から、わたしたちは、友だちであることをやめた。

導かれつつ叱《しか》られつつ来し二年何時《いつ》しか深く愛して居りぬ
吾が髪をくすべし匂ひ満てる部屋にああ耐へ難く君想《おも》ひ居り

わたしは生れて初めて、恋愛の歌を作った。

やがて雪がとけ、北海道にも春がきた。桜も、こぶしも、一時に咲く五月がきた。旭川の五月は美しい。わたしたちは連れだって、時々春光台と呼ばれる丘に行った。この丘は彼がわたしのために、自分の足を自ら石を持って傷つけた丘である。

その日彼は、

「綾ちゃんに、きょうはお誕生日のお祝をあげようと思っているのですよ」

と言った。わたしの誕生日は四月二十五日だった。その時たしかお祝に本をもらっていたはずである。彼はお菓子屋で、ギューヒ二個と桃山二個を買った。甘いものの好きなわたしのために、それをお祝に買ってくれたのかと思いながら丘に行った。

二人は、自分たちの住む街が、紫色に美しくけぶるのを眺めながら、いつものように短歌や、小説の話などをした。

近くに牧場があり、牛が牧童に守られて、ゆっくりと草を食《は》みながら、幾頭も歩いて行った。小学校五年生ぐらいの牧童は、草笛を吹きながら、わたしたち二人には目もくれず過ぎて行った。その後はまた、二人っきりの静かな丘である。家一軒ない丘は、気の遠くなるような静かさだった。

その日二人は、初めて口づけを交した。

「お誕生日のお祝ですよ」

彼に言われて、わたしは驚いた。

「これがお祝だったの。すばらしいお祝ね」

彼は静かに、若草の上にひざまずいて、二人のために祈ってくれた。

「父なる御神。わたしたちはご存じのとおり、共に病身の身でございます。しかし、この短い生涯を、真実に、真剣に生き通すことができますようにお守りください。どうか最後の日に至るまで、神とお互とに真実であり得ますように、御導きください」

二人はいつしか涙ぐんでいた。わたしは彼の真実な愛に心打たれて涙ぐんだのだが、彼は自分の命短いことを思って、いつの日か残されるであろうわたしの身を思って涙ぐんだのであったろうか。

「一生懸命生きましょうね」

そう言った彼の言葉が、いまも聞えてくるような気がする。

相病めばいつまでつづく倖《さち》ならむ唇《くち》合はせつつ泪《なみだ》こぼれき　綾子
笛のごとく鳴りゐる胸に汝《な》を抱けばわが淋《さび》しさの極まりにけり　正

二二

前川正との楽しい日々が続くと、わたしは再び言いようのない不安に襲われた。それは自分の今の安らぎが、前川正が存在することによってのみ、成り立っているということへの不安だった。

たしかに彼は親切であり、話題が豊富であり、恋人として楽しい存在ではあった。会う度に唇《くち》づけするということはせず、極めてストイックな姿勢であることも好きだった。いつもわたしたちの間には、さわやかな風が吹いているような、乾燥した清潔さがあった。そうした彼の態度に、信頼を感ずれば感ずるほど、わたしは自分が安住している今の世界は、ほんとうの安住すべき世界だろうかと、不安になってきたのである。

　わたしのしあわせは、前川正という人間が存在するということにあった。それならば、やがて彼が去り、あるいは死別するかもしれない時がきた時、今立っている幸福の基盤は、あっけなく失われてしまうことになるではないかと、わたしは思った。わたしがこの人生において、ほんとうにつかみたいと願っている幸福とは、そのような失われやすいものであってはならなかった。その点わたしは、極めてエゴイストであった。束《つか》の間《ま》のしあわせでは不安なのだ。ほんとうの、永遠につながる幸福が欲しいのだ。それにもかかわらず、彼との毎日が楽しいことに、わたしは不安を感じたのである。こうした不安は、その後もしばしば経験した。

　彼の影響もあって、わたしは本をつとめて多く読むようにした。「きけわだつみのこえ」もそのひとつである。これはその頃のベストセラーで、今でも学生たちに読まれている本である。学徒出陣で戦死した学生たちの手記であった。わたしはこの本を読み終えた時、この世には読み終えたということのできない本のあることを感じた。いかに感動して読んだからと言っても、それだけでは読んだことにはならないのだ。読んだ者の責任として、その後の生き方において、この本に応《こた》えなければならないという本もあるはずである。

この「きけわだつみのこえ」には、若い学徒たちの遺書や日記やノートが載っていた。大方の若い魂は、戦争を一応は批判し、一応は否定していた。しかし彼ら学生は、その否定する戦争に赴いてしまった。徹底的に戦争を批判させるもの、そして否定させるものは、ここにはなかった。体を張ってでも戦争を拒否するという、一筋通った強いものではなかったのだ。わたしはその時、窮極においては学問さえも甚《はなは》だ力弱いものであることを感じて、心もとない淋しさを覚えた。

無論、それ故《ゆえ》にこの本はいっそう悲痛であり、読む者の胸を打った。いかにもそれは、押し流されて没した若い魂の無念さを思わせたからだ。

わたしはこの本を読んで、単なる平和論では、ほんとうの平和が来ないのを感じた。ほんとうに人間の命を尊いものと知るなら、一人一人の胸の中に、残虐《ざんぎゃく》な人間性を否定させる決定的な何かが必要だと、わたしは思った。それをわたしは、やはり神と呼ぶより仕方がなかった。しかし、その時のわたしには、キリスト教を肯定することができなかった。アメリカにもイギリスにも、フランスにもドイツにもキリスト教があったはずではないか。だがそのキリストの神は、戦争を押しとどめる力にはならなかったではないか。それならば、宗教もまた学問と同様に、何の力もなかったことになるではないかと、わたしは絶望を感じた。

日本だけが神のない国ではなかった。世界が真の神を失っているとわたしは思い、そのことに気づいていないような教会に対して、不満を感じた。

いかに涙して、この「きけわだつみのこえ」を読んだとしても、戦争はまたくり返されることだろう。この本を読むまでもなく、日本人の多くが、戦争のために肉親や友人を失い、家も焼け、自分自身の運命も大きく変ってしまったはずである。国民の多くが、多かれ少なかれ戦争の犠牲者であった。わたしたち結核患者も、戦争中の食糧不足が崇《たた》って、発病しなくてもいい者までが発病し、長く臥《ね》ているではないか。

しかしわたしたちは、つきつめて、戦争を起こした者は誰か、再び戦争はすまいなどと考えてはいないのだ。なんと人間はお人好《ひとよ》しで、鈍感なものだろう。これがもし、個人に殺されたり、個人に家を焼かれたなら、決して相手を許そうとしないことだろう。だが、わたしたちは、

「戦争はごめんだ。ひどい目にあった」

などと、口では言っていても、心の底からの激しい憤《いきどお》りを持ってはいない。

わたしは、この自分の中にある鈍感さと、いい加減さに気づいて恐ろしくなった。平和という問題は、まず一人一人の胸の中に、平和への真の願いが燃えなければ、どうにもしようのない問題であることを感じた。「きけわだつみのこえ」の学生たちが、

若く清潔であればあるほど、わたしは戦争否定のために、どうしても必要な、神のことを考えずにはいられなかった。ともあれ、この本を読んだことは、わたしの信仰への生活に、大きな刺激となったことは確かである。

二三

求道生活がまじめになるにつれ、わたしは自分の体を大事にすることにも本気になった。前川正がある日、

「綾ちゃん、お互のために、ひとつ北大病院に行って、二人の体を徹底的に診断してもらいましょう」

と誘ってくれた。彼の家は、札幌に受診に行くことぐらい、経済的に苦痛はないであろう。しかしわたしの家は、まだ中学生、高校生の弟たちがいて、決して楽ではなかった。わたしは早速、衣料問屋に行って、男ものの靴下や、女もののソックスなどを仕入れ、療養所や街の一軒一軒に売り歩いた。六月の中旬に入ったばかりで、ライラックの匂《にお》う美しい季節だったが、十軒歩いて一軒買ってくれればいいほうである。これではとても体が持たない。それで、友人の勧めている北海道拓殖銀行に売りに行

った。笹井郁という友人は、いとも気軽に、

「ちょっと待っててね。わたし、みんなに売ってくるから。あんたはここに休んでいるといいわ」

と言って、同僚の間を売り歩き、またたく間に全部売り切ってくれた。この時のありがたかったことを、わたしは今も忘れられない。今、わたしの行きつけの銀行が、ここである所以《ゆえん》である。

いよいよ旅費もでき、二人で札幌に行く朝が来た。駅に行ってみると、彼は登山用のリュックサックを背負っている。もうその頃では、背広を着てリュックサックを背負っている人などいなかったから、わたしは驚いた。

「あら、スーツケースをどうして持っていらっしゃらなかったの」

尋ねるわたしに、前川正は言った。

「綾ちゃんの荷物を持つためには、両手があいていなければなりませんからね」

彼はニコニコ笑って、わたしの荷物に手をかけた。わたしは参ったと思った。彼も若い青年である。背広を着てリュックサックを背負うのは、あまりうれしくはなかっただろう。しかし、彼はまず自分のことよりも、真っ先にわたしのことを考えてくれたのである。

(共に旅するということは、こういうことなのだ。もし、わたしと結婚したら、彼は人生の長い旅を共にするために、やはりこうしたリュックサック姿になるだろう。反対にわたしは、相手の大きな荷物になるばかりではないか)

しみじみとそう思ったものである。

彼の宿は、彼の知人の家であり、わたしの宿は母の叔母の家だった。荷物をわたしの宿の前まで持ってきて、彼はそのまま帰って行った。

気がつくと、わたしの手に彼のグリーンの風呂敷《ふろしき》包みがあった。それは彼の日記帳で、軽いこの包みだけをわたしが持っていたのだ。返そうにも、彼の宿の住所がわからない。明日の朝、北大病院で会う時返せばよいかもしれないが、筆マメな彼は、今夜きっと日記を書くにちがいない。そう思って、わたしはひどく気にかかった。夜、その風呂敷包みを枕元《まくらもと》においてわたしは寝た。

その時わたしは、ふっと心の中で、

(正さんの日記を読んでみたい)

と思った。わたしはどちらかというと、人のノートを盗み見したり、葉書を読んだりすることはきらいである。無論わたしにも「のぞき」の興味は多分にある。まして日記帳が恋人のものとあれば、読んでみたいのが当然である。だがわたしは、療養所にいて散歩に出る際、葉書の投函《とうかん》を頼まれても、一度も読んだことのない人間である。そういうことを卑《いや》しいと、堅く信じて疑わない方だったから、今ここで、いかに彼の日記とは言え、読むことはためらわれた。

(正さんは、この日記を読みなさいと、わたしに手渡したわけではない。どんな人間の心の中にも、人に知られたくない一面があるはずだ。許可も得ないで読むとしたら、わたしは彼を裏切ったことになる)

わたしは、読むことで自分を卑しめたくなかった。そして遂《つい》に、枕元の風呂敷包みには手もふれずに眠った。

翌朝病院で会った時、

「読みたかったけど、読まなかったわよ」

と手渡すと、

「読んでもよかったんですよ」

と、彼はやさしい微笑を向けた。

その頃の北大病院は、たしかコンクリートの二階建であったように記憶する。ひとつの科から、他の科に行くのには、病人のわたしたちには三町もあるかと思われるほどの長い廊下を通らなければならなかった。窓から見る病棟の壁は、どれも深々とした蔦《つた》の緑に覆《おお》われていた。その病院の廊下を彼と歩きながら、わたしは涙がこぼれそうになっていた。それは、内科に行っても外科に行っても、彼のかつての同期生が、白衣を着てテキパキと患者を診断しているからだった。

「やあ、しばらくだね。その後少しはいいの」

などと、彼を一応親切にねぎらってはくれる。しかし三十を過ぎた彼が、まだ大学に籍があると言いながらも、いつ復学できるかわからないのだ、彼の心中はどんなであろうかと、思わず涙がこぼれたのである。特に悲しかったのは、胸部の断層撮影のためレントゲン室に入った時だった。教授か講師かわからないが、たくさんの学生たちに何かを説明していた。前川正を見ると、いい材料があるとばかりに、彼らの前で裸にし、講義をつづけた。柔和な彼は、ニコニコ笑って学生たちの前に上半身を裸にされたまま、おとなしく教材になっていた。無論学生たちは、彼を自分たちの先輩と知るはずもない。

「わたし、あの時正さんの代りに、あそこに立ってやればよかったわ」

怒りに似た気持でわたしがそう言った時、彼はいつものおだやかな口調で言った。

「綾ちゃん、人間はね、一人一人に与えられた道があるんですよ。綾ちゃんは、ぼくの友人たちが一人前の医者になっているのを見て、少し感情的になっているのではないですか」

彼はわたしの気持を言いあてた。

「ぼくもね、北大に入学した頃は、後何年たったら医者になる。そして収入はこのくらいになる。死ぬまで食べはぐれはないと思っていたし、医師という職業に誇りを持っていましたよ。しかしね、ぼくは神を信じていますからね。自分に与えられた道が、最善の道だと思って感謝しているんです。そう淋しがらなくてもいいんですよ、綾ちゃん」

そう言って、彼はわたしを慰めた。わたしは彼の言葉の中に、殉教者のような強さと美しさを感じて、黙ってうなずいた。

第一日目の受診を終えたわたしたちは、医学部の中をくまなく歩いた。解剖用の死体置場や、解剖室などまで彼は案内してくれた。この古びた医学部のすべての場所に、彼の思い出がたくさんあるにちがいないと思いながら、わたしはやはり療養者の彼がかわいそうでならなかった。

構内に出ると、芝生のみどりが目に冴《さ》え冴《ざ》えとうつった。樹齢何百年もの大きなエルムの木が、公園の木立のように美しい。その下を白衣の看護婦や、医者や、学生たちが、何か話しながら楽しげに歩いている。

「あの人たちは、しあわせね」

わたしは思わず言った。前川正は少しきっとして答えた。

「その言葉は、訂正を要しますね」

「なぜ？」

「人間は、見たところしあわせそうに見えたとしても、必ずしもしあわせとは言えませんからね。ホラ、ライラックの横を歩いて行くあの看護婦さんは、昨日縁談がこわれたかもわからないし、そのうしろを行くあの学生は、故郷に病気の父親がいて、中途退学を恐れているかもしれないんですよ」

「なるほどね。正さんは想像力がたくましいわ」

「だからね、断定的にあの人たちは幸福だなどと、羨《うらや》ましがってはいけませんよ。言えることは、いまぼくは、綾ちゃんと二人でこの芝生を歩いているだけで、じゅうぶんしあわせだということですよ」

たしかに彼の顔には何のかげりもなかった。

その翌日も病院に行った。受診が終わると食堂で食事をし、二人は札幌神社の宵宮祭の街を歩いた。この夕べ、正さんはわたしに、堀辰雄《ほりたつお》の「菜穂子」を古本屋で買ってくれた。

この本の扉には、彼の字が、今も残っている。

綾ちゃんへ
札幌の街の中を歩いて、札幌神社の宵祭、南六条西二丁目の綾ちゃんの宿まで。それからまた夜の札幌を眺めようと、再び連れ立って、とある古本屋。和服姿の主人公に訊《たず》ねると、客と雑談中の途中、煙草《たばこ》くゆらせながら探《たず》ねだしてくれた一冊。著者も、主人公菜穂子もTB、そして綾ちゃんも、わたしも、大学病院に診察を受けにきた立派なTB。

モカコーヒーを飲みつつ
札幌紫烟荘にて
正　しるす

翌日札幌神社祭の街を逃れるようにして、わたしたちは旭川行きの汽車に乗った。帰途彼はわたしの横で、葉書を何枚も書いていた。札幌で世話になった宿や、友人たちに早速礼状を書いているのである。彼はいつも旅する都度、車中で礼状を書くようであった。

「几帳面《きちようめん》ね」

と、感心するわたしに、

「ほんとうは、家に帰ってから書くべきなのかもしれませんね。おかげさまで無事帰宅しましたなんて書いては、嘘《うそ》になりますからね」

と、彼は笑った。

北大病院における診断は、二人ともとりたてて変わったことはなかった。ということは、彼にとって決して喜ぶべき診断ではなかったということである。手術もできない、マイシンも大した効果がない。時が来れば死ぬだろうということなのだ。わたしの場合は、気胸をすれば治癒《ちゆ》するめどがたっていた。ただレントゲン写真の良好な割には、微熱も続き過ぎるし、瘦《や》せも目立っていた。

帰宅した翌日、彼から早速葉書が来た。それを見てわたしは思わずふきだした。彼は車中わたしの横にいて、わたし宛《あて》に葉書を書いていたのである。こうしたユーモラスな一面も彼にはあった。それは、三日間の旅を共にした者への、深いいたわりのこめられたユーモアでもあったのだろう。この時の葉書は、たしか即興の詩で

「ゴットン、ゴットン」

という汽車の擬音が、幾個所にも使ってあったはずである。何せ彼の手紙は、連日

と言ってよいほど来ていたから、この葉書一枚を探し出すのには、かなりの時間がかかるのだ。残念ながら、ここに引用することは今はできない。今、この時の二人の旅を思いだして、わたしは心ひそかに自慢に思うことがひとつある。それは、今はやりの婚前旅行のようなものではなかったということである。それどころか、わたしたちは唇《くち》づけひとつ交すことをしなかった。これは多分、彼自身が、旅先であるが故《ゆえ》に、いっそう己れをつつしんだことによるのであろう。彼の意志の強さ、男性としての判断のたしかさを思わせられる思い出である。

これに似た彼の気持は、次の手紙にも現われている。

「綾ちゃんの葉書、午後に一枚。多分、昨日の夜書かれたものでしょう。その中に、先日の私の葉書に、抹消《まつしよう》の多いことを『正さんこそ、思ったことを全部話してくださらないのではないか』と書いてありましたが、ひとつは甘い言葉を書いたところだったから、思い返して消したのです。今の綾ちゃんには、空虚にしか聞こえぬでしょうし、かつそれを必要とする状態でもありませんから。（後略）」

彼はつとめて、いわゆる甘い言葉を使わなかったし、べっとりしたふんいきも好まなかった。そしてたしかに、わたしたちはお互の甘い言葉を必要とするよりも、お互のきびしさを必要としていたように思う。男女の交際というのは、下手をするとお互の生活をルーズにし、不勉強にしてしまう。その頃の彼の便りには、合言葉のように、「勉強勉強」と書いてあった。お互がお互をよい意味で刺激しあうことを、わたしたちは望んでいたように思う。

九月になって、間藤安彦がいよいよ札幌に行くことになった。彼は、大学に戻ることができるほどに健康が恢復《かいふく》したのである。彼の手術は、全く成功したのだった。

いよいよ明日発《た》つという日になって、彼はわたしの家に挨拶《あいさつ》に来た。当然いつものようにゆっくり話していくと思っていたのに、間藤安彦は、玄関で失礼すると言った。明日発つのでは忙しいだろうと思いながらも、わたしは内心不満であった。何年間かの友人としては、少し別れ方が冷淡すぎると思った。

一町ほど送っていくと、彼はその間しきりに、

「いいよ。ここで帰ってよ」

と、言った。すぐにその彼の言葉が、何の理由によるものか、ハッキリとわかった。一町ほど行った角に、かくれるようにして立っていたのは、大里夫人であった。大里

夫人は五十を過ぎたやや肥《ふと》り気味の女であった。夫はある商事会社の社長ということであった。

大里夫人の息子が、間藤安彦と同じ病室であったが、この夫人はたちまち間藤安彦に夢中になってしまったのである。間藤が散歩に行く時は、必ず夫人が一緒だった。そしてその帰り、必ず間藤はコーヒーを奢《おご》られていたようである。

五十歳の社長夫人にいつもいつもコーヒーを奢られてゐるあなたは嫌ひ

わたしはこの歌にあるとおり、そんな間藤の一面が何となく嫌いだった。しかもその夫人は、わたしが彼を見舞に行くと、実にふしぎな態度を取った。見舞を終ったわたしを、間藤が玄関まで送ってくる。そこで立ち話をしていると、その夫人は彼を迎えにくるのだった。話が切れない時は、夫人は彼の手をひっぱって病室に連れていくのだ。話をしている相手のわたしには一べつもくれず、いきなり彼の手をひっぱっていく姿も憐《あわ》れなら、ひっぱられていく間藤もこっけいであった。

そんなことがあったものだから、大里夫人がかくれるように、街角の家かげに立っているのを見た時、わたしは間藤に対して激しい侮蔑《ぶべつ》の感情を持った。

その日、前川正が、明日間藤を送りに行こうと言いに来た時、わたしはそのことを言って断わった。彼は部屋の前の庭に咲いている白いポンポンダリヤを眺めながら、

「送ってやるものですよ」

と、同じ言葉を二度くり返した。

翌日は霧の深い朝だったが、前川正は間藤を駅まで送りに行った。彼の家には挨拶にも行かない間藤を、彼は送りに行ったのだった。

二四

札幌に去った間藤安彦から手紙が来たが、わたしは返事も出さなかった。しかしいま考えると、わたしは彼を責める資格はひとつもなかったのだ。

前川正は、わたしとの愛を重んじて、最も親しかった従妹《いとこ》との文通すら、ほとんど控えるようにしていたし、初恋の人と街ですれちがっても、言葉をかけないほどであった。だがわたしは、間藤とかなり親しくつきあっていた。間藤への感情を、きびしく追及されたなら、やはり返答に困るものを持っていたにちがいない。その点、わたしは決して貞潔とは言えない女である。

両親のない若い間藤が、母性的なものを求めて、大里夫人と親しくつきあったからといって、わたしが怒る理由はないはずであった。それがいかにも不潔に見えたのは、わたし自身の心の問題であったかもしれない。しかしわたしは、この後しばらくの間、彼には手紙を出さなかった。

その秋から、わたしの体はいっそう痩せていき、目がいつも熱でうるみ、頰が紅潮しているようになった。医師は胸部のレントゲン写真を見て、熱の出る原因がわからないと言い、多分神経質で出るのだろうと、言うのだった。

その頃から次第にわたしは、医師に対して不信の念を抱くようになった。人間の体は複雑微妙なものである。三十七度四分もの熱がつづき、体が次第に痩せていくというのに、なぜ医師は、胸部レントゲン写真だけを見て、わたしを神経質だときめつけるのか、わたしにはわからなかった。

(医者は科学者ではないか。科学者とは「?」を追究する者でなければならないはずだ)

しかし医師は、他のどこをも調べようとはせず、運動不足だとか、どこかに勤めなさいとか言うのだった。胸部写真の所見がそれだけいいということだったのだろうが、時に血痰《けったん》が出ても、

「鼻血じゃありませんか。少し強い咳《せき》をすれば、のどからだって血が出ますよ」

などと、はじめから相手にしてくれないのだった。

こんな時の病人はみじめである。発熱の原因がわかり、痩せていく原因がわかって療養するのなら、少しぐらいの苦痛は耐えられる。しかし医者が、全く何でもないと言い切るのに、体の方が衰えていくというのは、まことに不安なものだ。

せっかくまじめに生きようと、しはじめているわたしを嘲笑《ちようしよう》するかのように、体の底深い所で、命がむしばまれている感じなのだ。

（いくら科学が進歩したといっても、この僅《わず》か五尺の体の中が、どんなになっているかわからない。そんな程度の科学じゃないか）

わたしは自分がはなはだ非文明的な時代に生きているのを、つくづくと感じた。

（人間は何も知ってはいない）

わたしはしきりにそう思うようになった。全くの話、いま自分の生きている時代は、長い歴史の中で、大昔の時代にあるような気がした。世はあげて、科学を謳歌《おうか》しているようなようすが、わたしにはおかしかった。そんな時、聖書の中に、

「もし人が、自分は何か知っていると思うなら、その人は、知らなければならないほどの事すら、まだ知っていない」

という言葉を見て、わたしは深い共感を覚えた。そして、知るべきことというのは、つまり神のことではないだろうかと思った。その頃のわたしは、かなり聖書を読み進んではいたが、まだ信ずるには至らなかった。神について、友人たちと話をすると、

「神なんて、いるわけがないよ。この科学の発達した世の中で、証明できないものは、ないのと同じだよ」

よくそんなことを聞くのだった。するとわたしは、急に笑いたくなった。そんなにこの世は、科学が発達しているだろうか。人間はそれほど賢いだろうか。人間なんて、自分自身の体の中さえわからないのに、何もかもわかったようなつもりでいる。科学なんか人間の考えだしたものに過ぎないじゃないか。たとえ飛行機が飛び、原子爆弾が発明され、やがて月世界までロケットを飛ばしたとしても、この無限の宇宙が、どれほどわかるというのだろうか。

「じゃね、神があるという証明ができないから、神がないというのなら、神のないという証明をして欲しいものだわ」

わたしはそう反論した。するとたいていの友人は、

「あっそうか」

と、頭をかくのだった。科学的に神のいないことを証明できない限り、神がいない

ということもまた非科学的なことであるわけだ。

「神がいるなんて、非科学的だわ。神なんかいやしないよ」

などと神を否定することは、神を肯定することと同じだけ、非科学的なことであることに気がつかないのだ。

その頃わたしはまた、こんなことも友人たちと話し合った。

「人間て、大きいものなのだろうか。小さいものなのだろうか」

ある時は人間が途方もなく小さいものに思われた。わたしたち人間は、ある途方もない巨人の一細胞に住むビールスのようなものに、想像することもできた。その細胞と細胞の空間は、星と星の間ほど離れている。その巨人の一細胞がこの地球であって、その地球の上にビルを建てたり、汽車を走らせたりしていると考えることは、愉快だった。巨人から見ると、そんな何十億の人間の存在など、痛くもかゆくもないのかもしれない。しかしこれはあくまで想像の世界では楽しいが、現実に苦しみながら生きているわたしには、何の腹の足しにもならぬことであった。問題はやはり、自分自身という人間の心の中にあった。

わたしはパスカルの「パンセ」を読んで、パスカルのいう賭《かけ》に興味を持った。

(なるほど、神があるという方に賭けたなら、わたしは神を信じて、希望ある充実した一生を送ることができるだろう。もし、神がある方に賭けて、神がなかったとしても、わたしは何ものをも失わない。むしろ実りある一生を送れるのだ。もし神がない方にかけて生きたとしたら、わたしのような人間は、おそらく自堕落になり、いい加減に生き、つまらぬ快楽にふけって、一生を浪費することだろう。そして最後に神がおられるということになったとしたら、一度も神を信じなかった自分は、どうやって神の前に出ることができるだろう）

そんなことをわたしは絶えず考えた。神はいるかいないか、その二つのうちのどちらかなのだ。といって、安易にいると言っても嘘になる、いないと言っても嘘になる。いるかいないかわからないというのが、ほんとうのところだ。それなら、いるかいないかわからない神のことなど考えないで生きればいいと、人は言うかもしれない。

しかしそれでは困るのだ。なぜなら人間にとって、神の存在はわからなくても、とにかく神はいるかいないかのどちらかなのだ。いったん神という問題に頭を突っこんだ以上、何の解決もなしに、そこから引き返すことはわたしにはできなかった。

だがわたしは、神がいる方に賭けようと思いながら、しかし思い切って賭けるまでには至らなかった。そんな状態の時に、体はますます痩せていき、前川正のすすめにより、旭川のN病院に入院した。昭和二十六年、初雪が降った十月の二十日も過ぎた頃である。

前川正は毎日のように見舞に来てくれた。彼の家から病院までは約二・五㎞程離れている。療養中の彼にとって、自転車に乗っても決して近い道のりではなかった。

十一月二日の夜だった。彼はわたしを見舞っての帰りぎわにこう言った。

「あのね、あしたの夜、お赤飯を持ってくるかもしれませんよ。けれどね、約束はしませんよ。当てにしないで待っていてください」

翌日の夜、雨にぬれた彼が重箱を下げて病室に入ってきた。お赤飯を置くと、まだ夕食をとっていないからと言って、彼はすぐに帰って行った。

後に、彼と親しいKが言った。

「正さんはね、この間ぼくが遊びに行っていたら、どうももじもじしてるんですよ。おかあさんに、アレちょうだいと言って、重箱を持って出て行ったんです。ちょっとそこまでと言ってね。おかあさんに聞くと、あなたの所まで赤飯を持って行ったというじゃありませんか。友人のぼくを置いてね。彼は全く偉い人ですよ」

Kは、前川正に常々心服している青年であった。その話を聞いて、わたしは約束ということについて、あらためて考えさせられた。前川正は、まず約束ということを決してしない、と言ってもよいほど、簡単に約束をしない人間である。聖書にも、

「いっさい、誓ってはならない」

と書いてある。彼は、人間の心の移ろいやすさを知っていた。そしてまた人間というものは、明日のわからないものであることを知っていた。だから普通の人なら、

「あしたお赤飯を持ってきてあげますからね」

と言うはずのところを、彼は、

「約束はしませんよ」

と、念を押して帰って行ったのだ。にもかかわらず彼は来た。吹き降りの激しい中を、友を待たせて、彼は往復五㎞の道をやってきてくれたのだ。何という深く、真実な愛であろう。真に真実な人間は、約束を軽々しくしないことを、わたしはハッキリと知らされたのである。

二五

入院したわたしの部屋は、八人の大部屋である。元気な者もいたし、臥《ね》てばかりいる人もいた。肺結核、糖尿病、膿胸《のうきょう》、腹膜炎、カリエスなど、様々な女の患者たちがいた。その中に一人の高校生がいた。まだオカッパの、どこか暗い感じの少女である。

ある日、その少女の学校の先生が、彼女を見舞に来た。先生も口数の多い人ではなかったが、彼女は恐ろしく無口だった。聞かれたことには、ハイとかイイエとか返事をするが、自分からはいっさい何も話しかけなかった。すぐ隣のベッドにいて、わたしはその先生が気の毒になったほどである。

それから何日かたって、何のことからか、わたしは部屋の人たちに、療友の悲惨な自殺のことを話した。みんなは一瞬押し黙り、何となくばつが悪そうに顔を見合わせた。わたしは知らなかったが、その高校生は自殺未遂で入院していたのである。

睡眠薬を飲んで、彼女は三日三晩昏々《こんこん》と眠りつづけた。幸い、心臓が丈夫だったので助かったのだが、その薬で胃を悪くし、ひきつづき入院していたのであった。

単なる胃腸病患者だと思っていたわたしは、同室の人にこっそりそのことを知らされて、あらためて彼女に親近感を持った。なぜなら、わたし自身もまた、死を決意して死ねなかった過去を持っていたからである。余談だが、この少女の三日三晩昏睡した状態を人に聞いて、後に小説「氷点」の陽子に三日の間眠らせたのである。

この少女と仲よくなったのは、いったいどんなきっかけからであったろうか。多分この少女もまた、わたしの中に、何か自分と似たものを感じたにちがいない。といっても、彼女の自殺未遂については、わたしは何も問わなかった。余りにもその傷が新しかったからである。

だが、注意をして見ていると、彼女の挙動は落ちつかなかった。一日に何回も着るものを取替えたり、そうかと思うと顔も洗わず、髪もとかずにボンヤリと半日ベッドの上にすわったまま、うつろな目で宙を見ていた。このまま放っておくと、必ず再び彼女は死を選ぶであろうとわたしは直感した。

(死なせてはいけない)

わたしは、いく度かそう心の中で思い、そして、そう思っている自分に驚いた。もし、死にたい人がいたならば、黙って死なせてやろうなどと、以前のわたしなら思っていたものである。わたし自身、何の生きる目的もなかったから、死にたい人は死なせてやった方がいいと考えていたのだ。それがいまでは、知り合ったばかりの一人の少女の生き方に、不安を感じ、心を痛める人間になっていたのだった。

ある日わたしは、思い切って真正面から彼女に言った。彼女がわたしのベッドのそばの椅子《いす》に、ボンヤリとすわっていた時である。うすら寒い日がつづき、雪が降ったり解けたりをくり返している十一月も末の頃であった。

「理恵ちゃん。あんたどうして死ぬ気になんかなったの」

一瞬、彼女の目がキラリと光り、そしてまたボンヤリとした顔に戻った。

「堀田さん。知っていたの？」

「知っていたわよ。あんたを黙って見ていると、何だかもう一度薬を飲みそうで不安なのよ」

彼女は黙ってうつむいた。

「理恵ちゃん、あんたって生意気ね。十六や十七で、この世が生きるに価《あたい》するか、価しないか、わかるわけがないじゃないの。どうして死のうなんてつまらないことを考えたの」

わたしはズケズケと言った。それは自分自身に言っているような気持でもあった。生意気と言われて、彼女はニヤリと笑った。恐ろしく虚無的な表情をすることもあるが、時には目がギラギラと光って、妙に動物的な感じのする少女でもあった。しなやかな体と、人に体をこすりつけるようにして歩く歩き方に、雌猫のような愛らしさもあった。この少女の心は、次第にわたしに向かって開いて来た。

ある時彼女は、自殺を思い立った理由をわたしに語った。

「わたしが田舎の中学にいた時ね、そこに国語の先生がいたの。すごく生徒に理解があって、何でもわかってくれるような気がしたの」

彼女の家は、ある町の大きな商家だった。

「その先生はね、わたしの悩みも聞いてくれると思ったの」

「あんたの悩みって、何だったの」

こういう時、わたしはいつもそっけなく聞く。いまでもそうだ。相手が深刻な悩みを打ち明ける時、親身になってうなずいてやるというより、いく分突っぱなしたものの言い方をするのが、わたしの欠点である。だが、わたしを知ってくれる人間は、わたしがそんな時に限って、心を深く動かされていることに、気づいているのだ。あんまり深く心を動かされているので、感情に流されまいとして、わたしは極めて冷淡な言い方をする。

この少女は、まだ年が若いのに、そんなわたしの心の動きを、いち早く察知できる鋭い感受性を持っていた。

「わたしの悩みはねえ、堀田さん。人間とは、大きな海に漂う芥《あくた》のように、何の価値もないものではないかということだったの。わたしはそのことを、手紙に書いて国語の先生に出したのよ。そしたらね、その先生は、わたしの手紙をラブレターのように思ったらしいの。そして、何の回答もくれないばかりか、そのことを先生たちに言いふらしちゃったの」

わたしも、かつて教壇に立ったことのある人間である。この少女の受けた傷がどんなに深いものか、この話を聞いただけで、じゅう分に察することができた。

その教師は、教壇の上ではいかにも生徒たちの理解者であるかのように語ることはできた。しかし、このいく分早熟な少女の悩みが、どんなものであるかを受けとめるだけの人間ではなかった。人生に対して、初めて疑いを持った者のあの初々《ういうい》しい不安を、その先生は知ることができなかったのだ。しかも、この少女の、教師としての彼に対する信頼を、余りにも軽々しく受けとってしまったのだ。信頼されているということが、どんなに恐ろしいことかを、この教師は知らなかったのだ。

わたしは激しい憤《いきどお》りを感じながら、彼女の話を聞いた。その後の彼女が、旭川の高校に入っても、一度植えつけられた教師への不信感は、ぬぐい去ることができなかった。そればかりか、おとな全体に対して、彼女は根ぶかい不信を持ち、次第に厭世《えんせい》的になっていったのである。

「堀田さん、わたしはね、わたしの誕生日の八月二十日に薬を飲んだのよ。それまでのいっさいのノートも、写真も、みんな焼き捨てたの。わたしが生きていたという証拠は、何ひとつとどめたくなかったの」

「遺言は？」

「何も書かなかった」

彼女は誰にも話さなかった自殺の原因を、こうしてわたしに打ち明けた。つまり彼女は、厭世自殺をはかったのだが、その真の原因は、かの中学の教師にあったのである。

おとなにとっては他愛のない話に思われるかもしれない。しかし、一人の人間が自分の誕生日を選んで、その日に死のうと決意することはただならぬことである。わたしはその深い悲しみを思いやらずにはいられなかった。そして、わたし自身も、かつて教壇に立った者として、この少女に対して責任を負わなければならないような、そんな感じさえ抱くようになった。

前川正は、雪が降ってからも相変らずわたしを見舞に来てくれていた。彼はスキー帽をかぶり、大きなマスクをかけて、いつもニコニコとして入って来た。わたしが入院した頃のその部屋は、決して柔かい空気ではなかった。何か捨てばちなふんいきで、女の患者たちだというのに、わたしが生れて初めて聞くような卑猥《ひわい》な歌を、声を合わせて歌うのだった。恋人が見舞に来ると、ひるでも同じベッドの中にもぐりこみ、看護婦もそれに対して注意をしなかった。

だが次第に、部屋の空気が変ってきた。クリスマスが近づいて、どこの病室でも部屋の飾りつけに忙しかった。どこからか大きな松の木を切ってきて、どの部屋も一生懸命飾りをつけた。しかし、わたしたちの部屋だけは、なぜか気勢が上らなかった。

みんなが、

「堀田さん、わたしたちの部屋も飾らない？」

と、言いだした時、わたしは日頃考えていたことを言ってみた。

「ほかの部屋では、クリスマスツリーを飾るけれど、ツリーを飾るだけがクリスマスじゃないと思うの。わたしたちの部屋は、ほかの部屋とちがったクリスマスの迎え方をしてみない？　牧師さんをお迎えして、キリストのお話を聞くの」

キリスト教の話など、堅苦しくていやだとみんなは言うだろうと、わたしは思った。わたし自身まだ信者でもないのに、牧師を招くというのは、おかしな話かもしれなかった。だが、わたしは理恵という少女に、本気になって生きてもらうには、牧師を招くしか方法がないように思われた。そしてまた、部屋のどの一人を見ても、これといってほんとうの希望を持っている人間は、一人もいないように思われた。無論わたし自身を含めてである。

わたしの言葉を聞くと、意外にも部屋の人たちの顔がパッと輝いた。そして、直ちにその話は実行に移すことに決まった。そればかりか、病棟全部の部屋にも、案内を出そうと提案する人さえいた。わたしは唖然《あぜん》とした。だがその理由はほどなくわかった。原因は前川正にあったのである。

二六

いままで信仰のことなど語りあったこともない同室の患者たちが、クリスマスに牧師を招くというわたしの提案を、あまりにもこころよく受けいれたので、わたしはめんくらった。固い話など、人はあまり聞きたがらないものだと、頭から決めていたわたしは恥じた。だが同室の療友たちは、わたしが入院してから僅《わず》か二カ月の間に、漠然とではあるが、キリスト教に対して好意を抱くようになっていたのである。それには理由があったのだ。

前川正は、わたしを毎日のように見舞に来た。見舞に来ることのできない時は、手紙をよこした。それだけでじゅうぶんに、療友たちは彼の真実に打たれていたのだ。主婦が病気になって一年もたつと、たいていは離婚話が起き、そのことで女たちはどんなに泣いてきたかわからない。たとえ離婚までの話にならなくても、夫が妻を見舞うことなど、ほとんどなくなる。

恋人たちにしても同じである。その部屋には、病気になったばかりに、恋人に捨てられた女性が二人いた。だから、この真実な前川正の姿は、彼女たちにとって希望を抱かせてくれる大きな存在でもあったのである。

(世には不実な男ばかりではない。自分にもいつかあんな人が現れるかもしれない)

そんな夢を、彼女たちに前川正は与えていたのかも知れない。

もうひとつ、前川正が敬愛の情を持って見られた理由があった。それは、ある患者の所に来る恋人が、いく度病室に来ても誰にも挨拶《あいさつ》をせず、二人だけで話をし、前述したように、まひるから同衾《どうきん》する。それにひきかえ、前川正は訪ねてくると、

「皆さんいかがですか。きょうは寒いですね」

と、挨拶をした。帰る時には、

「皆さんお大事に。何か街から買ってくる用事があれば、おっしゃってください」

と言葉をかける。塩ニシンを買ってきてくれとか、筋子《すじこ》を買ってきてくれとかいう注文を、彼はノートにメモして、頼まれたことは決して忘れなかった。

ある日、わたしに彼から電話があった。看護婦詰所に行って、受話器をとると、

「いま、街に出てきているんですけどね。何か買っていくものがあったら、買っていきますから、お部屋の皆さんに聞いてください」

そういう電話だった。その日は、雪の降っている日だったから、いっそう同室の人

たちは感動したのだろう。

「何という親切な人だろうね。わたしたちも見習わなきゃ」

そんなことを彼女たちは言ったことがある。

その病院には、暗い廊下があって、恋人たちはその暗い所で会うことを好んだ。だが前川正は、わたしのベッドのそばで、文学や聖書の話をするくらいで、アッサリと帰っていく。そんなことにも、清々《すがすが》しさを感じていたようである。こうした前川正の見舞のしかたが、いつか同室の療友たちの胸を打っていたのだ。前川正の属している教会の竹内厚牧師を招くことに、ためらう人も反対する人もなかったわけである。

いよいよ牧師を招く日になった。熱のあるわたしに、同室の人たちは負担をかけまいとして働いてくれた。看護婦詰所からテーブルを運んできて、そこに取っておきのレースをかける人。各室に牧師が見えるからと、ふれまわる人。花を買ってきて活《い》ける人。みんな一生懸命だった。

わたしたちの病棟には、六つほど大部屋があって、六十人近く入院していた。そのうちのある男の病室は、全員そろって出席するという返事があった。一同は喜んだ。

小児科の子供たちが、わたしの所にやってきた。小児科の大部屋には、就学以前の幼児から、中学生ぐらいまでが入院していた。

「牧師さんが来るなら、ぼくたちの部屋にも来て、お話してほしいんです」

子供たちは真剣にわたしに頼んだ。わたしは思わず胸が熱くなった。小児科の子供といえば、少し元気な子は廊下を走りまわって、さわいでばかりいた。しかしその子供たちが、牧師さんの話を聞きたいと願っているのだ。そのことにわたしは心打たれて、どうか一人でもキリスト教の話がわかって、信者になってほしいと、信者でもないわたしが思うのだった。

同室の五十歳近いある患者は、

「牧師さんを拝めるなんて、何ともったいない話だろう。目がつぶれたら困るから……」

そう言って彼女は、シーツを新しく敷き、寝巻をよそ行きの着物に着替えて、ベッドの上に正座し、一時間も前から緊張した面持《おももち》で牧師を待っているのだった。信仰のことをよく知らない他の療友たちも、みんなキチンと身の回りを整え、彼女と同じようにベッドの上に正座して牧師を待った。

牧師は神ではない。普通の人間である。その牧師を、神でも迎えるようにうやうやしくあらたまっている療友たちを見ると、わたしは何ともいえない深い感動を覚えた。その迎え方が少しこっけいであるにせよ、誰の心の中にも、神に対する畏《おそ》れというものがあるのだと思うと、わたしはそれを笑うことができなかった。

牧師の見えた時、他の部屋からも三十人余り話を聞きに患者たちがやってきた。たしか十二月二十八日の夜だと覚えている。だが残念ながら牧師の話は、初めて話を聞く人にはむずかしく、あまり興味のない話であった。

牧師が帰った後、同室の患者たちは口々に言った。

「キリスト教って、おそろしくむずかしい話だね」

「そりゃあ何でも初めはむずかしいよ」

「いや、よほど学問のある人でないと、わかる宗教ではないよ」

その話を聞きながら、あの、

「目がつぶれると困るから……」

と言った五十近い患者が、

「何にしても、竹内牧師さまの神々《こうごう》しい顔を拝んだのだから、胸がスーッとして、こっちまで気持が清らかになったよ」

と、おごそかな顔をした。結論として、話はむずかしいにはちがいないが、週に一度はつづけて話を聞かして頂こうではないかということになった。誰も聖書を持った者はいない。教会から聖書を買うことになった。たいていの人が、あらそって聖書を求めた。ある男の患者の部屋では、十人全部が聖書を買い求めた。

こうして、新しい年から、牧師に定期的に話を聞くことになった。ギターのうまいある青年は、一生懸命讃美歌《さんびか》を練習し始めた。そして次の集会までに、みんなで歌えるようになろうと、夕食後のわたしたちの病室で讃美歌の練習を始めた。

無為に暮らしていた患者たちにとって、この定期集会は、よい刺激となった。男の患者たちが部屋に遊びに来ても、人生について語りあうようになった。

ある夜、牧師の都合が悪くて来れなくなった。集まった患者たちは、そこで聖書を読み讃美歌を歌った。そのあと、わたしが司会をして、なぜこの集会に出るようになったか、という座談会をした。

みんなはまじめになって、いろいろな意見を述べた。その中に、

「暇つぶしに来ています」

と答えた五十を過ぎた男の患者がいた。その言葉があまりに正直なので、わたしは心にとめた。その人と並んですわっていた青年がいた。廊下を歩く時、寝巻の上にいつもオーバーを着ていた。どこか前川正の顔に似て、上品な感じのする人だった。俳句をしているらしく、時々俳句のことでわたしたちの部屋にも来ていた青年である。

その人は黒江勉と言った。

「ぼくは修養のために出ています」

彼はこの会に来るようになった理由を言った。

(信仰と修養はちがうんだけれど……)

わたしはそう思った。初めのうちは誰でも、信仰と修養、信仰と道徳を同じもののように考えてしまう。現にこの病棟にいる患者の一人が、聖書を書きかえるべきだと言った。

「聖書の中から、奇蹟《きせき》の記事は全部抜いてしまうんですよ。そうして、汝《なんじ》の敵を愛せよとか、色情を持って女を見るなとかいう個所ばかり集めると、これなら現代人は読むと思いますね」

こんなことを聞いていた頃だから、黒江勉という青年の、

「修養のために出席しています」

という言葉は、特にわたしの心に残ったのであろう。この夜の座談会は、みんな楽しかったと言ってくれた。そしてこの集会は、ほどなくわたしが転院した後もつづけられた。

会が始められてから二カ月ほどたって、わたしがひどく驚いたことがあった。それはあの、

「暇つぶしに出席している」

と言った患者が、僅か二カ月の間に、新約聖書を二回通読し、洗礼を受けると言ったことである。彼と黒江勉とは道警に勤めていたが、彼の勤務場所は留萌《るもい》であった。彼は退院する前にぜひ洗礼を受けたいと牧師に申し出た。そしてわざわざ教会まで出向いたのである。

彼が二カ月の間に、二度聖書を通読したというだけでも、一驚したのに、更に、彼は聖書に出てくるたくさんの人物の名を、よく覚えていた。

「福音書よりも、使徒行伝の方がわたしの心を打ちましたよ。ステパノが打ち殺される所や、使徒たちが伝道に苦労する所を読むと、これはやっぱりキリストは神だと思いましたね」

彼はそう言って、しきりに感心していた。わたしはその読書力に驚くと共に、聖書という本のふしぎな力に驚かされた。

彼は座談会の時に、多くの患者の中でただひとり、

「暇つぶしに集会に出席した」

と言った人間である。動機はどうであれ、聖書を読んだ時、人はその聖書の言葉に打たれるものなのかもしれないと、わたしはつくづく感じたものである。そして、た

とえ聖書を読んでわからない人がいても、また反発を感ずる人がいても、一応聖書を人にすすめるということは、大切なことだと確信したのである。

結果からいうと、この集会で、キリスト教に入り、何年か後に受洗したのは、黒江勉と、理恵であった。受洗をしたいと願った留萌の人は、まだ少し早過ぎるという理由で、旭川では洗礼を受けられなかったが、その後どうなさっただろうか。天野さんという方で、わたしたちは「文部大臣」と呼んでいた。当時の文部大臣が天野《あまの》貞祐《ていゆう》であったからである。

高校生だった理恵は、その後五、六年たってから受洗し、黒江勉は、教会役員を勤めるほどの熱心な信者となった。今もまたよき伝道の業をなしつづけている。

二七

N病院に入院して四カ月たったが、依然としてわたしの熱はつづき、体は痩《や》せていた。しかし、その熱の原因を知ることはできなかった。排尿の回数が多くなり、時には夜七、八回起きることがあった。医師に言うと、驚いたことに、尿の出ない薬をくれるというのである。

わたしは、医学にはしろうとである。しかし、尿の回数が多いと言えば、少なくとも検尿ぐらいはするだろうと思った。それがいきなり尿の出なくなる薬と聞いて、この病院にいてもラチがあかないと考えた。

熱が出ると解熱剤《げねつざい》、下痢《げり》をすると下痢止め、咳《せき》が出れば咳止め、というのは一番信頼できない医師のすることではないだろうか。何よりもその原因を調べた上で、適当な処置がなされなければならないはずだった。わたしが退院を考えたのは、このことだけではなかった。

その頃、わたしの背中が、ちょっとでも動かすと変に痛むのだ。院内の外科医に見てもらうと、

「神経だ。若い娘のころは、よく背中が痛むことがある。いちいち気にとめる必要はない」

と言った。しかし、動かすと痛いのだから、もしかしたらカリエスではないかと尋ねてみた。医師は怒った。

「レントゲン写真にも変化がない。神経だ」

再び叱《しか》られて、いたし方なくわたしは病室に帰ってきた。

わたしは、療養生活七年目であった。もう、客観的に自分の病状をとらえることが

できるはずである。誰でも最初のうちは、病気のことがよくわからないから、いらぬ神経を使うが、少なくとも六年の経験というものは、それほど神経質にはさせないはずである。

医師が何と言おうと、わたしは病状から察してカリエスだろうと見当をつけた。カリエスの患者の話を聞くと、そのほとんどが、いく度か医師の誤診にあっているのだ。そしてカリエスと診断される時は、たいてい、

「どうして早く病院に来なかったのか」

と、言われるらしいのだ。この話から判断すると、レントゲン写真に影が出る時は、自覚症状も相当進んでいるように思われた。それなのに、レントゲン写真に影が出ないうちは、医師はカリエスと診断しない。

とにかくこれでは、レントゲン写真を迷信しているようなものだと、わたしは考えた。病人の言う症状は一顧もされず、ただレントゲン写真だけが決め手なのでは、どうにもならない。

いよいよわたしはN病院を退院して、札幌のI病院に転院することにした。そこには、前川正の親しい友人が勤めていたからである。札幌に転院と決めるには勇気がいった。第一に、わが家はそれほど裕福ではない。まだ高校に行っている弟もあり、大

変な負担になるからだった。しかし運よく、父の勤めている銀行の健康保険の制度が変って、家族も全額支給されることになった。これは非常にタイミングがよく、わたしはいくぶん安心した。いくぶんというのは、全く安心したからではない。入院というものは、入院費さえあれば心配ないというものではないのだ。目に見えない雑費がかなりかかるのだ。

（こんなにまで、父母に迷惑をかけて、生きていってよいものだろうか）

わたしは心弱くそうも思った。だがそのわたしを、叱りつけるように励ましてくれたのは、前川正だった。

「綾ちゃん、生きるということは、ぼくたち人間の権利ではなくて、義務なのですよ。義務というのは、読んで字のとおり、ただしいつとめなのですよ」

この言葉は、わたしをふるい起した。

（そうか。生きるということは、義務だったのか。義務ならば、どんな苦しいことがあっても、まず生きなければならない）

こんなにまで経済的な負担をかけながら、生きるということは、何かずうずうしいことのように、わたしは思っていた。それが、人間としての義務だと言われると、何かしんとした謙遜《けんそん》な心持にさえなった。

もうひとつ、転院をためらったのは、前川正のいる旭川を離れなければならないということだった。入院生活をしていて、毎日見舞ってくれる彼がいることは、どんなに大きな慰めであったろう。それが、知人の全くいない札幌に行くのだから、やはり何としても淋《さび》しかった。病状がよいのならともかく、いつ帰ってこれるかわからない不安もあった。

前川正は、そんなわたしを見て笑った。

「綾ちゃんは、もうぼくなどを頼りにして生きてはいけないという時にきているのですよ。人間は、人間を頼りにして生きている限り、ほんとうの生き方はできませんからね。神に頼ることに決心するのですね」

彼はそう言いながらも、誰一人知る人がいないというのは、かわいそうだと言って、札幌北一条教会の長老西村久蔵先生にハガキを書いてくれた。この西村先生がどんな人物であるかをわたしは知らなかった。

「こんど、旭川教会の求道者堀田綾子さんが、貴市のI病院に入院いたしますので、よろしくお願いいたします」

そう書いてくれた彼のハガキを見ながら、こんなハガキ一枚で、見も知らぬ病人を見舞ってくれるだろうかと、わたしはあまりあてにはしなかった。

転院の前夜、弟の昭夫が来て荷造りをしてくれた。この弟はその後のわたしの病床を最も数多く見舞ってくれた、心やさしい弟である。姉の百合子と、前川正が別れを告げに来てくれたし、同室の友人たちはわたしの好きな鶏《とり》のスープを、部屋の隅の七輪に火をおこして作ってくれた。

高校生の理恵は、淋しがって朝から食事もしない。また他の友人は、わたしのたった一枚の襟布《えりぬの》の破れに、新しい手拭《てぬぐ》いでつぎをあててくれた。僅《わず》か四カ月を共にしただけなのに、これほどまでにみんなが別れを惜しんでくれるのかと思うと、わたしはただ胸が熱くなるばかりであった。

男の患者たちも、荷造りに必要だろうと古新聞を持ってきてくれたり、売店まで何かと使い走りしてくれたり、誰もが親切だった。わたしは、自分の去った後も、キリスト教の集会がつづけられることを、心から願っていた。集会の責任者として、誰にバトンを渡そうかと考えた末、わたしは黒江勉にその大役をゆだねた。彼はこころよくひき受けて、

「何とかやれるだけやってみます」

と、返事をしてくれた。

退院の前日同室でただ一人のカリエス患者Sさんは、泣いてばかりいた。Sさんは

医療保護と生活保護を受けている、二人の子持ちの未亡人であった。それが突然生活保護を打ちきられるという通達を受けたのだ。

慰めようにも方法がなかった。問題は、その生活保護が打ちきられないようにしてあげることである。わたしは、教員時代、女子青年団の修養会で講師だった筒井英樹氏を思い出した。話を聞いたのは一度だが、俠気《おとこぎ》のある人だと思っていた。わたしは明日転院しなければならない。何の考えもなくわたしはすぐに、筒井英樹氏の家に電話をかけた。筒井氏はわたしを覚えているわけがない。わたしはただ講演を聞いた一人に過ぎないのだから。折よく筒井氏は在宅していた。Sさんの事情を話すと、氏は、

「わかりました。役所の方を調査して、すぐに病院の方へ伺いましょう」

ふたつ返事で快諾してくださった。氏は魚菜市場の社長だが、市会議員でも道会議員でもない。氏が動いてくださったのは、その持前《もちまえ》の俠気からである。

氏は早速病院に訪ねてくださった。杖《つえ》をつき、片足をひいていた。たしか引揚者を駅まで迎えに行った時、どこかの子が線路に落ちた。汽車はもう近づいている。氏はその子を助けるために線路にとびおりて、足を痛めたと聞いた。長いこと氏は足を痛めていたらしい。にもかかわらずその痛む足でかけつけてくださったのである。

氏の奔走で、Sさんは助かった。筒井氏にはこの何年か後にも、たいそうおせわに

なったことがある。これはまた別の機会に書いてみたいと思う。

とにかく、自分のことばかり考えていたわたしが、いつの間にか、人のことを本気になって心配できるようになっていたとは、何という大きな変化であったろう。

翌朝早く、前川正は駅まで見送りに来ていた。彼はわたしに一冊のノートを渡して言った。

「淋しかったら、この中に何でもお書きなさい。二人は離れていても、決してバラバラではないのですからね」

旭川の二月の朝である。寒さはきびしい。その朝は零下二十度の寒さであった。

こうしてわたしは、遂《つい》に前川正とは別の街に移り住むことになったのである。あるいは札幌の地で病み果てるかもしれない自分のゆくてを思いながら、わたしは凍りついた汽車の窓ガラスに息をふきかけて、凍りをとかした。小さくとけたその窓の向うに、前川正が小腰をかがめて、動き出したわたしの列車を見送っていた。

二八

札幌のＩ病院には、前川正の同期である黒田助教授がいた。彼は色の青白い、どこ

か冷たい感じの医師であった。しかし、その清潔な、少し冷たい感じは、わたしには
いやではなかった。否《いな》、それはむしろひとつの魅力と言ってもよかったかもしれない。

病院に着くや否や、黒田助教授は血液検査、尿検査、そしてレントゲン撮影と、わたしに休む間を与えなかった。しかも翌日は水検査があるという。水検査とは、朝早く一・八リットルほど患者に水を飲ませ、尿がどのぐらいの間隔で、どのぐらいの量が排泄《はいせつ》されるかを検査するのだ。第一日目から、このように次々と検査をしなければならないということは、わたしにとっては幸いであった。

なぜなら、旭川を離れ、前川正を離れた淋しさをかこつ暇さえなかったからである。それでもわたしは、入院の夜、窓によって札幌の空を眺めた。さすがに札幌は暖かい。スチームが熱く通っているとはいえ、窓をあけて外を眺めるなどということは、旭川の冬では思いもよらない。遠くの街の空が明るかった。この広い札幌に、誰も知った人がいないのだと思うと、わたしは何か気が軽くもあった。

たしかに前川正がいないということは、淋しいことではあった。しかし、知った人がいないということは、ひどく身軽な感じのするものである。この札幌で、また幾人かの人と、わたしは知りあっていくのだろうかと、夜の札幌を眺めながら考えた。二十幾年間、旭川において交わった人々の、どの人に対しても、わたしは不真実であっ

た。しかしこの札幌においては、精いっぱい真実をこめて、人と交わっていく新しい自分でありたいと、わたしは願った。

ふとその時、わたしは間藤安彦のことを思い出した。誰一人知った人がいないと思っていたのに、間藤は札幌にいるはずだった。絶えて手紙も出さなかったが、彼との交際が全く絶たれたというわけではない。わたしは、人間はそう簡単に過去の自分と縁を切ることのできない存在だと、つくづく思った。たとえ自分では一切の過去を断ち切ったと思うことはできても、自分が生きて為《な》してきたすべての行動は、決して消すことのできないもののように、あらためてわたしは感じた。

（たとえ、わたしが死んでも、わたしがしたことだけは、わたしのでたらめな生き方だけは、この世にとどまっているのではないだろうか）

旭川を離れたということだけで、何かしら身軽になったかのように錯覚した自分がおかしかった。またしてもわたしは、わたしの過去のいろいろな人々との不誠実な思い出が、わたしにしっかりとからみついているのを感じて窓を離れた。

そしてわたしは、ベッドの上にすわり聖書を開いた。病室は三人部屋で、わたしのベッドは一番廊下側にあった。他の二人は、もう静かに眠っていた。聖書を開くと、次の言葉が目に入った。

「天地は過ぎゆかん。されどわが言葉は過ぎゆくことなし」

偶然の一致であろうか、わたしはいま自分が考えていたことと、余りにも共通している言葉に驚いた。この世のすべてが過ぎゆき、そして亡《ほろ》び去ったとしても、イエス・キリストの言葉は永遠に亡びないと、ここに聖書は言っている。

（イエスの言葉が亡びないということは、いったいどういうことだろう）

わたしの細い指は、その聖句の上にとどまってじっと離れなかった。わたしは思った。つまり、イエスの言葉が亡びないということは、その言葉が世にある限り、わたしのみにくさもまた、そこにとどまっていることのように思われた。イエスが許すと言えば、わたしの罪は許されるであろう。しかし、もし、許さないと言われるならば、わたしの罪も永遠にそこに消えることはないであろう。

「天地は過ぎゆかん。されどわが言葉は過ぎゆくことなし」

わたしはくり返し呟《つぶや》いた。そしてその夜、前川正に、入院の報告と共にこのことを書き加えた。

前川正からは、相変らず手紙が来た。旭川にいる時よりも詳しく長い手紙である。たとえば、朝何時に起き、どんな本を読み、誰と会い、何を話したかという、実に詳しい彼の生活報告であった。その手紙を見ると、彼が友人と平和問題について語っている時も、本屋をまわって新刊書を手にとっている時も、わたしが旭川にいないということの淋しさを痛いほど感じているようすが、ありありと目に浮かぶのだった。彼もまた三月に、受診のため来札《らいさつ》すると書いてあった。彼が三月に来るというだけで、わたしの毎日は楽しかった。楽しいという言葉が、いかに期待に満ちた、希望のこめられた言葉であるかと、わたしはしみじみ感じたことである。

ところで、ここでちょっとした事件が起きた。旭川から電話だというので、わたしは看護婦詰所に行った。家族に何か悪いことでも起きたのか、前川正に何かのまちがいが起きたのかと、不安なままに受話器を取った。だがそれは、わたしが旭川のN病院にいた時、毎夜のようにわたしの所に遊びに来ていた男の患者からの電話だった。

「もしもし、理恵ちゃんが、そちらに行っていませんか」

彼はひどく咳きこんで尋ねた。

「理恵ちゃんが？　どうかしたの」

「ええ、理恵ちゃんがねえ、家に帰ると言って、外泊の許可を取って病院を出たんですが、家から電話がありましてね、理恵ちゃんが家に帰ってないことがわかったんですよ。もしかしたら、あなたの所へ行ったんじゃないかと、おかあさんとおねえさんが札幌に発《た》ったはずですから、理恵ちゃんが行ったら、どこにも出さないでください」

という電話だった。

それから何分もたたないうちに、理恵は、キラキラとした目をして、思いつめたような表情でわたしの病室に入って来た。

「何しに来たの？」

わたしは不愛想に言った。理恵は、わたしが転院すると決まってから、食事も取らずにぼんやりとしていた。そんな慕いようが、かわいくはあったけれど、わたしは決してうれしそうな顔は見せなかった。彼女はかつて自殺を図った過去がある。そして、その傷もまだじゅうぶんに癒《い》えてはいない。二度と死なないという約束をしてはいたが、考えてみると、やっと話しあえるようになったわたしと離れた理恵は、かわいそうでもあった。

しかし彼女は、札幌まで来てわたしの顔を見たら、安心したのだろう、母親の来る前に再び一人で帰ってしまった。病院に偽って札幌まで来たのだから、もしかしたら強制退院をさせられるかもしれないと、わたしはそのことを心配した。旭川の病院に電話をかけ、彼女の心の傷が全く癒えるまで、今度のことも余りさわぎ立てないようにと、わたしは願っておいた。病院側も、その点はじゅうぶんに心得ていたらしく、彼女は何のとがめも受けずに入院生活をつづけることができた。

この事件でわたしは、またあらためて、人と知りあうことの重さを感じた。ほんとうに人を愛するということは、その人が一人でいても、生きていけるようにしてあげることだと思った。そしてそれは、前川正がわたしに対して言った言葉でもあった。彼は旭川を出る前に、わたしに言ったのだった。

「綾ちゃんは、もうぼくなどを頼りにして生きてはいけないという時にきているのですよ。人間は、人間を頼りにして生きている限り、ほんとうの生き方はできませんからね。神に頼ることに決心するのですね」

彼はそう言ったのである。

親が子を愛することも、男が女を愛することも、相手を精神的に自立せしめるということが、ほんとうの愛なのかもしれない。「あなたなしでは生きることができない」などと言ううちは、まだ真の愛のきびしさを知らないということになるのだろうか。

とにかく、わたしは理恵のこのことで、愛することのきびしさと、人とつきあうことの責任というものを教えられたような気がした。

二九

入院早々こんなことがあって、一週間ほどはバタバタと過ぎた。

ある日、わたしの病室に、実に清潔な、聡明《そうめい》そうな看護婦が入ってきた。彼女は、その年の看護学校を首席で卒業した越智《おち》一江《かずえ》という看護婦だった。

「わたくしは、耳鼻科勤務の越智一江と申しますが……。西村久蔵先生からお電話がございまして、旭川の前川正さんから、お見舞くださるようにとのお葉書を頂戴《ちょうだい》いたしました、次の金曜日にお伺いいたしますから、お大事にとのお伝言でございます」

明晰《めいせき》な口調であった。わたしは、実のことを言うと、少々驚いた。前川正は、旭川二条教会に通っていて、札幌の西村久蔵先生とは、決して親しい間柄ではない。この西村先生の通っている札幌北一条教会は、四、五百人も礼拝に出る信者がいて、その一人一人の顔さえ知ることのできない大きな教会である。この大教会の代表的信者である西村先生は、教会の仕事だけでも、ずいぶんと忙しいことだろう。その上氏は、何百人もの使用人がいる製パン会社の社長でもある。駅前に、大きな菓子店を開き、喫茶も食堂も経営している。その仕事だけでも、どんなに忙しいか想像できる。その人が、あまり知らない前川正から頼まれて、全く見たことも聞いたこともないわたしの所になど、どうして見舞に来ることがあるだろうと、わたしは思っていた。わたしたちは、知人や友人の見舞さえなかなかできかねるのが普通なのである。

だが、西村久蔵先生はわたしの思いに反して、次の金曜日にわたしの病室に現われた。体の大きな、五十五、六のいかにも親しみやすい人柄であった。大きな日だが、目尻《めじり》が下って笑顔がやさしかった。

「旭川の前川さんから、お葉書をいただいて、すぐにお見舞に来たかったのですが、おそくなりました」

先生はそうおっしゃって病室を見まわした。

「三人部屋ですね。このお菓子を、みなさんで分けて上ってください。シュークリームは悪くなりやすいから、先におあがりなさい」

そう言いながらさし出した菓子箱を、わたしは受け取ろうともせずに答えた。

「先生、わたしは長い療養の身です。いつも人からお見舞をもらうので、人から物をもらうのを、何とも思わなくなりました。人から物をもらうことに馴《な》れると、人間がいやしくなります。どうかお見舞物などはくださらないようにお願いします」

何という、かわいらしくないものの言い方であろう。だがわたしは、本気でそう思っていたのだ。人から物をもらうことに馴れて乞食《こじき》根性になるのはたまらないと、そう自分にいましめていたきかん気の人間なのであった。しかも西村先生はいままでに全く面識のない、言ってみればわたしを見舞う義理など全くない人ではないか。その人から見舞物までいただくという気には、わたしはなれなかった。わたしのこの言葉に、先生は驚いたようであった。後で知ったことだが、この忙しい先生は、金曜日と日曜日を神の御用のために使うように日程が組まれてあった。道庁や病院の職員たちに、聖書講義をしたり、病人を見舞ったりする仕事で、先生の日程表の金曜日と日曜日は、朝から晩までギッシリと予定が詰まっていたのだった。だから先生は、病人をそれまでにどれだけ見舞ったかわかりはしない。けれども、会うなりわたしのように、

「見舞物を持ってくるな」

と、開きなおった病人は、恐らくいなかったであろう。

先生は大きな声で笑った。

「ハイハイわかりました。しかしね堀田さん。あなたは毎日太陽の光を受けるのに、こちらの角度から受けようか、あちらの角度から受けようかと、しゃちほこばって受けますか」

言われてわたしは黙ってしまった。なるほど太陽の光なら、ありがとうとお礼も言

わずに、平気で全身にその光を浴びている。人の見舞物も、この太陽の光と同じように、わたしに降りそそぐ人間の愛ではないだろうかと思った。人の愛を受けるのに必要なのは、素直に感謝して受けるということではないだろうか。現にこうして、何年もの間療養しているということは、親兄弟をはじめ、多くの人の愛のおかげではないだろうか。それを今更、何を偉そうに、見舞物はいらないなどと、小憎らしい口をきくのだろう。わたしは恥ずかしくなった。

西村先生という人は牧師ではない。しかしみんなに先生と言われるだけあって、たしかに偉い人であった。こんな小生意気なわたしなどが何を言っても、先生はその豊かな愛情で、ゆったりと受けとめてくれた。

ここで少し西村先生の略歴を紹介してみたい。先生は小樽《おたる》の高商（いまの小樽商大）を出て、札幌商業学校の教師をしておられた。実は牧師になりたかったのだが、小野村林蔵牧師がそれを思いとどまらせた。西村先生の家庭の経済状態から察して、長男である先生が牧師になるということは、小野村牧師にとっては、余りに痛々しいことと思われたにちがいない。日本における牧師という仕事は、労が多く、しかも物質的にはまことに恵まれない仕事なのである。昭和四十年代のいまでさえ、食うや食わずの牧師が何人もいる世の中だ。まして昭和十年頃の牧師の生活は、即《すなわ》ち貧窮を意味していた。

しかし西村先生は、牧師になりたいと願ったその初一念《しよ》を、信者としての生活の中でつらぬき通した稀《まれ》に見る信者である。先生が札商の教師時代、その教え子が危篤《きとく》になった。見舞に行った先生は、病室を出て、廊下で泣いた。

(おれは毎日、あの生徒に英語を教えてきた。しかし、その子にとって最も大事な、生きる力を何ひとつ教えていなかった。いまあの子が、一番必要なものをおれは与えることはできないのだ)

そう思って先生は泣いた。その生徒は死んだ。それ以来先生は、毎朝始業前一時間、生徒の有志に聖書の講義を始めたのである。その講義を受け、幾人もの生徒が洗礼を受けクリスチャンになった。この中には後に出てくる菅原豊という立派なクリスチャンも生れている。札幌商業学校は、西村先生のおかげで、その校風が一新されたとさえ言われている。

先生は、召集されて戦争に行ったが、その後を追って、岡藤という親友が中国に渡った。それは同じクリスチャンの友人だった。

「西村、お前は心ならずも軍刀を腰に下げて戦争に行かなければならない。おれはその罪ほろぼしに、中国人を愛するために行くのだ」

彼はそう言って、北京で学校の先生をしたという。これほどの友人を持っていることだけでも、西村先生という人の人柄がわかることだろう。

先生は家庭の事情で教師を辞めて菓子屋を開店したが、その利潤の三分の一は人のために、その三分の一は運転資金に、そして残りの三分の一は生活に使われたということを聞いた。少し長くなったが、この西村先生の影響は、毛穴から滲透《しんとう》するように、わたしの心に大きく作用しているので、述べてみた。

新しい病院の生活にも馴れ始めると、わたしは再び、あの虚無的な思いがわたしを覆《おお》ってくるのを感じた。何をしても結局はむなしいのだという思いがしきりにし、わたしのような人間が果してクリスチャンになれるだろうか、わたしのような者を許してくださるほど神は寛大であろうかなどと、勝手なことを考えるようになった。

と、ある日のことだった。思いがけなく西中一郎が訪ねて来た。彼は結婚をして江別に住んでいたのである。彼は毎日、江別から札幌のある商事会社に通勤していた。

「あらしばらく。よくわたしがここに入院していることがわかったわね」

わたしは毎日会っている人のように、何のこだわりもなく、さらりと言った。だが、あの暗い海辺で死のうと思った時以来の再会である。あの時はそれでも十時間近くも汽車に揺られて旅するだけの体力があった。しかしいまでは、トイレに行くだけでも息切れのするほど、わたしは弱っていた。

「一郎さん、結婚なさったんだってね。おめでとう」

幾年もわたしを待っていた彼が、健康な女性と結婚したということは、わたしにとってうれしいことであった。彼は、人をしあわせにしてやる能力もあるし、また幸福になってほしい人間でもあった。彼は黙ってわたしの顔を見ていたが、

「あなたっていい人だなあ」

と、しみじみ言った。かつての婚約者が結婚したことを、まだ病床にいる女が祝福するということは、彼にとっては大きな驚きででもあったのだろうか。

「一郎さん、わたしにもね、紹介したい人がいるの」

わたしはそう言って、傍にかけてあった前川正の短冊《たんざく》を見あげた。すると西中一郎は、

「綾ちゃん。ぼくは何も聞きたくないんだ。ぼくが知っている綾ちゃんだけで、ぼくはじゅうぶんなんです」

と、前川正のことはひとことも言わせまいとした。わたしと西中一郎が婚約したということは、わたしにとって過去のことであった。だが、西中一郎の心の中では、必

ずしもわたしは過去の人ではなかったようである。わたしもあえてそれ以上前川正のことにはふれなかった。

「瘦《や》せたねえ」

西中一郎は、つくづくわたしの顔を見た。

「あなたの奥さんはおいくつ？　健康なひとでしょうね」

そんなことを尋ねながらも、わたしの胸は痛まなかった。わたしが結核にならなければ、たぶんわたしは西中一郎と結婚していたであろう。そしていま頃、二人目ぐらいの赤ん坊を抱いて、それなりに幸福そうな母親になっていたかもしれない。そんなことを思いながら、西中一郎をみつめていると、人間と人間のかかわりというものが、実にふしぎに思えてくる。

「それにしても、よくわたしがここにいることがわかったわね」

再びわたしがそう言うと、彼は、病院のそばを通った時、わたしを見かけたのだと言った。彼の見舞の品は、罐詰《かんづめ》や果物や、そしてひと〆《しめ》のちり紙であった。

「たぶん綾ちゃんは、以前のようにたくさん痰《たん》を吐いてるだろうと思ってね」

彼はそう言った。彼は以前に、わたしを見舞っていた頃、痰が出そうになると、さっと痰壺《たんつぼ》をわたしの前にさし出してくれる、やさしい人であった。その、以前のままのやさしい彼が再びわたしの目の前に現れたのである。

三〇

I病院に転院したが、わたしの胸部にも、脊椎《せきつい》にも異状を認められないということであった。いろいろ熱心に調べていただいたが、痩せていく原因も、熱の下らない原因もわからないということでは、旭川のN病院と同じことであった。しかし、同じわからないにせよ、N病院では漫然と患者を眺めているような態度であったのに対し、I病院では、少なくとも真摯《しんし》な態度であった。その態度の中に、病人を安心させ信頼させるものがあった。

転院して一カ月近くたった三月のある日であった。それは正午近くであったと思う。わたしはボンヤリと空を見ていた。その時のわたしのベッドは窓際《まどぎわ》になっていた。春らしい柔らかい空になってきたと思いながら眺めていた時、ふいにぐらぐらとベッドが揺れた。ハッとわたしはベッドの上に起きた。

「地震だわ!」

同室の他の二人も叫んで身を起した。建物が不気味に揺れ始め、目の前の白い壁が見る見るひび割れていく。廊下で看護婦や、患者たちの立ちさわぐ声がした。

間もなく地震はおさまったが、わたしの受けた衝撃は大きかった。

わたしの生れ育った旭川は、極めて地震の少ない土地である。体に感ずるほどの地震はめったになかった。だから大地というものは、わたしにとって何の不安もないものであった。大地だけはわたしを脅《おび》やかすことのないものだった。それだけに、この時の長い震動は、わたしを文字どおり仰天させた。

(この世には、絶対に安心できる場所など、ありはしないのだ)

わたしはつくづくそう思った。そして、その安心のできない大地の上で、安心して暮らしていることの呑気《のんき》さに、わたしは初めて気づいたのである。

考えてみると、わたしたちは大地に安心して生きているのと同様に、何ものかに安心して生きているのではないだろうか。それは、ある人には金であり、ある人には健康であり、ある人には地位であるかもしれない。しかしこれらのものは、大地よりももっと度々揺らぐものなのだ。決して絶対的に頼れる存在ではないはずなのだ。

わたしはあらためて、自分はいったい何に安心して生きているのかと反省してみた。わたし自身、何にも安心を持っていたわけではない。むしろ何ものをも信じ得ない不安な魂を持っていたはずである。だがそのわたしの心の中にも、大地の上に乗っかっているような安易さがあったのではないかと、反省させられた。ほんとうにわたしの魂が不安であるのなら、安住の地を求めて、もっときびしい求道の生活をしなければならないはずであった。その求道の姿勢がいい加減であったということは、やはりわたしもまた、安住してならない所に安住していたのではないかと、考えさせられたのである。

わたしは、それまで漫然と読んでいた聖書を、真剣に学ぶようになった。時々訪ねてくださる西村先生には、常に質問を用意して待つようにした。一分の時間でも、多忙な先生の時間を無駄にすまいと、むさぼるように話も聞いた。

先生の話は、わたしが一人占めにするのはもったいない話だった。西村先生は、路傍伝道をしても何百人もの人が足をとめ、立ち去る人がなかったと言われるほどの優れた雄弁家であった。この先生の話は、常に多大の感銘を人に与え、どれだけ多くの人をキリスト教に導いたかわからない。

先生は、病人のわたしただ一人を相手にしても、まことに熱情をこめた話をしてくださった。わたしの如何《いか》なる質問も、聖書の言葉を引いて、懇切に答えてくださった。おかげでわたしは、基本的な聖書の言葉を、実に明確に学ぶことができた。これはわたしにとって、非常に大きな幸いであった。その上先生は、こうも言ってくださった。

「札幌に、誰か甘えることのできる親戚《しんせき》か友人がおりますか」

いないと答えると先生は更に言われた。

「では、わたしに甘えてください。何でもわがままを言ってくださいよ」

先生は、この言葉のとおり、わたしの肉親のようにしてくださった。血痰の入った汚ない痰壺を洗ってくださったり、鍋《なべ》に熱いお菜を入れたまま、九町ほど離れている家から運んでくださったりしたことなど、そのご親切は数え切れなかった。何百人もの従業員の上に立つ社長とは、こんなに偉いものかと、わたしはいく度先生の真実に心打たれたことであったろう。

こうして話を通し、先生の人格を通して、わたしは次第にキリスト教がわかりつつあった。そして、洗礼を受けたいとさえ思うようになった。

だが、人間の心というものは尋常一様にはいかないものである。前川正の愛と言い、西村先生の真実と言い、共にクリスチャンの中でも特に優れた人たちである。この人たちに愛され、導かれれば、すぐにもクリスチャンになってふしぎはないはずである。それがそうは簡単にいかないわたしだった。その理由のひとつに、西中一郎への姿勢があった。

三一

西中一郎は、その頃毎日のようにわたしを訪ねてくるようになっていた。毎日きまった時間に訪ねてこられると、わたしはつい、その時間に彼のあらわれるのを心待ちにするようになった。彼の会社が病院のすぐ近くにあって、ひる休みの時間に、彼はわたしを訪ねるのだった。訪ねてくれる人と言えば、西村先生と西中一郎だけである。彼の訪問が、わたしにとって楽しかったのは、いたしかたのないことであった。毎日訪ねてくるのが西中一郎ではなく、同性であったとしても、わたしはやはりその時間に、その人を待ったであろう。

家から送ってくる金は、入院費がぎりぎりで、わたしにはみかんひとつ買う余裕もなかった。前川正は、わたしに書く葉書代を捻出《ねんしゅつ》するために、謄写孔版《とうしゃこうはん》を習ってアルバイトをしていた。そんな彼に、無論わたしへの送金など依頼できるはずもない。彼の手紙にはよく、

「ぼくは綾ちゃんのためにも、一日も早く大学に戻り、医者になりたいと思います。愛する人に、経済的な不自由をかけているというのは、男として何と残念なことでし

よう」

などと書いてあった。

I病院は、教授が回診の時は、病棟の付添婦が朝から特に念入りに掃除をする。そして、患者たちに寝巻の着換えを促すのだ。

「堀田さん、総回診ですよ。寝巻をとりかえてくださいね」

わたしはいく度そう言われたことだろう。いく度言われても、わたしにはたった一枚の寝巻しかなかったのだ。生れつき着物に無頓着《むとんじやく》なほうだったから、それほど辛《つら》くはなかったにしても、丹前下に着かえたりして、寝巻を洗ってもらったりしたことは、いまだに忘れることができない。

そんなわたしにとって、西中一郎の訪問は、いろんな点で慰められた。ちり紙がなくて困っていると、彼は会社の物置にあった廃紙をどっさり持ってきてくれたりした。痰を取るには、ちり紙よりもその厚手の廃紙のほうが役に立った。彼はまた、何年間か前のわたしの好き嫌いをよく覚えていて、夏みかんひとつポケットにしのばせてきたり、罐詰を持ってきてくれたりした。

しかし、彼はこのように毎日訪ねてはくれたが、二人の間に恋愛的なふんいきは全くなかった。その点、西中一郎は節度のあるまじめな男性であった。

最初見舞ってくれた日に、前川正の話を聞こうとしなかったのはたしかだが、と言って、わたしに何かを期待していたのでもない。彼の持ち前の親切心は、もとの婚約者が知らない土地で、貧しく病んでいるのを見過しにできなかったまでであろう。その証拠にこんなことがあった。

その頃わたしは、前年以来の背の痛みに、体を曲げることができなくなっていた。床に落したものを拾う時も、そっとひざをつき、背はまっすぐにしたままで拾わなければならない。こんなありさまだから、足など全く洗うことがなかった。無論、入浴も許されてはいない。手不足だっただろうか、病棟の付添婦は、掃除や配膳《はいぜん》に忙しく、清拭《せいしき》などしてくれなかった。清拭は看護婦の仕事だと思うが、手術の多い泌尿科《ひにょう》では、歩ける人間にまで手が回らなかったようだ。

そんなわたしを見かねてか、ある時西中一郎は、ボイラー室からバケツに一ぱいお湯をもらってきた。わたしの足を洗ってくれるというのだ。

「一郎さん。あなたはイエス様ほど偉くはないでしょう。だからまだ人の足を洗う資格はないわ」

わたしは笑って、彼の好意を辞退した。イエスが十字架にかかる前夜、十二人の弟子の足を洗ったという記事が聖書に記されている。

せっかくの彼の親切をことわっても、彼は少しもこだわりのない顔をして、いつものように話をして帰った。もし西中一郎に、何らかの下心があれば、どうしてわたしの足などを洗うことができるだろう。しかも他の患者の見ている前で。このことは、彼が何の野心もなく純粋に親切であったことを物語ってはいないだろうか。わたしは心から彼の親切に感動させられたことを覚えている。

このようなわけで、二人の間には人に聞かれて困るようなことはなかった。だがある日わたしは、ひとつの重大な事実にぶつかってしまった。ある夜のこと、隣ベッドの患者が憂鬱《ゆううつ》な顔でわたしに打ち明けた。

「うちの人が、会社の女の子とコーヒーを飲みに行っているらしいの。うちの人は、コーヒーぐらい女の子と飲みに行ったたって、何が悪いんだって、ツラッとしているのよ。でもわたしはいやだわ。ね、いやだと思わない?」

「そりゃあいやだわね。いくら何でもないって言ったって、よその女の人と喫茶店なんかで仲よく話しているなんて、いやだわ。想像しただけでも腹が立つわよ。しかも、あなたが入院中だというのにね」

同情して、わたしもあいづちを打った。もしわたしが札幌に入院している間に、前川正が他の若い女性とコーヒーを飲みに行ったとしたらどうだろう。たとえただの一度でも、そんなことをされるのは、どんなに不愉快かわからないとわたしは思った。と、思った時、わたしはハッとした。たとえ前川正が、他の女性と毎日喫茶店に行ったとしても、不愉快だと言える資格がわたしにあるだろうか。わたしは、毎日、西中一郎の見舞を受けているではないか。いくら二人は潔白だと言っても、西中一郎とわたしとは、もと婚約者の間柄である。しかも彼には妻があり、わたしには前川正がいる。

西中一郎の訪問を、わたしは前川正に手紙で知らせてあった。何ひとつかくしてはいなかったが、だからと言って、前川正が不快に思っていないとは断言できないのだ。そしてまた西中一郎の妻も、このことを知ったなら、どんなに心を傷つけられるかもしれない。わたしには、人の心を傷つけているという自覚がそれまで全くなかった。

だが、隣ベッドの療友が、

「いやだわ、ああいやだいやだ」

と言いながら、夜も眠られずにいるのを眺めると、その姿が西中一郎の妻に思われてきた。わたしは自分のしていることが、どんなに悪いことかと初めて気づかされた。気づいたなら、直ちに西中一郎の見舞をことわるべきであった。だが、翌日訪ねて来た彼の顔を見ると、わたしは、別段何の悪いこともしていないのだと思ってしまうのであった。彼は彼で妻を愛し、わたしはわたしで前川正を愛している。その二人が、こうしてつきあっているからと言って、なぜ悪いのかと開きなおる気持がわたしの中にあった。もし、彼の妻なり前川正なりが、このことのために悩んでいるとしたら、

「バカねえ、もっと悩むに値することで悩みなさいよ」

と、笑いさえしそうな気もする。

客観的に見ると、わたしの立場は明らかに人を傷つける裏切行為かもしれなかった。しかしどうしても、当のわたしとしては、それほど悪いことをしているという切実な思いが湧《わ》いてこない。それどころか、西中一郎とはこのままこうして友情を温めていたいような気さえするのだ。やはり西中一郎ほどの親切な友情を失いたくないという気持が強かった。そんな自分が、ふとわたしは恐ろしくなった。

(もしかしたら、わたしには罪の意識というものが、欠けているのではないだろうか)

罪の意識がないということほど、人間にとって恐ろしいことがあるだろうか。殺人をしても平気でいる。泥棒をしても何ら良心の呵責《かしやく》がない。それと同様に、わたしもまた、人の心を傷つける行為をして胸が痛まないのだ。

こう思った時わたしは、

（罪の意識のないのが、最大の罪ではないだろうか）

と、思った。そしてその時、イエス・キリストの十字架の意義が、わたしなりにわかったような気がした。

三二

札幌の春は旭川より半月ほど早いようであった。春の札幌名物の馬糞風《ばふん》が吹く四月、わたしの体はいっそう瘦《や》せていった。内科の外来に行くと、鈴木という老医師が、わたしの胸に聴診器をあてたまま言った。

「ありますね。空洞がありますよ」

あらためてわたしの顔を眺めながら、鈴木先生はおっしゃった。

「聴診器でハッキリわかるのですから、レントゲン写真に出ていないはずはないと思いますがね」

わたしは、ここの病院でも、前の病院でも、また療養所でも、写真に空洞が出たことはなかったと言った。しかし微熱はあるし、肩はこるし、血痰《けったん》も出たし、痰はちり紙がいくらあっても足りないぐらいたくさん出たとも言った。鈴木先生はすぐに、

「早速断層写真を撮ってみましょう」

と手配をしてくださった。断層写真の結果、六センチほど奥に空洞のあることがわかった。この鈴木先生の聴診器を、ある女医は、神様の耳だと言ったことがある。この先生のおかげで、わたしの胸部に空洞のあることがハッキリした。そしてわたしは泌尿器科から内科に移された。鈴木先生は、もっとふとってから手術をしましょうとおっしゃった。

だが、一方わたしの背中は、ますます痛みがひどくなった。足の先にスリッパをひっかけることも困難になった。二、三歩も歩くと爪先《つまさき》がヒョロヒョロする。内心カリエスでないかと案じてきただけに、わたしはカリエスの症状についていささか知識があった。これはまさしくカリエスの症状なのである。これ以上ほうっておくと、下半身に麻痺《まひ》が来て、失禁という忌《い》まわしい症状をともなうことになる。

すぐにレントゲン写真を撮ってもらったが、若い医師は、

「大丈夫ですよ。写真には出ていませんから」

と言った。わたしは腹を立てた。胸部のレントゲン写真でも、空洞がないと言われながら、わたしはどれほど血痰や微熱に悩まされたことだろう。病院をいくつも転々として、やっと鈴木先生の聴診器がわたしの空洞を発見したのだ。恐らくこんな失敗

はいく度もくり返してきたことだろうに、なぜ医師はこうも頑迷に、患者の訴える症状に耳を傾けようとしないのだろうか。否《いな》そればかりか、神経衰弱ででもあるかのようにその訴えを笑うのだろうか。わたしはもはやレントゲン写真というものを信用していなかった。患者の自覚症状のほうがずっと早くて、レントゲン写真にあらわれるのがこうも遅いのでは、何の役にも立たないどころか、かえって危険でさえあると思った。

翌五月の末、再び脊椎《せきつい》の写真を撮ったところ、この時の医師は言った。

「どうしてもっと早く診《み》てもらわなかったのです？　あなたはカリエスですよ。ギプスベッドに、絶対安静で臥《ね》ていなければなりませんよ」

曜日によって、外来患者診察の医師は変るのだ。医師の言葉に、わたしは思わず笑った。

「どうしたんです？」

カリエスと診断されて泣き出す患者がいると聞いていた。それなのにわたしは笑ったのだ。医師が不審がるのは無理もなかった。しかしわたしは、今度こそ、

「あなたは神経質だ。もう少し起きて運動したらどうです」

などと、ノイローゼ扱いにされないで、ゆっくり寝ることができると思って笑った

のだ。原因さえわかれば、治療の方法はあるわけである。

病室に帰ってからわたしは思った。

(自分の背骨が結核菌に蝕《むし》ばまれているというのに、レントゲンにハッキリ写し出されなかったばかりに、こんなに足がフラフラになるまでわからなかった。このままもしわからずにいたとしたら、わたしの骨は全く腐ってしまって、死ぬよりほかになかったのではないだろうか)

そしてまた思った。魂の問題にしても、同じことが言えるのではないだろうかと。罪の意識がないばかりに、わたしは自分の心が蝕ばまれていることにも気がつかないのではないだろうか。腐れきっていることに気がつかないのではないだろうか。つくづく恐ろしいとわたしは思った。

わたしの心は定まった。一刻も早く洗礼を受けなければならないと、今度こそ切羽《せっぱ》つまった思いになった。

西村先生はこの決心を聞いて、心から喜んでくださった。

「全く堀田さんの言うとおりですよ。吾々《われわれ》人間という者は、罪の恐ろしさがわからないのです。もし癩《らい》菌が血液の中に発見されたら、わたしたちはどんなに驚いて医者にかけつけることでしょう。しかし、罪があることを知っても、そんなにあわてふためいて神の所に行かないものです。よく受洗の決心がつきましたね」

こうしてわたしの受洗は七月五日と決定した。

わたしの病室は、内科病棟から更に重症室に移された。排菌していることがわかったからである。内科病棟はきれいだったが、重症室はうす汚なかった。虫の食った汚ない柱や、汚点《しみ》のついた壁が、部屋全体を暗くしていた。その部屋には、わたしより更に重症の、五十歳ぐらいの農家の婦人が、瘦せて横たわっていた。

わたしのベッドは、クレゾールの匂《にお》いが異常に強かった。それに気づいて、わたしは付添婦に尋ねてみた。

「このベッドは、誰かが亡《な》くなったばかりでしょう」

わたしの思ったとおりであった。そのベッドは、わたしの移される数時間前、六十何歳かの婦人が、その生涯を終えたばかりのベッドなのであった。

「いやでしょう。亡くなった方の後なんて」

色は黒いが、やさしそうな付添婦さんは気の毒がった。しかしわたしは頭を横にふった。生きている人間で、死なない者が一人でもあろうか。恐らくこの病院の重症室で、人の死ななかったベッドはひとつもないにちがいない。そしてまた、わたしもいまこそ古い自分がここで死ぬのである。

「人もしキリストに在《あ》らば新たに造られたる者なり、古きは既に過ぎ去り、見よ新しくなりたり。（コリント後書五章一七節）」

この聖書の言葉のように、古いわたしは死に、そして新しくイエス・キリストに生きる者として生れ変らなければならないのだ。人の死んだベッドの上こそ、わたしの今後の療養生活にふさわしいと、心からわたしは思ったのである。

三三

遂《つい》に、わたしの洗礼を受ける七月五日が来た。洗礼を受けると言っても、わたしは、父や母には何の報告もしていなかった。わたしの両親は、信仰なら何の信仰を持っていようと、干渉はしなかった。確固たる信仰への確信があって干渉しないのではなく、むしろ無関心だったのだろう。

わたしは受洗の予告を、旭川の前川正にだけしてあった。

その日は、からりとしたよいお天気だった。昼食が終ると、山田さんという背のスラリとした看護婦さんが入ってきた。

「洗礼を受けるんですって、おめでとう。少し病室を片づけましょうね」

彼女は、札幌北一条教会の会員であった。手早くあたりを片づけ、詰所から牧師のすわる椅子《いす》を運んできた。そしてそこへ越智一江看護婦さんもやってきた。越智さんもやはり北一条教会の会員である。

約束の午後一時に、西村先生と一緒に入って来たのは、やや瘦せぎすの小野村林蔵牧師だった。小野村牧師は、戦時中非戦論をとなえて、投獄された気骨のある牧師だと聞いていた。そしてまた、非常にきびしい牧師だとも聞いていた。だがその時会った牧師は、実にやさしい静かな感じの人だった。この気骨のある牧師から洗礼を受けるということは、わたしにとって誇らしくうれしいことだった。

いよいよ洗礼式が始まった。洗礼を授けるための水を入れた洗礼盤を、西村先生が持ってくださった。立ち会う人は僅《わず》かに越智、山田の両看護婦さんだけの病床受洗である。わたしはギプスに仰臥《ぎょうが》したままだった。牧師は聖書のロマ書六章を読んでくださった。

「汝《なんじ》ら知らぬか、凡《おおよ》そキリスト・イエスに合うバプテスマを受けたる我らは、その死に合うバプテスマを受けしを。我らはバプテスマによりて彼と共に葬《ほうむ》られ、その死に合せられたり。これキリスト父の栄光によりて死人の中《うち》より甦《よみが》えらせられ給《たま》いしごとく、我らも新しき生命《いのち》に歩まんためなり。我らキリストに接《つ》がれて、その死の状《さま》にひとしくば、その復活《よみがえり》にも等しかるべし。我らは知る、われらの古き人、キリストと共に十字架につけられたるは、罪の体ほろびて、こののち罪に事《つか》えざらんためなるを。そは死にし者は罪より脱《のが》るるなり。我らもしキリストと共に死にしならば、また彼と共に生きんことを信ず」

読み終った小野村先生は、その骨張った手を、銀の洗礼盤に浸し、臥《ね》ているわたしの頭に手を置かれた。

「堀田綾子。父と子と聖霊の御名《みな》によって、バプテスマを授く。アーメン」

その時まで、わたしの気持は極めて冷静であった。洗礼を受けるというのに、これほど何の感動も感激もなくてよいものかと不安になるほど、平静であった。ところがこの言葉を聞くや否や、わたしは思わず泣いてしまった。それは自分自身にも思いがけないことであった。だが、涙が心の奥深い所からほとばしり出てくるのだ。わたしのような不誠実な者が、わたしのように罪深い者が、キリストの者となることができるのかと思うと、どうにも泣けてしかたがなかった。

小野村先生が祈ってくださった。

「父なる御神、この病める姉妹を、御国《みくに》に名を連ねる者としてお許しくださったことを感謝いたします。何とぞその終りの日まで、信仰を全うすることができますように」

わたしは、しゃくりあげながらアーメンととなえた。つづいて西村先生が祈ってくださった。先生の目にも涙が溢《あふ》れ、その祈りも途絶えがちであった。しかしその祈りも、実に感謝すべき祈りであった。

「……どうぞこの堀田綾子姉妹を、この場において証《あか》しのためにお用いください。また御旨《みむね》にかなわば、一日も早く病床から解き放たれて、神の御用に仕える器としてお用いください……」

祈り終って西村先生は涙をぬぐわれた。わたしのような、何の役にもたたない病人を、神の御用のために使ってくださいと祈っていただいたことが、わたしをいっそう感動させた。

つづいて讃美《さんび》歌《か》一九九番がうたわれた。

わが君イエスよ　罪の身は
暗き旅路に　迷いしを
くまなく照らす　みめぐみの
光を受くる　うれしさよ

ふっと、西中一郎に助けられた、あの暗い海岸での夜を思い出した。生きることに何の希望もなかったあの夜の自分の姿が、まことに、この讃美歌にあるように、「暗き旅路に迷いしを」そのものの姿に思われた。

罪のこの身は　いま死にて
君の功《いさお》に　よみがえり
神のしもべの　数に入る
清きしるしの　バプテスマ

越智看護婦さんも、山田看護婦さんも、みんな泣いていた。

あれから十五年たったいまもなお、この讃美歌をうたう時、わたしは目頭《めがしら》が熱くなってしまう。それほど、この洗礼を受けた時の涙は、感動に満ちた涙であった。

洗礼式が終って、小野村牧師はすぐに次の集会に出なければならなかった。先生は静かにおっしゃった。

「必ずなおります。いましばらくの試練ですからね」

わたしは素直にうなずいた。到底なおるとは思われなかったが、しかしその先生の言葉が、おざなりだとも思わなかった。人の言葉というものは大事なものである。舌先三寸で人も殺すが、また活《い》かすこともあるのだ。

「必ずなおります」

その確信に満ちた静かな言葉は、その後の長い病床生活の中で、いく度もわたしを慰め励ました。後にも先にも、小野村牧師にお会いしたのはその時一度限りであったが、しかし一度聞いた言葉は、その後いく度となくわたしを慰め力づけたのである。

ふしぎなことが起った。洗礼を受けたその日から、わたしはうれしくてうれしくてならなくなった。心の中に灯《ひ》がともったのだ。その灯がわたしを揺り動かすのだ。わたしは早速神に祈った。

「神様、間藤安彦さんと、晴子さんと、理恵さんの三人を、どうかクリスチャンにさせてください。この三人がクリスチャンになりましたなら、いつ天に召されてもよろしいです」

そしてわたしは、この三人に葉書を書いた。わたしがこんなに喜んでいる喜びを、分けたくて仕方がなかった。それは、おいしい物を食べた時、人にも食べてもらいたいあの気持に似ていた。ギプスベッドに寝たままの、仰臥の姿勢で葉書を書くことはつらかった。すぐに肩がこった。一枚の葉書を書くのに三日もかかった。しかしわたしは書かずにはいられなかった。西村先生の日常を見ていると、キリスト者とは伝道するものである、と思わずにはいられなかった。だから、どんなに辛《つら》くても、友人たちへの言葉は書きつづけようと思った。

前川正から手紙が来た。それには、わたしの受洗のことを聞いて、一人でロマ書六章を読み、讃美歌一九九番をうたい、そして心から感謝の祈りを捧《ささ》げたと書いてあった。

あの春光台の丘で、わたしのために自分の足を小石で傷つけた前川正である。毎日手紙を書いては、わたしをキリストに導いてくれた彼である。教会の帰りには、遠回りをしてわたしの部屋の窓下に立ち、ひそかにわたしのために祈ってくれた彼である。その彼にとって、わたしの受洗の知らせは、到底言葉に言いあらわせないほどの喜びであったことだろう。彼が一人で祈ったと書いてある個所を読み返しながら、わたしはまたしても涙が頬をぬらすのを、とどめることはできなかった。

三四

十一月になって、突然前川正が札幌にやってきた。彼は大きなトランクを手に下げていた。

「綾ちゃん、一週間ほどこの病室に泊めてくださいよ」

彼はトランクを床において、少し咳《せ》きこんだ。

「あら、どうなさったの。受診ですか」

受診にしては、一週間の滞在は長過ぎると思った。彼は答えずに、

「大変ですね。ギプスベッドはつらいでしょう」

と、同情してくれた。わたしは、ギプスベッドなど少しもつらいと思わなかった。頭から腰まで、スッポリとギプスに入り、首も動かしてはいけないことになっていた。首を動かすと、悪い脊椎《せきつい》にひびくからである。首も動かせない、寝返りも打てないというのは、たしかに大変なことではあった。しかし、背中が痛くても、熱が出ていても、

「どこも病気じゃありません。少し運動をしなさい」

と無理矢理歩かせられていた時よりは、ずっと楽であった。

「いいえ、ちっともつらくありませんわ」

わたしが答えると、前川正は、

「綾ちゃん、偉くなりましたね。信者らしくなりましたね」

と、微笑した。

「ねえ、それより、どうして一週間も札幌に滞在なさるのですか」

前川正が札幌にいてくれることはうれしかった。しかも、わたしの病室に泊まってくれるというのである。こんなうれしいことは、わたしにとってないはずだった。だがわたしは、なぜか不安でならなかった。わたしの病室は、前にも述べたように五十歳近い農家の主婦が、肺を患《わずら》って療養していた。

前川正とわたしは、隣のベッドに邪魔にならないように話を始めた。

「実はね、綾ちゃん、ぼくもとうとう手術することに決めたんです」

驚いてわたしは彼を見た。

「正さん、どうしても手術をしなくちゃいけないの。もうしばらく見合わせたほうがいいんじゃない？」

当時、胸郭成形の手術は珍らしくはなかった。しかしそれでも、手術直後死んでいく人も何％かはいた。

「綾ちゃんも、ぼくが十七貫もあるので、手術なんかしなくても、そのうちになおるだろうと思っているんでしょう。ところがね綾ちゃん、ぼくの肺はこのままほうっておくと、どうにもならなくなるような状態なんですよ」

わたしはただ黙って彼を見た。医学生の彼が手術を決心するのは、それなりの判断をくだしてのことだろうと思った。

「それはね、ぼくの手術が成功するかどうか、それはわかりませんよ。でもね、一か八《ばち》かのような手術だけれども、やってみようと思うんです。いつまでも病巣《びょうそう》のある肺を抱《かか》えて生きていけるわけでもありませんからね。手術が成功すれば復学できるし、そしたら半年そこそこで卒業しますよ。第一、綾ちゃんもこうしてギプスに入ってしまったし、当分何年か臥《ね》なければならないわけでしょう。綾ちゃんのためにも、ぼくは早く医者になって、経済的にも支えてあげたいのですよ」

一か八かの手術をしなければならないほどの、大変な病状なのかと、そう思っただけでわたしの心は重かった。そして、彼がかつて言った言葉を思い出した。

「恋人に何もしてあげられない生活能力のない男という者は、淋《さび》しいものです」

彼はそう言ったことがあったのである。

彼は手術の決意を、家人にも告げずに出てきたのである。その彼の悲痛な決意を思うと、わたしはただ黙ってうなずくより仕方がなかった。その日から彼は、ベッドが空《あ》くまで、わたしの病室に泊まることになった。

前川正は楽しそうであった。彼は朝起きると、湯を汲《く》んできて、わたしの顔を洗ってくれた。わたしは彼が来るまで、誰にも顔を洗ってもらったことがない。病棟の付添婦が、胸の上に洗面器をおいていくと、そのお湯をこぼさないように気をつけながら、天井を見たまま手を洗い、タオルをしぼり、そのタオルで顔を拭《ふ》くだけだった。

前川正は、石鹸《せっけん》をつけたタオルでわたしの顔をていねいに洗い、きれいにゆすいだタオルでぬぐってくれた。

「乳液かクリームをつけるんでしょう。どこにおいてあるの」

彼はやさしく尋ねた。

「クリームも乳液も、わたしにはないの」

そう答えると、彼はその日のうちに三越まで行って、クラブクリームを買ってきてくれた。

「化粧品の名前なんかわかりませんからねえ。母が使っているクラブクリームを買ってきましたよ」

彼はそう言って、早速わたしの顔にクリームをつけてくれた。鼻、額、頬、あごに、ポツポツとクリームをおき、指でのばしながら彼は言った。

「美人ニナアレ、美人ニナアレ」

彼のおどけたその言い方に、わたしはふっと胸が熱くなった。どうか彼の手術が成功するようにと祈らずにはいられなかった。

彼は食事の世話をし、手紙の代筆をし、そして湯タンポの入れ換えまで、まめまめしく世話をしてくれた。朝食が終った後は、彼はわたしの枕元《まくらもと》で聖書を読んでくれた。つづいて安静時間である。彼はベッドの下のゴザの上で、好きな読書をしたり、短歌を作ったりした。あまり静かなので、何をしているのかとわたしは手鏡で彼を写す。すると彼は熱心に、ノートに書いた短歌を推敲《すいこう》しているのだった。手鏡に写して見ているわたしに気がつくと、彼は照れたように微笑する。それは淡々とした二人だったが、それでも、わたしたちはじゅうぶんしあわせだった。

病院の夜は長い。五時には既に夕食が終り、付添さんたちも帰ってしまう。わたしたちは聖書の話をしたり、小説のことを語り合ったりして、九時の消灯までを楽しく過ごす。消灯時間が近くなると、朝と同じように再び聖書を読む。そして彼は、床板にふとんを敷いて寝る。

消灯の後、下からそっと手をのばして、わたしの髪におずおずとふれることもあった。これが、クリスチャンである彼の、わたしに対する精一ぱいの愛撫《あいぶ》でもあった。

三、四日して、彼の父から彼に手紙があった。彼は黙ってそれを読んでいたが、

「読んでみてください」

と、わたしに手渡した。

「でも、正さん宛《あて》に来たものを、読んではおとうさんに悪いわよ」

わたしは遠慮した。

「いいんです。ぼくと父はよく似ているんですよ。ぼくを理解するためにも、読んでみてください」

言われてわたしは、手紙に目を通した。それは、親に相談もなく手術を決心したことに対しての意見であった。詳しいことは忘れたが、実に愛情のこまやかな手紙であった。

「いろいろ申しあげましたが、どうか気を悪くしないでください。老婆心《ろうばしん》までに書いたのですから」

というような言葉が、わたしを驚かせた。親のすねかじりの前川正が、自分だけの決意で手術を受けるということは、親をないがしろにしたと言われても仕方のないことであった。たとえそういう形をとらなければ親の同意を得られないとしても、非難されるのは仕方のないことであった。しかしそのことに対して、親は親としての意見を述べながら、あくまでも息子の意志を尊重していることにわたしは驚いた。立派な人たちだと思った。

やがて、彼は、九日目にベッドが空いて、正規に入院することになった。この僅《わず》か九日間だけが、後にも先にも、わたしと彼が同じ部屋で昼夜を共にした唯一《ゆいいつ》の生活であった。

三五

いよいよ前川正の手術の日が決まった。たしか十二月十七日であった。旭川から彼の母が看病に来た。彼の母は、わたしを見舞って、細くなったわたしの手を静かになでた。そこに彼が入ってきた。彼は、わたしの手をなでている自分の母を見て、思わずニッコリ笑った。よほどその情景がうれしかったのだろう。彼はその日、非常に楽しそうであった。

彼はこの手術で、肋骨《ろっこつ》を八本取ることになった。彼の病室は、幸いにしてわたしと同じ病棟であった。歩いて二分とかからない所に、彼は入院していた。だがわたしは、彼を看護することはおろか、見舞にさえ行けなかった。この時ほどわたしは自分の病気を情なく思ったことはない。前川正の生涯に、恐らくただ一度の危険な大手術だというのに、祈る以外何もできないのだ。

明日は第一回目の手術という夜、彼は入浴をすませてわたしの部屋に来た。

「片足だけ洗いませんでしたよ。先輩たちが、全部洗うとあの世に行ってしまうとおどかすんです。人間て弱いもんですね。神を信じているとか、なんとか言ってるけれど、片足だけぼくも洗い残しましたよ」

またこうも言った。

「ぼくは手術はいいんだけど、麻酔がいやですねえ。麻酔が覚める時に、暴れたり、うわごとを言ったりするそうです。綾ちゃん！　綾ちゃん！　なんて、名前を呼んだら醜態ですからね」

隣ベッドのわたしの療友は、その言葉に、

「男の人は無邪気じゃね。前川さんなら、とにかく手術は成功しますよ」

と言った。彼女は農家の主婦で、特に封建的な家庭に嫁ぎ、新聞すら読んだことがなかった。しかし前川正は、その彼女の語る言葉を、いつでも親身《しんみ》になって聞いてやった。「ほほう」とか、「それはそれは大変ですね」とか、あいづちを打って聞く態度は、誰に対するのと同じであった。決して彼女を笑ったり、いい加減にあしらうということはなかった。特に感心したのは、彼女があやまって指輪をなくした時である。

彼はベッドの下から部屋の隅々まで這《は》うようにして探し、遂《つい》には彼女の枕元にある紙《かみ》屑籠《くずかご》の中を、素手《すで》でさがした。

彼女はわたしよりずっと重症の肺結核患者で、その紙屑籠の中には、血痰《けったん》をぬぐい取った紙がいっぱいだった。その汚《きた》ない紙をひとつひとつはらうようにして探す彼の姿は、まるで自分の大事なものをさがすように、熱心であった。

指輪は遂に出なかったが、彼のその親切には彼女も後々まで心から敬服していた。

「前川さんのようないい人が、手術で死ぬわけはない」

彼女はくり返し、そう言った。

手術の当日、彼の弟や、彼の友人も旭川からかけつけた。彼が手術室に入ったという報《しら》せがきた。わたしは一心に祈りつづけた。彼の背にメスの入る様子が目に浮かぶ。皮下脂肪のつぶつぶと白い状態から、肋骨の下に息づく肺の動きまで目に見える。

かつて、わたしは前川正と共に、友人の手術に立ち会い、その記録を結核患者の会の会誌に載せたことがあった。その時のことをわたしは思い出し、前川正の肋骨のポキリと切除される音まで聞こえるような気がしてならなかった。刻々と手術の時間は過ぎて行った。

三六

前川正の手術の間、わたしはただギプスの上で祈っているより仕方がなかった。

やがて看護婦が手術の終ったことを知らせてくれた。

「お元気かしら」

「さあ、まだ麻酔がかかっていますから。青い顔で眠っているだけですよ」

若い看護婦は正直だった。うそでも元気だと答えてほしい気持に、全く気づかないかのようにそう答えた。

もう麻酔がさめたと思う頃、わたしは病棟の付添さんに、麻酔がさめたか、ようすはどうかを見てくれるように頼んだ。一分もあれば行ってこれるほどの近い所に、彼の病室はあった。

「変ですねえ、まださめていませんよ。もうそろそろ、暴れる頃ですのにねえ」

ただでさえ不安なわたしに、その知らせは恐怖すら与えた。

その幾日か前に、麻酔がさめないままに死んだ人のことを聞いたばかりであった。

わたしは、高鳴る動悸《どうき》を静めようとしても、静めることができなかった。

二時間ほどたって、やっと彼が麻酔からさめたことを聞かされた時のうれしさ、感謝の祈りを捧《ささ》げようと手を組んでも、指に力が入らないのである。

「前川さんて、やっぱり紳士ですね。麻酔がさめるのでも、ほかの人のように暴れないんですから」

後で誰かがそう言ったことをいまも覚えている。しかし実の話は、彼の手術のあたりから、麻酔薬か麻酔の方法がそれまでとは変ったということらしかった。麻酔は、その頃から急速に進歩していたように聞いている。

ともかく、とんだ心配をさせられたが、その後、彼は次第に元気を恢復《かいふく》しているという話だった。

あれは手術して何日目の夜であったろう。十日もたっていた頃だろうか。ドアを押して、影のように入って来た人を見て、わたしは一瞬ドキリとした。幽霊かと思った。それが前川正だとわかった瞬間、わたしは声をかけるより先に、涙ぐんだ。こんなにも痩《や》せるほど苦しい目にあったのか。その苦しい何日間かを、わたしはただ臥たっきりで、一度も見舞うことができなかったのだ。いかにギプスベッドに絶対安静を強いられているとはいえ、それはいかにも薄情に思われてならなかった。

「もう歩いてもいいの」

しかし、当の本人はわたしほど深刻ではなかった。どこかひょうひょうとした笑顔で彼は答えた。

「実はね、いま初めてトイレまで来たんですよ。その序《ついで》にここまで足をのばしたんですから、お袋には内緒ですよ」

病気をしたことのない方はご存じないだろうが、排便というのは、衰弱した病人にとって一大労働なのである。目の前が暗くなり、しばらく立ち上れないことだってある。

手術後初めてトイレまで来て、それだけでじゅうぶんに疲れたはずなのに、彼はわたしの部屋まで足をのばしてくれたのだ。彼は、わたしの顔を見ただけで安心したかのように、ややしばらく何も言わずに椅子《いす》にすわっていた。ものも言えないほど疲れてもいたのだろう。

やがて、看護婦さんに見つかっては叱《しか》られると、ふらふらと帰って行った。

遂にその年も暮れた。前川正が手術し、わたしが洗礼を受けた、お互の一生に忘れられない昭和二十七年であった。そして新しい年が来た。

彼の母が、ハムエッグを作って持ってきてくださった。彼もこのハムエッグを食べて正月を迎えているのかと、彼と同じ病院で新しい年を迎えたという思いが、しみじみと湧《わ》いた。

しかしホッとする間《ま》もなく、彼の二回目の手術が二週間後に待っていた。肋骨八本を切除するのに、四本ずつ二回にわけて手術するのである。再び同じ苦しみをさせるのかと思うと、かわいそうでならなかった。だが心のどこかで、一度目が無事だったのだから、二度目も無事だというような気がして、一回目ほど不安ではなかった。やっと少しは体力がついて来たと思った時に、また痛い目にあわせるのかと思うと、何ともやりきれなかった。

わたしは、曾《か》つて自分が、自殺を計ったことを思い出した。一人の人間が健康を取り戻すのに、これほどの苦しみを経なければならない。何ともったいないことを考えたのかと、その頃になってやっと自分の愚かさが悔やまれたりするのだった。

彼の二回目の手術が終った翌朝だった。うつらうつらしているわたしの病室に、彼の母と、弟さんが入って来た。わたしの所から借りたゴザを返しに来たという。そのゴザは、彼の母が病室に敷いて使うのに、わたしがお貸ししたのだった。驚いたわたしが、

「どうして、もういらないのですか」

と聞くと、

「正が先ほど亡《な》くなりましたから、もういらなくなったのです」
と、おっしゃって、弟さんと二人で、わたしのベッドにつかまって泣かれるのだった。

「そんなはずがありません」

そう叫ぼうと思うのだが、なかなか声にならない。やっと声になったかと思った時、わたしは目をさました。いまのが夢だったとは思えないほど、あまりにありありとしていて、わたしは言いようのない不吉な予感がした。いやな夢を見たというより、いやな幻を見せられたという感じだった。

だが、わたしの夢とは反対に、彼は再び日に日に元気になり、やがて三月の末に退院することになった。彼の父が迎えに来られ、わたしを見舞ってくださった時、わたしは目を真《ま》っ赤《か》に泣きはらしていた。大きな手術も無事に終って、元気に帰って行くのだから、わたしは誰よりも喜んでいいはずだった。それなのに、なぜかわたしは泣けて泣けて仕方がなかった。

旭川を離れて、札幌の地に一人病むことが淋《さび》しかったのか。彼との五カ月の病院生活が名残り惜しかったのか。自分でもわからないが、涙はこっけいなほど溢《あふ》れてやまないのだった。それとも、これもまた不吉なものを予感しての涙であったのだろうか。

遂に彼は旭川に帰ってしまった。

聖書をば読み合ひて寝に就かむとす明日吾《われ》は汝《なれ》をベッドに置きて去る

前川　正

三七

前川正が旭川に帰って一月近くたった四月の末、西村久蔵先生がお見えになった。その日はうすぐもりの、少し寒い日だったような気がする。入ってこられた先生の、いつもの元気なお顔が妙に寒々と見えた。

いつものように聖書を読み、お話をしてくださったあと、

「来月、東京に行って来ますよ」

と、先生はおっしゃった。先生は御殿場で開かれる修養会の委員だったので、どうしても上京しなければならなかったのだった。後で聞いたことだが、この時先生は既に過労のため、肺臓内に鬱血《うっけつ》をきたたし、絶対安静を命ぜられていた体だったのである。そんなことも知らず、わたしはのんきに言った。

「先生は、二等車（いまの一等車）でいらっしゃるんでしょうね」

「いやあ、わたしはあの二等のすましたふんいきが大嫌いでね。三等だと、誰とでも気軽に話ができるし、キリストの話もすぐにできますからね。第一、二等に乗るお金があれば、そのお金をもっと有効に使いますよ」

先生は笑った。そして帰られる時、いつものように、ベッドからずり下ったわたしの掛布団《かけぶとん》をキチンとかけてくださった。

それから、半月ほどして、西村先生がお病気で、東京から寝台車に乗って帰ってこられたという話を聞いた。二等にも乗らない先生が、寝台車で帰られたというのは、よほどのことであろうとわたしは心配した。

五月も過ぎ、六月になっても、先生はわたしの所にお見えにならない。わたしはお見舞状を出したが、心配しないようにという先生のご筆蹟《ひっせき》でお返事をいただいた。

七月五日、第一回の受洗記念日がめぐってきた。わたしは、その日のことを思い出しながら、祈っていた。あの時洗礼を授けてくださった小野村牧師は、蜘蛛《くも》膜下《まくか》出血で既に倒れられていた。

「必ずなおりますよ」

と、おっしゃった小野村牧師のことを思い、涙で祈ってくださった西村先生を思った。牧師は重態であり、西村先生もまた病状がはかばかしくなかった。一年という僅かな月日の間に、まことに人の身はさだかでないとわたしは思った。

二、三日して、西村先生からお葉書があった。先生は、教会の週報をごらんになって、わたしが受洗記念に感謝献金をしたことを知られたらしい。病床にあって、献金するということが、どんなに大変なことかを先生はご存じだったのであろう。ご自分が導き、いく度となく見舞ってくださっていただけに、なおのこと喜ばれたのであろう。たいそううれしそうなお便りであった。

わたしはすぐ返事を書こうと思いながら、病棟が変ったりして疲れが出ていた。七月十一日のことだった。先生のお宅に下宿しておられる北大生の金田隆一さんが見えて、

「先生が危篤《きとく》です」

と、おっしゃった。わたしは、

「うそよ」

と言い、腹を立てた。かつがれたのかと思った。金田さんは、旭川の二条教会員で、前川正の友人でもあった。その春、彼が北大に入った時、アルバイトをしながら下宿させてくれる家はないかとわたしに言った。そのことを西村先生の奥さんに申しあげ

ると、奥さんはいとも気軽に、

「うちでよければ、どうぞ」

と、おっしゃってくださった。金田さんとはそんな仲だったから、かつがれるということはじゅうぶんあり得ることだったのである。

彼が帰った後も、わたしはぷりぷり怒《おこ》っていた。ところが、越智看護婦さんにそのことをたしかめると、

「お聞かせしたくないんですけど、看護婦も泊りこんでいるんですよ」

と、言われた。越智看護婦さんは親切な明るい方で、教会礼拝の翌日は必ず、週報を持って牧師の説教を聞かせに来てくださっていた。

翌日、七月十二日は日曜日だった。非常によいお天気の日で、臥《ね》ていても汗ばむほど暑かった。わたしはその病院に入院して、一年半近くもたっていたから、看護婦さんや医学生にも友だちができた。看護婦学校の生徒にも友人がいた。その中には、毎日遊びに来る医学生や看護婦さんもいて、わたしはみんなに何かと親切にしてもらってもいた。だから、誰も来ないという日はなかった。

だが、その日曜日にはなぜか誰も来なかった。次の日、月曜日の昼休みには必ず見えるはずの越智さんもなぜか見えない。急患でもあったのかと、わたしは思っていた。

すると、試験室に勤務している三国福子さんが、妙にひっそりと入って来た。フランス美人とわたしが呼んでいたこの福子さんは、美しい上に、実にやさしい人だった。

「堀田さん」

彼女は悲しそうに椅子にすわった。

「どうしたの？　失恋をしたみたい」

わたしはわざと朗かに言った。

「あら、堀田さんは、西村先生のことをまだ知らないの」

先生の死を知るのには、それだけの言葉でじゅうぶんだった。

あまりのことに、わたしはそこが病室であることをも忘れて、子供のように大声で泣いた。そこは四人部屋で、みんな重症の人ばかりだった。福ちゃんはおろおろした。わたしはただ悲しかった。西村先生を、どのように説明したら、人はわかってくださるだろう。わたしの小説「ひつじが丘」をもし読んでくださった方なら、小説の主人公奈緒実《なおみ》の両親を思い出していただきたい。あの牧師夫妻が、西村先生ご夫妻の一端を語っていることと思う。

わたしは、書見器にかかっている西村先生の写真を見た。これは、その前の年の十月、写真をくださいと願ったわたしのために、わざわざ写真屋に行って写してきてくだったものである。この写真をわたしに手渡す時、先生はおっしゃった。

「家内がねえ、死んだ人の写真みたいで、いやだって言うんです。そう言われれば何だか元気がないでしょう。あなたもいやなら、撮りなおしてきてあげましょうか」

ご多忙な先生が、わたしのためにわざわざ写真屋に行ってくださったというだけで、恐縮であった。たしかに、どこか力のない写真には思われたが、わたしは喜んでそれをいただいた。しかしその写真が、九カ月後に、遺影として葬儀場に飾られようとは、思うべくもなかった。

写真をいただいてから二カ月後の年の暮だった。クリスマスにプレゼントをくださった先生は、帰りがけにおっしゃった。

「何かほしいものがあったら、遠慮なく甘えてくださいよ」

「では、おねがいします。わたし鮭《さけ》の焼いたのをいただきたいんです」

初めてお目にかかった時、見舞物などいらないと言って拒んだ、かたくななわたしだったが、こんなことも言えるように素直になっていた。

「それはまたお安いご用ですね」

そう先生はおっしゃった。そして大晦日《おおみそか》の夕方、奥さまの心づくしの年越しの膳《ぜん》を、わざわざ運んでくださったのである。それには厚い焼鮭をはじめ、うま煮、煮しめ、黒豆、数の子などなどが並べられてあった。それは、同室の患者とわたしに、別々に盛りつけて持ってきてくださったのである。

生れて初めて他郷に病む貧しいわたしにとって、こんな心暖まる年越しをさせてくださるご夫妻に、わたしは感謝の言葉もなかった。自分の家族にさえ、病気が長くなると手が回りかねるものである。それなのに、見ず知らずだったわたしに、こんなにまでしてくださる豊かな愛には、文字どおりお礼の言葉がなかったのだった。

しかしそれも、いまはただ悲しみの種となった。わたしは最後の別れとなった日の先生を思い浮かべ、紙に短歌を書きつけた。

　ベッドよりずり落ちさうな吾《わ》が蒲団《ふとん》を直して帰り給《たま》ひしが最後となりぬ

この短歌ほか数首を、わたしは三国福子さんに頼んで、御《お》棺《かん》に入れてもらった。

通夜《つや》が終り、葬式が終った。会する者八百余人、誰一人泣かぬ者はなかったと聞き、先生がいかに人に慕われた真のクリスチャンであるかを、あらためて思わずにはいられなかった。

植村環《うえむらたまき》先生も後にこう書いておられる。

「西村久蔵氏の愛――それは永久に、彼にふれた人々の心に生きて、彼らを慰め力づけるであろう。こう書いていながら私の目は涙にぬれてきた」

越智看護婦さんが、わたしに言った。

「あのね、西村先生の奥さまが、堀田さんにだけは知らせないでくださいって、おっしゃったんですよ。だからお知らせできなかったんです」

悲しみの真っただ中にありながら、病気のわたしの身を思って、そんなにまで心を使ってくださった西村先生の奥さんに、わたしは心を打たれた。

やがて秋も深くなった頃、奥さんが松茸飯《まつたけめし》を炊《た》き、松茸のみそ汁を作って持って来てくださった。奥さんの顔を見ただけで、わたしはふとんをかぶって泣いてしまった。

その松茸は、京都のある方が、西村先生の人徳を伝え聞いて送ってくださったものだという。しかし残念ながら、その香りも味もわたしにはわからなかった。涙で鼻がすっかりきかなくなってしまったからである。

三八

西村先生の亡くなった札幌は、わたしにとってにわかに空虚な所になった。ちょうどその頃、前川正が旭川から受診に来札した。術後初めて、彼は札幌にやって来たのである。

彼は以前のように肥《ふと》り、元気に見えた。受診の結果も異状はないらしく、とにかく手術してよかったということになった。わたしは健康保険が切れるので、家に帰ろうか、それとも、札幌市内の療養所に転じようかと相談した。彼はちょっと考えていたが言った。

「帰れるものなら、旭川に帰っていらっしゃいよ。札幌はやはり少し遠いですからね。綾ちゃんの家までなら十分もかかりませんけれど、ここまでは四時間や五時間はかかりますからね」

わたしも、西村先生の亡くなった札幌にとどまる気はなくなった。前川正と、いつでも会える旭川のほうがずっと楽しいはずである。ギプスベッドに臥たっきりの身では、帰ることはむずかしいが、兄や弟たちがいるので何とかなるだろうと、直ちに旭川へ帰ることを決した。彼はホッとしたように、

「待ってますからね」

と言って、帰って行った。

帰ると決めると、一刻も早く帰りたくなった。家に手紙を出すと、帰宅してもよい

とのこと、迎えには都志夫兄と、鉄夫、昭夫の二人の弟が来ることになった。

十月二十六日、わたしは遂《つい》に退院した。一年八カ月ぶりでわたしは旭川に帰るのだ。ギプスベッドに臥たまま、自動車に移され、弟たちは中腰《ちゅうごし》になって、わたしに覆《おお》いかぶさるように乗った。わたしは、看護婦さんや、付添さんや、療友たちに見送られて病院を後にした。

車は、もう大方葉の散った札幌の並木の下を走った。駅に着くと、わたしは兄に背負われ、桟橋を渡った。ぜいたくだが二等の席を二つとり、板を渡した上にギプスを置いて、わたしは臥せられた。

そこへすぐの弟の鉄夫が荷物を持って笑いながら入って来た。

「ややややや、参ったぜ。ホームでガランガランと、手からころげ落ちたものがあるんだ。見たら便器のふたなんだ。みんなが笑っていたよ」

鉄夫はさもおかしそうに笑った。包んでいたビニールのふろしきがほどけて、そんなことになったらしいが、どんなに恥ずかしかったろうと、わたしはすまなかった。

発車しようとした時、オルゴールがホームに高らかに響いた。わたしは、札幌で世話になった人々のことを思い、西村先生の既に亡《な》いことをあらためて思い、黙禱《もくとう》をしつつ札幌を離れた。

弟の昭夫が、臥たっきりで外を見られないわたしのために、いまはどこを走っていると時々教えてくれた。わたしはその都度手鏡で窓の外を写しながら、人生にはこんな旅もあるのだと、自分に言い聞かせていた。

しかし、わたしは惨《みじ》めではなかった。札幌に出る時は、ちゃんと腰かけて乗って行った自分が、いまこんなふうになって帰るということに、悲しみはなかった。

(わたしは、クリスチャンになって帰るんだもの。これは何とすばらしいことだろう。いまのわたしは生れ変ったわたしなのだ)

そして、

(正さん、わたしはあなたの所に帰って行くのよ。今度こそわたしは、あなたと同じ神を信ずる綾子として、あなたの所へ帰って行くのよ)

しきりにそう呼びかけずにはいられない思いだった。

旭川に帰って、彼と度々会い、彼は来年の春大学に戻るだろう。そしてわたしも、五年もたてば丈夫になるかもしれない。そうなれば、二人はやがて結婚し、楽しいクリスチャンホームを作るだろう。

わたしは、自分の行くてに、そんなことを夢みながら汽車に揺られていたのだった。何と人間は、自分の行くてを知ることのできないものなのであろうか。

三九

六男の弟治夫が、徹夜で貼《は》ってくれたというクリーム色の壁紙で、見ちがえるように明るくなった自分の部屋に、一年八カ月ぶりでわたしは帰った。真新しい藁《わら》ぶとんの上にふとんが敷かれ、真っ白なシーツがわたしを待っていた。

発病して既に八年、経済的に精神的に苦労のかけどおしのわたしであった。そのわたしに、こんなにまで心を配って父母兄弟は待っていてくれたのである。八年と言えば、中学生だった治夫が既に高校を出て銀行員になっており、小学生だった末弟も高校を卒業しようとしているのだ。

しかも、この八年間に五回もわたしに入院されたのだ。家人にとって、どんなに重荷であったことだろう。そしていまも、退院したとは言え、この先何年ギプスベッドに絶対安静の生活がつづくかわからないのだ。食事の世話から、排便の始末にいたるまで、六十を過ぎた母が一手に引きうけてくれるのだ。不具廃疾同様のこんなわたしに、父母は以前にも増してやさしかった。

わたしの退院した翌日、前川正が早速訪ねてくれた。

「昨日駅まで迎えに行こうと、家を出たんですがね。途中で止《や》めることにしました」

兄に背負われた不様《ぶざま》なわたしの姿を、前川正は見るにしのびなかったのだろう。見られるわたしの身になってくれたのだ。丹前姿のまま、兄に背負われて汽車から下りた時、迎えに出ていた父は目をうるませて、

「おう、よく帰って来た、よく帰って来た」

と、かろうじて言った。わたしは三十一歳にもなっていた。健康なら、子供の二人もいる主婦のはずだった。それが、八年も病んでいて、兄に背負われて汽車を下りたのだから、父はどんなに悲しかったことだろう。しかも、いつなおるという見込みがあるわけではなかったのだ。そんな身内の感情も、前川正は知っていてくれたのだろう。迎えに来てくれなかった気持が、わたしにはうれしかった。だが、

「汽車の旅は疲れたでしょう」

そういたわってくれる彼の顔色は冴《さ》えなかった。つい一カ月前札幌に訪ねてくれた時とはちがって、どこか元気がなかった。

「正さん、あなたどこかお悪いんじゃないの」

わたしは不安になった。彼は淋《さび》しい微笑を見せた。

「やっぱり綾ちゃんにはわかるんですね。心配させるといけないと思って、父にも母

にも言わないんですけどねえ……実はこの頃時々血痰《けったん》が出るんですよ」

わたしは自分の顔から血の気《け》がすーっと引いて行くのを感じた。

血痰が出る! それは明らかに手術の失敗を物語っていた。八本もの肋骨《ろっこつ》を切除してもなお、彼の空洞は潰《つぶ》れなかったのだ。わたしは思わず涙ぐんだ。彼が一人、その事実に耐えている気持が、手にとるようにわかった。

「綾ちゃん。そんなに心配しなくても大丈夫ですよ。血痰と言っても、唾《つば》に血がまじる程度ですからね。それにいまはストレプトマイシンもありますし、パスもヒドラジッドもあるんですからね」

彼は快活に言った。

以前の彼なら、六町しか離れていないわたしの家に、毎日のように訪ねて来た。手紙も毎日必ずくれた。それなのに、その後彼の手紙も足も遠ざかった。それでも二十日ほどの間に、彼は三度訪ねてくれた。だが依然として顔色は冴えない。

「大丈夫？　正さん」

心配するわたしに、彼は、

「大丈夫、大丈夫。来年の春には大学に戻ることができますよ」

と、元気そうに答えるのだった。

四〇

それは忘れもしない十一月十六日のことであった。彼は、その日売り出されたお年玉つき年賀葉書を買って来てくれた。そしてわたしの痰を持って、菌培養のためにわざわざ寒い中を保健所まで出かけて行き、その足でまたわたしの家に立ち寄ってくれたのである。

その日わたしたちは何を話したことだろうか。残念なことだが、人間は自分たちの最後の別れの日の会話も、事細かに記憶してはいないものだ。ただ、手術後の歌を何首か見せてくれたのを覚えている。

切除せし己《おの》が肋骨を貰《もら》ひ来つ透きとほるやうに見ゆるもあはれ

その時に見せてもらった歌の中で、これが一番わたしには忘れられなかった。なぜなら、その時彼はその肋骨も持って来てわたしに見せてくれたからである。血が黒くこびりつき、ガーゼに包まれているのをわたしは黙って眺めた。彼があの大手術を受けた動機のひとつには、前述のようにわたしのためということがあった。二度も苦しい手術をし、せっかくなおる希望に燃えていたのに、彼はいま血痰を出しているのだ。そう思っただけで、わたしはその肋骨を見ることさえ耐えがたかった。

「これをくださる?」

やがてわたしはそう言った。

「無論あげるつもりで持って来たのですよ。だけど綾ちゃんが、つまらなそうに眺めているから、あげるのをやめようかと思っていたんです」

日本人の表情は、ずいぶん無表情なものだと二人は笑った。わたしの表情があまりにもこわばっていたため、実は感慨をこめて眺めているのが、彼にはかえってつまらなそうに見えたのであろう。

やがて彼は畳に手をついて、ていねいにお辞儀をした。

「綾ちゃん、そろそろ寒くなりますからね。ぼくも少し安静にしますよ。今度はクリスマスに来ますからね。綾ちゃんも風邪をひかないように気をつけてくださいよ」

と言った。そして立ちあがり、帰りかけてまた二言三言《ふたことみこと》何か話をした。そして立ったままお辞儀をして、また何か話し、いく度もそんなことをくり返し、彼はとうとう笑い出した。

「ぼく、きょうは何べんお辞儀をするのでしょうね。実はさっきから握手をして欲しかったんですけれど、それがなかなか言い出せなくって……」

そう言いながら彼は、そっとわたしの手を取った。満五年もつき合っていて、まだ握手することにさえ遠慮勝ちな彼であった。彼はわたしの手を握ると、安心したように、もう一度「さようなら」と言って小腰を屈《かが》めた。そして部屋の障子をあけ、

「ああ、たくさん雪が降っていますよ。見せてあげましょうか」

彼は障子を開け放って、中庭に降りしきる雪を見せてくれた。

「寒いからもうしめましょうね」

手鏡に庭を写して、飽かずに眺めているわたしに、彼はやさしくそう言い、静かに障子をしめて帰って行った。

その後、たまに葉書はきたが、どれも何か元気のない便りだった。わたしは心待ちに、彼が訪ねてくれると言ったクリスマスを待っていた。だが遂にそのクリスマスにも、彼は訪ねて来なかった。

クリスマスから三、四日ほどして、アララギ一月号が着いた。その選歌後記を見て、わたしは驚いた。あるアララギ会員が、二十八年十一月号のわたしの歌について投書

してあった。

ベッドよりずり落ちさうな吾《わ》が蒲団《ふとん》を直して帰り給《たま》ひしが最後となりぬ　（堀田綾子）

ベッドよりずれたる吾れの掛け布団《ぶとん》を直し給ひき酔のまぎれか　（坂本兎美）

右は寸分の違いもありません。何か同一の先例があるのではないでしょうか。

（下略）

選者の土屋文明先生も、この投書に同意され、慨嘆されていた。激しい性格のわたしは、文字どおり烈火のように怒った。夜も眠られなかった。翌日前川正から葉書が届いた。

「心配しています。あまりにも作者を知らな過ぎる言葉ですね。しかし、こんなことで歌を止《や》めたりはしないようにお願いします。早速発行所のほうに、ぼくからも抗議文を出しておきます」

急いで書いたのであろう。いつもの彼の葉書より、大きな乱れた字であった。わたしは短歌を作ってはいたが、作るというより一気に歌ができ上るほうである。推敲《すいこう》などめったにしたことがない。その上歌集というものをほとんど読んだことがなかった。歌集を読むよりも、モーリャックやドストエフスキーの小説を読んで、文学的感動を与えられるほうが、歌の勉強になると思っていた。わたしが読む歌の本と言ったら、アララギ誌だけであった。そのわたしを、前川正は誰よりもよく知っていた。しかも、歌ができても、ノートに大事に書きとめるという几帳面《きちようめん》さがなく、薬包紙や広告の裏などに、手当り次第にできた歌をその場で書きしるすのだ。

「もっと、自分の歌を大事になさい」

よくわたしは彼に叱《しか》られたものだ。しかしわたしは歌を作ればそれで気がすむのであって、彼に催促されなければ、アララギへの投稿さえ怠るほうだった。こんなわたしだから、自分の歌さえすぐ忘れてしまう。まして、人の歌など覚えているわけはない。

第一、この歌は、あの西村先生の死を悼《いた》んで、泣きながら詠《よ》んだ歌ではないか。わたしは口惜《くや》しくて仕方がなかった。直ちにわたしは療友の理恵を呼び、わたしの家にある限りのアララギ誌を全部調べてもらった。

「これに似た歌があるかどうか、一首一首見落さないで調べてよ」

理恵は忠実に、何日もかかって全巻調べてくれた。京都の坂本さんからも手紙が来た。何せ、同じ号にこの二首が載ったのだから、無論お互に盗み合うことができるわけはない。

年が明けて、前川正から原稿用紙に十六枚もの発行所宛《あて》の抗議文が届いた。

「綾ちゃんが目を通して、よければこれを発行所に送ってください」

いま考えても、この時のことを思うとわたしは胸が痛む。彼はその頃、一枚の葉書を書いてさえ疲れるほどに体が弱っていたのだ。そしてこれを書き終えて彼は喀血《かっけつ》をしたのだった。しかしわたしには、その病状は誰からも知らされていなかった。彼が既に絶対安静の床にあり、便器を使って臥《ね》ていることなど知るはずもない。クリスマスには来れないと言っても、そして、母上代筆の年賀状であったと言っても、まさか彼がそんなにも重い病状であるとは思わなかった。寒いので大事をとっているのだろう。安静にしていれば、やがては血痰もとまるだろうと思っていた。もし彼が、死の床においてこの抗議文を書いたと知ったなら、わたしは必ずやそれを発行所に送ったであろう。だがわたしは、自分のことについて人に弁明してもらうのを嫌った。

わたしは仰臥《ぎょうが》のまま、土屋先生に手紙を書いた。坂本さんとわたしの手紙は、アララギ三月号に載った。わたしの手紙の一部を書いてみよう。

……お棺の中に入れて頂いたあの歌を、わたしは人真似《ひとまね》で作る余裕もございませんでした。ただ、涙の中で西村先生をしのび思いつつ作った歌を、詐欺《さぎ》漢云々《かんうんぬん》とまで言われては、まことに口惜しく存じました。恐らく京都の坂本様も御自分の体験に即してお作りになったものと信じます。

わたしはカリエスで絶対安静をしておりまして、胸部にも空洞があり、重い冬蒲団が垂れ下ると引きあげる力がございません。看護婦さん、見舞人がいつも直してくださっていまして、特に特別なことではなく、西村先生もいらっしゃる度に直してくださったのでした。そしてその日も、いつものように直してお帰りになったのですが、最後となってしまったのです。

（中略）

先生、わたしたちが「先生」と申しあげる以上、信頼して選を頂いております。何卒《なにとぞ》先生を信頼している会員たちを、もう少し御信用くださっていただきたいと存じます。

一月六日

土屋先生は、わたしたちの手紙に対して、前言を取り消してくだされ、類歌の問題について種々教えを述べられ、最後に、

「とにかく、今両君の直接の申出によって、会員諸君が作歌に際し、真剣であり純潔であることを知り得たのは私としてむしろ愉快であった」

と、書いてくださった。

正直の話、愚かなわたしは、一月号の投書を読んだ時、立腹の余り短歌を止めようと思った。選者の苦労などということを、想像することもできない初心者であったから、無理もない。だがこの事件は、わたしにとって大いに薬になった。自分の安易な作歌態度を反省する機会となり、たとえ一首の歌でも、真剣に取り組まなければならぬことを教えられたような気がした。これには無論、前川正が、

「こんなことぐらいで歌を止めたりはしないように」

と、手紙に書いてくれたことも力となっていた。たしかにこんなことぐらいで歌を止めるぐらいなら、初めから歌を作らぬほうがよかったのだ。もしあの時、腹立ちまぎれにアララギを止めていたら、わたしは実に多くのものを失ったにちがいない。

後に、わたしは次のような歌をアララギに出している。

平凡なことを平凡に詠《うた》ひつつ学びしは真実に生きるといふこと

実にアララギの歌風は、人間の真実を引き出してくれるものであった。アララギでは写生ということを重視する。それは、「生命を写し取る」ことだと聞き、わたしはわたしなりにその作歌態度に学んで来た。

信仰と共に、アララギの歌を勧めてくれた前川正の深い配慮を、わたしはいまままでいく度思って来たことだろう。彼が投書を見て、歌を止めるなと言ってくれた心が、いまもなおわたしの胸にひびく。

「綾ちゃん、もし歌を止めることがあるとしても、それに代る文学発表を必ず持ってくださいよ」

そんなことも彼は時折言ってくれたものであった。いまわたしは小説を書くようになったが、アララギに学んだことが実に大きな益となっている。無論、もっと忠実にアララギに学んだならば、わたしの文章はこんな拙《つたな》いものではなかったろう。その点、アララギの先輩や友人たちに、申し訳のないことではある。

四一

どうしたことか、抗議文を書いてくれた後、彼の便りはパッタリと途絶えた。あるいはひょっこり訪ねてくれるのではないかと待っていたが、それもない。一月の半ばも過ぎると、わたしの不安は更につのった。

ようやく一月の終りに、母上の代筆で封書が届いた。彼は一月六日以後喀血がつづき、親しい友人の見舞さえ謝絶していると書いてあった。一月六日と言えば、あの抗議文十六枚を書いた直後ではないか。わたしはすぐにも立ち上って見舞に行きたかった。

その後も時々、母上から病状を知らせるお便りをいただいたが、わたしの不安は、ますますつのるばかりだった。少しいいと知らせが来た後は、必ず、また喀血したという知らせである。わたしは、彼の手術の時と同様、ただ祈るよりない自分の不甲斐《ふがい》なさが口惜しかった。

ある日わたしは、部屋に飛んでいる一匹の蝿《はえ》を見た。旭川のきびしい寒さに耐えて生き残ったこの蝿に、わたしは春を感じた。わたしも前川正も、この蝿のように、かろうじて冬を越したのだと思うと、何か涙ぐみたいような気持だった。

やがて、ストーブも焚《た》かない日が時々あるようになり、いつしか四月になった。四月二十五日はわたしの誕生日である。毎年彼は、わたしの誕生日には必ず本を贈ってくれた。今年も元気なら、忘れずに本を贈ってくれるはずであった。わたしは、喀血をくり返す彼を想像しながら、一人書見器の聖書を読んでいた。そこへ思いがけなく彼からの封書が届いた。わたしは驚き、喜びながら封を切った。それは障子紙のような白い和紙に、鉛筆で書かれてあった。

祝御誕生

イツモ祈ッテマス　正

綾チャンエ

一九五四・四・二五

十一、十二月トツバノ中ニ血ガ交ッテタ。一月六日初メテ本当ニヘモリ（喀血のこと）以来血痰《けったん》。週一回ハヘモル。一〇〇CC〜一〇CC。父、母、進ガ夜モネズニ、看《み》テクレル。吸入デ痰ガ出ヤスイノデ、夜中三〜四回モオコシ、母ニカケテモラウ。手術側ノ血管ニ一ツ弱イノガアルラシイ。マタイトコノ医者ニ夜、ヘモッタトキ来テモラウ。今迄《いままで》ニナカッタノデ、ヤハリアワテル。大分ナレタ。スベテ筆談。ソチラノオ母サンノ見舞アリガトウ。シカシ、玄関ニ母ガユクト心細イカラ、余リ心配シナイデクダサイ。手ガミモヨマズ母ニ要点ヲキクノミ。

又半年ハゴブサタスル。神サマニ祈ッテ下サイ。今日ハ、コチラ、マイシン、パス、往診デ出費多端。本モアゲラレズ。コレダケ書クノハ相当デアッタ。母ニオサエサセテ。

元気ニ。


読み終ったわたしは暗澹《あんたん》とした。鉛筆の文字は、几帳面な日頃の彼に似合わず、かなり乱れている。臥たままで、母上に紙をおさえてもらいながら、全心全力を注ぎ出して書いた手紙なのだ。

わたしは未《いま》だ曾《か》つて、こんな真実な命がけの誕生祝をもらったことはなかった。悲しみの中にも、深い感動があった。わたしは、三度四度彼の手紙を読み返した。彼が身を削るようにして書いた手紙を、わたしもまた、全身全霊をこめて読みとろうとした。最後の「元気ニ」の一言《ひとこと》に、わたしは多くの言葉を聞いたような気がした。

「又半年ハゴブサタスル」

彼はそう書いているが、果して半年後に、再びペンを取ることができるのだろうかと、わたしは危ぶんだ。

「元気ニ」

の一言に、彼は万感の思いを託したのではないだろうか。

「元気に生きて行くんですよ。たとえどんなことがあっても」

そう彼は言いたかったのではないかと、わたしは思った。果してこの手紙は、単なる誕生祝の手紙であろうか、それとも暗に別れを告げる手紙なのだろうかと、いくたびも読み返さずにはいられなかった。

四二

木の芽の吹く頃は、結核患者にとって憂鬱《ゆううつ》な季節である。病気もまた芽吹くかのように、体の調子が狂ってくる。

五月一日、その日もわたしの全身は石のように凝り、熱もあった。体は疲れているのに夜になってもなぜか眠ることができない。いつものように、書見器にかかった聖書を読み、祈りを終えても、妙に目が冴《さ》えてくる。

自分がこんなに気分の悪い日は、前川正もまた体工合が悪いのではないかと案じているうちに、時計は十二時を打った。すると、それが合図かのように、前川正の姿が次々に目に浮かんできた。療養所で初めて会った時の、大きなマスクを外した顔。酒を飲むなと戒めたきびしい顔。歌会を司会している時の楽しそうな顔。春光台の丘で、自分の足に石を打ちつけた悲壮な顔。それらがまるで映画のひとこまひとこまのように、実に鮮かに、しかもす早く、次々とわたしの目に浮かぶのだ。それは、わたしが思い浮かべるのではなく、いやおうなく目の前に見せられているような、ふしぎな感じだった。

「変だわ。どうしたのかしら」

わたしは、自分の意志を超えて、何者かに見せられているような彼の様々の姿を、ふり払うように時計を見た。時計は既に一時を過ぎている。わたしは深い疲れを覚えた。そして、引きずりこまれるような眠りに落ちてしまった。

翌五月二日も、朝から熱があって気分が悪かった。わたしは昨夜次々と浮かんできた前川正の面影《おもかげ》を思いながら、ふしぎなこともあるものだと思った。自分から思い出そうと努めたわけではないのに、なぜあんなにいろいろな彼の姿を、一時間以上も見たのだろうか。そんなことを思っているわが家の上を、しきりに自衛隊の飛行機が飛んでいた。それは、疲れたわたしには甚《はなは》だしい騒音であった。この騒音に、彼もまた悩まされているのではないかと、わたしは彼の病状を思いやっていた。

夕方近くになって、姉がわたしを訪ねて来た。姉は黒いドレスを着て、静かにわたしの部屋に入って来た。

「綾ちゃん、工合どう？」

いつもの姉より、妙に静かである。

「どうしたの百合さん。どこかお通夜《つや》にでも行くの？」

わたしは不機嫌に言った。

「いいえ」

姉はそのまま出て行った。わたしが不機嫌なので、姉はすぐ出て行ったのだとわたしは思った。夕食は姉が運んで来た。何の食欲もない。わたしはちょっとお菜をつついただけで、すぐに下げてもらった。

夕食が終って間もなく、父と姉が部屋に入って来た。

「綾子、お前は気性が激しいから……」

父はまずそんなことを言い、語尾を濁した。わたしが一日中不機嫌だったので、父が心配してそんなことを言いに来たのかと、わたしはのんきに構えていた。何という勘の鈍さであろう。

「綾子、実は前川さんのことを、お知らせするのだが……」

ふだんの父なら、お知らせするなどとは言わない。やっとわたしは変だと気づき、言いかけた父の言葉をひったくるようにして叫んだ。

「死んじゃったの？」

自分でも思いがけない大きな声であった。姉が、顔を覆《おお》った。

「いつ？」

「今朝《けさ》、午前一時、十四分だったそうだ」

わたしはふっと、昨夜の次々に浮かんだ彼の顔を思い出した。とめようとしても、とまらぬほど次々に目の前に浮かんだあの姿は、わたしへの最後の別れだったのかもしれない。わたしは初めてそう気づいた。

「死んだの⁉」

突如として、激しい怒りが噴き上げてきた。そうだ、それは正《まさ》しく悲しみというより怒りであった。前川正ほどに、誠実に生き通した青年がまたとあろうか。この誠実な彼の若い生命を奪い去った者への、とめどない怒りがわたしを襲った。

「鋏《はさみ》を持って来てちょうだい、百合さん」

「ハサミ？」

不安そうに姉はわたしを見た。

「そうよ、鋏を持って来て」

姉から手渡された鋏で、わたしは前髪をぷっつりと切った。そのわたしを、姉はじっと見つめていた。わたしはこの髪を半紙に包み、わたしの写真を添えて、姉に手渡した。

「百合さん、お通夜に行ってくれるんでしょう。これをお棺の中に入れてもらってね」

憤《いきどお》っているはずなのに、なぜかわたしは落ち着いていた。

「綾ちゃん、立派だわ」

姉が言った。姉はわたしのようすに安心したらしく、前川正の最期《さいご》を話してくれた。

「正さんはね、昨夜の七時半頃、食事中に意識不明になったんですって。そしてそのまま意識が戻らずに、今朝の一時十四分に亡《な》くなったんですって」

姉は、既に前川家を訪れていたのだった。彼の母上は、悲しみのあまり床についていられたと、姉は言った。そしてまた言った。

「綾ちゃんが心臓マヒでも起したら大変だと思って、知らせないつもりだったのよ。だけどわたしが反対したの。どうせ、誰かの手紙でわかることだし、その時知らせて欲しかったって、きっと言われるにちがいないからって」

そして姉は、どこかの通夜に行くのかとわたしに問われた時、何とも答えようがなかったと、わたしに告げた。誰が見ても、わたしにとって前川正は、無くてはならぬ人であった。だから心臓マヒを起しはしないかと案じたのも、当然だった。気の弱い弟は、わたしが彼の死を知ることに耐えられずに、一日中外に出ていたほどである。

しかしどういうわけか、わたしは心臓マヒも起さなければ、気絶もしなかった。ただ、自分のような者が死なないで、彼のような誠実な人が死んだことに、言いようのない怒りを感じていた。

夜も更《ふ》けて、やっとわたしは、彼の死を現実として肌に感じとった。毎夜九時には、わたしは祈ることにしていた。そして必ず、前川正の病気が一日も早くなおるようにと、熱い祈りを捧《ささ》げていた。しかし今夜から、彼の病気の快癒《かいゆ》をもう祈ることはないのだと思うと、わたしは声をあげて泣かずにはいられなかった。

堰《せき》を切った涙は、容易にとまらなかった。仰臥《ぎようが》したままの姿勢で泣いているので、涙は耳に流れ、耳のうしろの髪をぬらした。ギプスベッドに縛られているわたしには、身もだえして泣くということすら許されなかった。悲しみのあまり、歩き回ることもできなかった。ただ顔を天井に向けたまま泣くだけであった。

わたしはその夜、遂《つい》に一睡もしなかった。彼が死んだ午前一時十四分になった時、わたしは文字通り号泣した。彼の死も知らずに、次々と浮かぶ彼の姿を思っていた昨夜の自分が、憐《あわ》れに思われてならなかった。誕生祝の手紙をくれて、まさか一週間後に死ぬとは夢にも思わなかった。だから、彼の姿がどれほど次々に浮かんでも、姉が喪服で現れても、わたしは彼の死に思いを致すことができなかったのだ。

　翌日、晴れた日であった。父、姉、甥《おい》たちが彼の葬式に出かけて行った。わたしの家と、彼の家は、僅《わず》か六町しか離れていない。何とかハイヤーにでも乗せて連れて行って欲しいと、わたしは切実に思った。ただ一目でいい。わたしは彼の死顔《しにがお》に別れを告げたかった。しかし、それは所詮《しょせん》わがままというべきものであったろう。ギプスベッドに絶対安静を強いられているわたしには、到底それは言い出せることではなかった。

四三

　それから何日かの間、夜になるとわたしの耳元に、人の寝息が聞えた。わたしは離れに一人寝ていたのである。人の寝息が聞えるはずがない。だがその寝息は、実にハッキリと耳元で聞えた。

（正さんの寝息だわ）

聞えるはずのない寝息が、傍《かたわら》に聞えるのは初めはうす気味悪かった。しかし彼の寝息だと思いこんでから、わたしは非常に慰められた。彼がそばに眠っていてくれる。わたしはそう思った。彼の肉体は死んでも、彼の霊は滅んではいない。わたしはその寝息を聞きながら泣き、泣きながらも慰められた。その寝息は、十日程つづいてぴたりと止《や》んだ。わたしは一心に耳を傾けたが、もはや彼の寝息は聞えなかった。

再び、たとえようのない寂寥《せきりよう》がわたしの身を包んだ。全く一人ぼっちになったと思った。この世で結ばれることのなかった彼が、死んで十日程わたしに添寝《そいね》をしてくれたのでもあろうか。あのふしぎな寝息を、いまでも時折り思い出すことがある。

わたしはその時になって、初めて天国を思った。昨年の七月、敬愛する西村先生を失い、それから一年もたたぬうちに、最愛の前川正も天に召された。当時のわたしは、この世よりも、天国のほうが慕わしく思われてならなかった。

何日も呆然《ぼうぜん》とした日を送った。呆然としながらも、涙は渇《か》れることはなかった。彼の死を聞いて、札幌から間藤安彦が訪ねて来た。わたしは、会わないと母に言った。しかし母は、わざわざ札幌からお出《い》でになったのだからと言って、彼をわたしの部屋に通した。わたしは彼に言った。

「会いたくなかったのよ」

彼はハッとしたようにわたしを見た。

「ごめんね。ぼくは自分の気持ばっかり考えて、あなたが人に会いたくないということを、忘れていました」

それから二人は何を話したろうか。とにかく前川正のことにふれそうになると、わたしは、

「やめて！」

と言ったことだけを覚えている。

その後、何人かの友人がわたしを慰めようとして、わたしを見舞ってくれた。しかしわたしは誰の口からも「前川正」という名を聞きたくはなかった。誰がわたしと一緒に涙を流すことができるだろう。彼らにとっての前川正と、わたしにとっての前川正とは、全く違った存在なのだ。誰が彼を讃《ほ》めようと、また惜しもうと、それはわたしにとって甚だ空虚な言葉にしか過ぎなかった。遂にわたしは、しばらくは誰にも会わずに、ただ一人彼の喪に服することに決めた。

彼が昇天して一カ月目だった。待ちに待っていた彼の母上が、わたしを訪ねてくださった。顔を見合わせるなり、二人は泣いた。この世に共に泣ける人は、この人だけであった。この母上だけは例外であった。その時母上は、彼の形見の丹前、遺書、ノ

ートにメモした遺言、彼の日記と歌稿、そしてわたしから彼に送った六百余通の手紙などを持って来てくださった。このわたしの手紙は、日付順に番号がつけられて、幾つもの菓子箱にキチンと整理してあった。それは彼にとって、この手紙がいかに貴重なものであったかを物語っているようであった。

ノートにメモした遺言は、ご両親への遺書で、その中にはわたしにふれた言葉もあった。

「綾チャンノコト、ワカッテイタデショウガ、何モ疚《ヤマ》シイコトハナイカラ安心シテクダサイ」

これは、彼とわたしの間に、肉体関係がないことをご両親に告げたものであった。

わたしへの遺言は、まだ比較的病状の軽かった頃に書かれたもので、封筒にはていねいに彼の印鑑が押されてあった。

「綾ちゃん

お互に、精一杯の誠実な友情で交わって来れたことを、心から感謝します。

綾ちゃんは真の意味で私の最初の人であり、最後の人でした。

綾ちゃん、綾ちゃんは私が死んでも、生きることを止めることも、消極的になることもないと確かに約束して下さいましたよ。

万一、この約束に対し不誠実であれば、私の綾ちゃんは私の見込み違いだったわけです。そんな綾ちゃんではありませんね！

一度申したこと、繰返すことは控えてましたが、決して私は綾ちゃんの最後の人であることを願わなかったこと、このことが今改めて申述べたいことです。生きるということは苦しく、又、謎《なぞ》に満ちています。妙な約束に縛られて不自然な綾ちゃんになっては一番悲しいことです。

綾ちゃんのこと、私の口からは誰にも詳しく語ったことはありません。

頂いたお手紙の束、そして私の日記（綾ちゃんに関して書き触れてあるもの）歌稿を差上げます。これで私がどう思っていたか、又お互の形に残る具体的な品は他人には全くないことになります。つまり、噂《うわさ》以外は他人に全く束縛される証拠がありません。つまり、完全に『白紙』になり、私から『自由』であるわけです。焼却された暁は、綾ちゃんが私へ申した言葉は、地上に痕《あと》をとどめぬわけ。何ものにも束縛されず自由です。

これが私の最後の贈物
念のため早くから

一九五四、二、一二夕　　正

綾子様」

何という深い配慮の遺書であろう。彼にとって、一番心配だったことは、彼の死後のわたしの生活だったのだ。彼は、わたしが自殺しはしないか、と第一に案じてくれている。そして次に、誰か別の男性がわたしの前に現れた時、わたしが前川正との過去に縛られて、自由にふるまえないのではないかと、心配してくれている。そして、日記も手紙も歌稿も、わたしが自由に処分できるようにと、わたしの手許《てもと》に届けてくれたのだ。

だが、どうしてこの貴重な二人の生活の記録を焼き捨てることができるだろう。否《いな》、焼き捨てるどころか、わたしは次々と彼への想《おも》いを歌に詠《よ》んで、アララギその他に発表して行った。

雲ひとつ流るる五月の空を見れば君逝《ゆ》きしとは信じがたし

君死にて淋《さび》しいだけの毎日なのに生きねばならぬかギプスに臥《ふ》して

君逝きて日を経るにつれ淋しけれ今朝は初めて郭公《かっこう》が啼《な》きたり

君が形見の丹前に刺しありし爪楊子《つまようじ》を見れば泪《なみだ》のとまらざりけり

耳の中に流れし泪を拭《ぬぐ》ひつつ又新たなる泪溢《あふ》れ来つ

闇中《やみなか》に眼《まなこ》ひらきて吾《われ》の居《お》りひょっとして亡き君が現はれてくるかも知れず

吾《わ》が髪と君の遺骨を入れてある桐《きり》の小箱を抱きて眠りぬ

マーガレットに覆はれて清《すが》しかりし御柩《みひつぎ》と伝へ聞きしを夢に見たりき

君の亡きあとを嘆きて生きてゐる吾《われ》の命も短かかるべし

さまざまの苦しみの果てに知りし君その君も僅か五年にて逝きぬ

君の写真に供へしみかんを下げて食ぶるかかる淋しさは想ひみざりき

クリスチャンの倫理に生きて童貞のままに逝きたり三十五歳なりき

女よりも優しき君と言はるれど主張曲げしことは君になかりき

煙草《たばこ》喫《す》ふ吾に気づきて悲しげに面伏《おもふ》せし君に惹《ひ》かれ行きにき

最後迄《まで》会ひ初めし頃と変らざりきその言葉正しく優しきことも

死体解剖依頼の電文も記しありき医学生君《きみ》の遺言の中に

夢にさへ君は死にゐき君の亡骸《なきがら》を抱きしめてああ吾も死にゐき

祈ること歌詠むことを教へ給《たま》ひ吾を残して逝き給ひたり

原罪の思想に導き下されし君の激しき瞳《め》を想ひゐつ

山鳩《やまばと》の啼《な》きゐる夕べの丘なりき蹟《ひざまづ》き共にイエスに祈りき

妻の如《ごと》く想ふと吾を抱きくれし君よ君よ還《かえ》り来よ天の国より

挽歌《ばんか》は次々と生まれた。しかし彼の先輩、学芸大学の教授坂本富貴雄氏は、

吾が師匠茂吉文明さにあらず十年病みゐる前川正

と、アララギに詠まれたのを最後に、ぷつりと歌を止められた。また、良い歌をアララギに発表しておられた松枝彬《あきら》氏も彼の死後歌から遠ざかってしまった。

「正さんが死んだら、歌を作る気がしなくなってしまいましてね」

これは、奇《く》しくもこの二人の言葉であった。わたしは、次々と挽歌の生れるわたし

よりも、歌の作れなくなってしまったこの二人のほうが、ずっと彼を愛しているのではないかと考えこんだことがある。

しかしわたしは、三十五歳で死ななければならなかった前川正が、もしこの後も生きていたならば、いったい何をしようと思うであろうか。死んだ彼の分まで、わたしは生き通さなければならないのだと、ともすればくずおれそうな自分の心を鞭打《むちう》っていた。

(正さんは病気がなおりたかったのだ。わたしはなおらなければならない。あの人は歌を作りたかったのだ。わたしは作らなければならない。あの人は教会に行きたかったのだ。わたしは教会に行かなければならない)

彼が生きたかったであろうように、わたしは彼の意志を受けついで、生きられるだけ生きようと決意した。

だがわたしは、相変らず泣いてばかりいた。毎夜午前一時十四分、彼が死んだその時刻を過ぎなければ眠ることができなかった。その時間まで起きていて上げなければ、何だか彼が淋しいのではないかと、思われてならなかった。できるなら、わたしもまたその一時十四分に死んでしまいたいような、そんな誘惑に引きこまれることもあった。生きようと決意しながら、わたしはやはり死にたかった。

そんなある日、わたしのもとに、見知らぬ人々から何通かの手紙が来たのである。

四四

手紙は鹿児島、広島、岡山、新潟などに住む、胸を病む人たちからのものであった。何事であろうかと封を切ってみて、私は初めて気がついた。

前川正が亡《な》くなる少し前に、わたしは療養雑誌「保健同人」に投書した。それは葉山教会の宮崎牧師が主宰する月刊誌「さけび」を療養者に無料で送るという投書だった。この「さけび」は、前川正が毎月わたしに贈ってくれていたものだった。僅《わず》か二十頁《ページ》にも満たない、うすいキリスト教誌だが、その説教は、わたしの胸にぐいぐいと食いこみ、実に感動をもたらして止《や》まなかった。

療養中のわたしは、教会に行くことができない。日曜ごとに教会に行き、このような説教を聞ける健康人が、わたしは羨《うらや》ましかった。じっと一人臥《ね》ていると、矢もたてもたまらないほど、聖書の話を聞きたいと思うことがあった。仮に家の軒に赤い小旗でも掲げておくとする。それを見て、どこの牧師でも通りがかりに訪ねてくれるとしたら、どんなにいいであろうと考えたほど、わたしは説教を聞きたかった。そしてその度に、宮崎牧師の説教を読み返した。

だがある日、わたしはふと思った。わたしのように、牧師の説教を聞きたいと渇望《かつぼう》している療養者が、全国にはたくさんいるのではないか。その人たちに、この「さけび」を送ってあげたなら、どんなに喜ぶことだろう。無料でもらったものだから、無料で送ってあげようと思いたち、その旨《むね》を「保健同人」誌に投書したのだった。

すると、その投書が、やがて「保健同人」誌に載り、それを見た療養者たちが各地から手紙をくれたのである。

前川正の死に、泣いてばかりいたわたしに、神はあらかじめ仕事を用意しておいてくださったのだ。わたしは一人一人に葉書を書き、「さけび」を送った。ところが、たちまち何十部かの手持の「さけび」はなくなってしまうほど、たくさんの手紙が寄せられた。

当時のわたしは、手紙や葉書を、ギプスに臥たままの姿勢で書いていた。前川正の死後、わたしの体力はいっそう衰え、一枚の葉書を書きあげると、三日ぐらいは何もできないほど疲れ切ってしまうのだった。しかしわたしは、寄せられた手紙に、一枚一枚祈りをこめて返事を書いた。宮崎牧師には、バックナンバーを注文した。

療養者たちからは、更に様々な手紙が来た。そこにはわたしよりもずっと悲惨な人たちが数多くいた。関節結核で、立つか寝るかしかできず、すわることも腰かけることもできない人。長い療養中に、夫には捨てられ、幼ない吾が子にさえ愛想をつかされて、「子供は、毎日臥てるわたしに枕《まくら》を投げつけるのです」という母親。自分の療養中に夫が女を家にひきいれ、その女に食事の仕度をしてもらっている人妻。結核性関節炎で片足を切断、その上カリエスになり、いまは腎臓《じんぞう》結核で摘出手術のために入院中の学生。どの人たちも、実に大変な人生を送っていながら、みんな神を信じて強く生きている人たちであった。

この人たちにくらべると、わたしはしあわせ過ぎるほどであった。両親がおり、兄弟があり、離れの部屋をひとつ病室にもらっているではないか。前川正の死は悲しかったが、夫の愛人に食事を用意してもらう屈辱的な生活よりは、ずっと単純な悲しみであった。

自然、わたしの手紙は、その人たちを慰める形になって行った。

再び、その人たちから感謝の手紙がぞくぞくともたらされた。わたしは驚いた。旭川の片隅でひっそりと療養しているだけの、わたしのような者の書いた手紙が、一枚の葉書が、これほどまで人々に喜んでもらえようとは、思いもよらないことだった。

こうしてわたしは、全国各地に多くの友人を得た。中には求道中の人もいた。何も知らないわたしに、真剣にキリスト教について尋ねる手紙も来た。

（わたしのような者でも、人を喜ばせ、慰め、何かの役には立つことができるのだ）

この思いが、わたしの生きていく支えとなった。前川正の死に、泣き悲しんでいるわたしを支えてくれたのは、実にこの人たちであった。わたしはここで、人を慰めることは自分を慰めることであり、人を励ますことは、自分を励ますことであるという平凡な事実を、身をもって知ったのである。

病む友の一人一人の名を呼びて祈る聖画のもとに臥《ふ》す日々

こんな歌もできるほどに、わたしはいつしか悲しみから立ちなおりつつあった。そのころ、午後の三時には、必ず祈り合うという祈りの友の会があって、全国各地で祈りが捧《ささ》げられていた。わたしはその会員ではなかったが、三時になると、知る限りの友人のために、わたしもまた次々と祈っていた。みんながいま、こうして祈り合っていると思うと、わたし自身大きな慰めを与えられた。

わたしはこの頃になって、やっと自分の信仰がいかに従順な信仰でなかったかを、思うようになった。わたしは神を信じていた。いや、信じているつもりだった。しかし信ずるとは、わたしにとっていったいどういうことであったろう。前川正が死んだ時、わたしは激しい怒りを感じた。そして、その後もしばしばこう呟《つぶや》いていた。

「神さま、どうしてわたしの命を取らずに、あの正さんを召されたのですか」

「神さま、正さんのような立派な人は、この世でまだまだお役に立ったはずではありませんか。わたしのような愚かな者が生きているよりも、正さんが生きているほうが、よかったはずではありませんか」

わたしは神に対して、不満をぶちまけていた。絶えず神に文句をつけていた。どうして前川正が死んで自分が生きているのか、何とも納得がいかなかった。

わたしはしかし、神に不平を言ってはいても、決して神を信じていないのではなかった。神はこの世にいないと思っているのではなかった。その証拠に、わたしは神に向って抗議をつづけていたのだから。

だが、その態度がまちがっていることに気づいた。

「神は愛なり」

聖書にはそう書いてある。神の御計画が、人間のわたしにわかるわけがなかった。しかし神が愛の方である以上、前川正の死は、それなりに神の定めた時であり、最もよしとした終りであったにちがいない。わたしはそう思うようになって行った。神は正しい方だから、正しいことをなさるにちがいない。神はよい方だから、よいことをなさるにちがいない。人間のわたしには、たとえ納得のいかないことであっても、いまにきっと、神のなさったことがわかるようになるであろう。

「神さま、あなたのなさったことは、みなよいことでした」

わたしはそう祈り、自分にも言いきかせて、神に不平不満を言うことをやめた。神のなし給うことに従順になろうと努めた。

そんな思いを持って、全国各地の療養者たちと文通しているうちに、やがて死刑囚の友人などもできた。

当時、わたしが文通している一人に、菅原豊という札幌在住の療養者の方があった。元銀行員で、十年近く療養している方であった。菅原豊氏は、西村先生の商業学校教師時代の教え子だった。結核で痩《や》せておられたが、「いちじく」というキリスト誌を自分で編集し、療養所のベッドの上でガリ切りまで自分でしておられた。このガリ切りも通信講座で独学し、後に大臣賞を得られ、謄写《とうしゃ》印刷の講師にしばしば招かれるほどになられた意志の強い人である。

この「いちじく」には、全国の療養者や、死刑囚、そしてまた牧師、伝道師の方が感想文や便りを寄せていた。そこには、人それぞれの生活の状態や、悲しみや喜びが現れていて、どの人の信仰も生き生きと肌にふれるように感じられた。

誌友の中にはその書簡集がベストセラーとなった、獄中結婚の故山口清人氏や、殺人魔西口を捕《とら》えた九州の僧侶《そうりょ》古川泰竜氏などもおられる。無論前川正もその誌友であった。

昭和三十年の二月頃、わたしと同じ旭川に住む三浦光世《みつよ》という人の手紙が「いちじく」に初めて載った。その手紙には、ほとんど死刑囚の消息ばかりが書いてあったので、わたしはてっきり、この人も死刑囚の一人にちがいないと思ってしまった。その名前を見れば、光世という実によい名前である。聖書には、「汝《なんじ》らは世の光であれ」と書いてある。恐らくこの人の父母は、その聖書の言葉から字を取って光世と名づけたにちがいない。それなのに、どうして死刑囚になってしまったのかと、わたしはひそかに心を痛めた。

当時旭川には、「いちじく」の誌友はわたしだけであった。だから、この三浦光世なる人の出現は、わたしの注目を引いた。わたしの家は刑務所から一町半の所にあった。その高い塀《へい》の中に、その人は住んでいるのだとわたしは独りぎめにしていた。そして、この人に手紙を書こうと思っているうちに、また「いちじく」の次号が来た。

「同じ旭川に住んでいながら、どこにいらっしゃるかもわかりません堀田綾子様、何《なに》卒《とぞ》お体を大事にご活躍ください」

という言葉が、彼の手紙の中に書かれてあった。その手紙もまた、わたしは死刑囚の手紙だと思いこんで読んでいた。

四五

再び、前川正の逝《い》った五月が近づいて来た。去年のいまごろは、まだ正さんは生きていたのだ。こんなに早く死ぬと知ったなら、どんなに苦しくても毎日手紙を書くのだった。わたしはそんなことをくり返しくり返し思いながら、毎日を過ごしていた。

そして四月二十五日のわたしの誕生日が来た。毎年祝ってくれた前川正の便りは、今年はもう来なかった。彼が死の床で書いた誕生祝の手紙をもらった去年の今日を思い出して、わたしはほとんど一日泣いて過ごした。もう今後、いく度誕生日がわたしにめぐって来たとしても、決して再び彼からの手紙は来ることはない。そう思うとわたしは生きていくことが、ふっと虚《むな》しくさえなった。

癒《い》えぬまま果つるか癒えて孤独なる老《おい》に耐へるか吾《われ》の未来は

わたしは既に三十三歳であった。病気のわたしの未来はおおよそは見当がつく。このまま悪化して死んで行くか、たとえなおったところで、ただ一人老いて行くだけに過ぎないのだ。

前川正の喪に服して、ほとんど人に会わないということが、わたしをいっそう孤独にさせていたのだろうか。このまま死んでしまっても、惜しくはない人生のように思われてならなかった。療友たちの様々な悲惨な生活を知っていながら、ともすればわたしは自分一人の悲しみの中にのめって行くような思いであった。彼の一周忌に、わたしも死んでいけたなら、何としあわせなことだろう。いつしかそんなことさえ思っている自分に気づいて、わたしはがく然とした。

わたしは、前川正の生きたかったように生きるべきではなかったか。彼の命を受けついで、逞《たくま》しく生きるはずではなかったか。神の与えてくださった療友と共に、元気に生きていくはずではなかったか。わたしは自分を叱咤《しった》した。自分一人だけの悲しみの中に沈潜してしまっては、何も生れては来ない。否《いな》、わたしの命は涸《か》れてしまう。

五月二日の喪が明けたなら、訪ねてくる誰にでも会おうとわたしは心に決めた。この一年のわたしは、彼の死んだ午前一時十四分が来る前に眠ったことは一度もなかった。

これではいけない。やっとわたしはそう気づいたのである。

君が逝きし午前一時を廻らねば眠られぬ慣《なら》ひに一年過ぎつ

人生とはまことにふしぎなものである。たしかに、自分が予定していたようには、人生は展開しない。突如として思いがけないことが起るものなのだ。前川正の一年の喪が明けたら、誰にでも会おうと思っていたわたしに、まず五月二日、待ちかねたように彼の友人鶴間良一氏が訪ねて来た。彼はアララギの会員であった。氏を皮切りに、大げさに言えば潮の押し寄せるように、見知らぬ人たちが、次々と訪ねて来た。北大医学生の村山靖紀氏、療養中の詩人小松雅美氏などもその一人であった。村山氏は後に医師となり、熱心なクリスチャンとなった。「氷点」に村井靖夫という青年医師が出てくるが、名前が彼に似ているので、彼がモデルではないかと疑われる向もある。これは友人の誼《よし》みで名前の一部を借りはしたが、決して彼がモデルではない。

さて、問題はこの詩人小松雅美氏であった。彼ははなはだ美貌《びぼう》で、感受性の豊かな人である。非常に親切で、時折その目は幼な子のようにあどけなく清らかに見えた。

この人について少し書かなければならないことがあるが、当分は書かないことにしておく。

それはさておき、前川正の忌明《きあ》けを待っていたかのように、次々に人が現れたことをわたしはいまもふしぎに思っている。わたしは無名の一療養者に過ぎない。しかし彼らは、わたしの歌を読み、わたしの名前を知っていた。そして訪ねて来て、この身動きもできないわたしの大切な友人となってくれた。

それ以後、わたしの病室は訪問客が絶えなくなり、ある時は一時に三人も四人もの友人がかち合った。多い日は七、八人も客があり、母は毎日、訪問客の応接に忙しくなった。稀《まれ》に一人も訪ねて来ない日があったが、そんな日は、母も、

「きょうはどうしたのかしら」

と、拍子ぬけしたように言うほどだった。

友人たちは、訪ねて来ると二時間も三時間も話をしていく。その人が帰って、十分ほどするとまた他の友人が来る。そんなふうにして一日中客の絶えない日もあった。

その日は忘れもしない六月十八日、晴れた土曜日の午後であった。母が一枚の葉書を手にして入って来た。

「三浦さんという方がお見えになっていますよ」

瞬間わたしはハッとした。

(死刑囚の三浦さんが？　どうして？)

わたしは葉書にさっと目を通した。葉書は、菅原豊氏から三浦光世に宛《あ》てたものである。菅原氏はわたしの住所を記し、暇があったら一度見舞ってあげてくださいと書いてあった。どうやら、彼は死刑囚ではないらしい。それでは、彼は刑務所に勤務している人なのかとわたしは思った。それでなければ、あんなにも囚人たちの消息をたくさん知っているわけはない。わたしは、死刑囚だとばかり思いこんでいた自分がおかしかった。実は彼は死刑囚の人たちと文通をし、慰さめ力づけていたのであった。

これは後で知ったことだが、実は菅原氏もひとつの思いちがいをしていたのである。

「同じ街に住みながら、どこに住んでいるかもわからぬ堀田綾子様」

三浦が「いちじく」に書いた手紙に、菅原氏は早速わたしの住所を彼に伝えた。氏は三浦光世なる人間を、てっきり女性だと早合点していたのである。女性同士だからと、氏は気軽に見舞を頼んだらしい。ところが、女性ならぬ男性の三浦光世は、その葉書を見ていささか困惑したという。そして、しばらく考えた後、いく日かたってわたしを見舞うことに決心したそうである。無論これらは後日知ったことだが、光世という、女性と紛らわしい名前をつけてくれた彼の親に、わたしは心から感謝している。

彼がもし光夫だったら、菅原氏はそんな葉書を書かずに終ったかもしれない。そしてわたしの運命はいまと全くちがっていたことであろう。

母は、彼をわたしの病室に案内した。廊下を渡る静かな足音がして、白に近いグレーの背広姿の青年が、わたしの部屋に入って来た。一目見てわたしはドキリとした。何と亡《な》き前川正によく似た人であろう。

初対面の挨拶《あいさつ》をかわしているうちに、その静かな話しぶりまでが、実によく彼に似ているとわたしは思った。わたしはその表情のひとつひとつに驚きを持ちながら、

（似ている、似ている）

と、彼を見つめていた。人に会うようになってから次第に体力を恢復《かいふく》し、その時はベッドに起き上ることもできるようになっていた。そのことを言うと、彼はわがことのように喜んでくれた。

彼もまた十四年前に腎臓《じんぞう》結核の手術をしたこと、残る一方も悪くなったが、マイシンのおかげで全治したことを話してくれた。

「膀胱《ぼうこう》が痛んで来ますとね、横になって眠ることができず、すわったまま、ふとんに寄りかかって夜を明かしたものでした。その私が、いまでは役所勤めができるようになったのですよ。元気を出してください」

清潔な表情だった。そして落ちついた静かな人だった。そのどれもが、あまりにも前川正に似ていると、わたしは何か夢をみているような気持だった。

「あの、お勤めはどちらですか」

刑務所だろうと思いながら尋ねると、案に相違して、彼は旭川営林署に勤めていると言った。

(営林署！)

わたしの心は躍った。営林署はわたしの家から僅《わず》か三町ほどの所にある。この人は、それではいつもわたしの家の前を通って、営林署に通っているのだろうか。

「まだお一人ですか」

わたしは不躾《ぶしつけ》に尋ねた。独身だった。一見二十七、八に見える。

(わたしより、五つ六つ年下らしい)

もうこの人には、恋人もいるだろうと、わたしは自分に言い聞かせた。

「あなたの好きな聖書の個所をお読みになってください」

わたしの願いに、彼はためらわずに、ヨハネによる福音書第十四章の、キリストの言葉を読んでくれた。

「あなたがたは心を騒がせないがよい。神を信じ、またわたしを信じなさい。わたしの父の家にはすまいがたくさんある。もしなかったならば、わたしはそう言っておいたであろう。あなたがたのために場所を用意しに行くのだから。そして、行って場所の用意ができたならば、またきて、あなたがたをわたしの所に迎えよう。わたしのおる所にあなたがたもおらせるためである」

この聖句で、彼が天国に大きな望みを抱いているのをわたしは知った。つづいて讃《さん》美《び》歌《か》もうたって欲しいと頼むと、彼はただちにうたってくれた。

主よみもとに　近づかん
のぼる道は　十字架に
ありともなど　悲しむべき
主よみもとに　近づかん

彼の声は、讃美歌をうたうための声のように美しかった。

その夜わたしは、すぐに彼に礼状を書いた。そして、また訪ねてくれるようにと書き添えた。しかし彼からは何の返事もなく、訪ねても来なかった。菅原氏の依頼に、一応義理で仕方なく見舞ってくれたのかと、わたしは淋《さび》しかった。だがそのうちに、わたしはふと妙なことを思った。もしかしたらあの人は、人間ではなかったのかもしれない。わたしがあまりにも前川正を慕っているので、神がひそかに憐《あわ》れみ、前川正によく似た人を見舞によこしてくれたのかもしれない。

そう思ってもふしぎではないほど、彼は、あまりにも前川正によく似ており、且《か》つ非常に清らかな印象をわたしに与えたのである。

四六

随分長いこと、三浦光世からは便りもなく、訪ねても来なかったと記憶しているが、彼の日記を見ると、七月三日の夕べ、彼は二度目の訪問をしてくれている。わたしの記憶では、それは八月の初めのような気がしていた。そう思ったほどに、わたしには彼の訪問が待ち遠しかったのであろう。

ある日父は、わたしの部屋に小走りに入って来て、

「綾子、前川さんの弟さんがお見えになったよ」

と言った。通されたのは、前川正の弟ではなく三浦光世だった。これに似た話はいくつかある。三浦光世が後にアララギの旭川歌会に初めて出席した時、小林利弘さん

という人が、

「前川さん、しばらくでした」

と、挨拶をし、人々を驚かせた。一瞬みんなは、前川正の死を知らぬはずはないのにと思ったらしい。小林さんは多分、三浦光世を前川正の弟さんとまちがったのであろう。

またこんなこともあった。わたしの教え子の中西亮一君がある日訪ねて来た。そして、病床に飾ってある前川正の写真を見て、驚いたように言った。

「堀田先生は、三浦さんをごぞんじなんですか」

亮一君と、三浦光世は同じ教会であった。全くの別人だとわたしに言われても、亮一君は納得のいかない顔をして、

「そっくりだ、三浦さんとそっくりだ」

と、幾度か言った。

それほどに前川正によく似ている三浦光世は、趣味や思想まで実に彼によく似ていた。短歌をしているという三浦光世に、わたしはアララギ誌を貸し、入会をすすめた。彼はわたしのすすめを受け入れ、旭川の歌会にも出てみたいと言った。

その日は二、三十分で帰って行ったが、何か心の底をゆさぶられるような思いにわ

たしは浸っていた。彼が前川正に似ているということに、わたしは自分自身を警戒しなければならないと思いはじめていた。

八月二十四日、三浦光世は三度訪ねて来た。開け放った縁側に、夏の陽が眩《まぶ》しく照り返していた。

帰る時、彼はわたしのために祈ってくれた。

「神様、わたしの命を堀田さんに上げてもよろしいですから、どうかなおしてあげてください」

わたしはこの祈りに、激しく感動した。この時まで、わたしのためにこのような祈りをしてくれた人は一人もいなかった。そしてまた、わたし自身も、人のために命を上げてもよいなどという祈りなど、未《いま》だ曾《かつ》てしたことがなかった。

思うことと、祈ることとは別である。

(かわいそうに、あの人の苦しみを代ってあげたい)

人に同情して、そう思うことはわたしにもできた。しかし、神の前に、

「神よ、あの人の苦しみをわたしが負いますから、あの苦しみから解き放ってあげてください」

とは祈れない。誰しも人間は自分がかわいい。神を信ずる者には、祈りは大きな仕

事である。祈って、もしその祈り通りになったら……一大事な祈りなどそうなかなかできるものではない。信者にとって、「思うこと」と「祈ること」とは、似ているようだが全くちがう。自分の命を上げてもよいと祈り得るほどの愛と真実など、容易に持つことはできないものである。しかし、そのできがたい祈りを三浦は真実こめて祈ってくれたのである。しかも、たった三度しか会わないわたしのために、このような祈りを捧《ささ》げてくれたのだ。わたしは感動し、感動のあまり思わず彼に手を伸べた。そのわたしの手を、彼はしっかりと握ってくれた。思ったより肉の厚い温い手であった。彼にとって、これが異性との初めての握手であったことを、後になってわたしは聞かされた。

この時以来、彼は月に二、三度訪ねてくれるようになった。そして二人は手紙も交しあうようになった。

だが秋も終りになる頃、わたしはまた熱を出し、盗汗《ねあせ》に悩まされた。声を出すと血痰《けったん》も多くなり、再び面会謝絶の生活に入った。

父母《ちちはは》に秘めて血を吐くこの夜《よる》の部屋の空気は蒼《あお》く見ゆるも

面会謝絶をつづけているわたしに、ある日母が果物と彼の手紙を病室に持って来た。

「三浦さんがよろしくって」

「もうお帰りになったの」

「よろしくと言って、玄関でお帰りになりましたよ」

わたしは淋しかった。玄関まで来ているのに、会えなかったということが、ひどくわたしを淋しがらせた。手紙には、

「祈っています。くれぐれもお大事になさってください」

と、美しいペン字で書かれてあり、五千円同封されてあった。五千円はわたしにとって大金である。わたしは、彼の手紙をいく度も読み返した。いく度読み返しても、そこには祈っているということと、大事にするようにということ以外、何も書いていない。わたしはその手紙を枕元《まくらもと》において彼を思った。

わたしには、いまたくさんの男の友だちがいる。それは、前川正と知り合う前の頃のように、たくさんいた。ただちがうことは、わたしがクリスチャンであり、訪ねてくる人たちもまた、心やさしいまじめな人ばかりだということであった。その中には、わたしを愛しはじめている人もいた。恋人がいながら、わたしに心ひかれて苦しんでいる青年もいた。そしてその人たちは、ある人は毎日のように、ある人は三日おきに、

ある人は週に一度訪ねて来た。わたしの部屋は賑《にぎ》やかだった。後にわたしは、小説「氷点」の中で、踊りの師匠辰子《たつこ》の茶の間を書いた。この茶の間のふんいきは、あの時のわたしの病室のふんいきでもあった。

ただその中で、三浦光世だけはちがっていた。彼は、玄関で母に必ず、

「体の工合が悪ければ、ここで失礼します」

そう言ってわたしの病状を尋ね、部屋に通っても、短い時間で帰って行った。もっと長くいて欲しいと思うのに、彼は聖書を読み、讃美歌をうたい、短歌の話を少して、祈って帰っていくのだった。その見舞方は、いかにもわたしの病状を気づかう思いやりに満ちていた。

面会謝絶になったいま、彼の手紙を読みながら、そのことを改めてわたしは思った。彼はなんと真実に満ちた人だろう。それはひどく遠い人に思われた。いや、遠くにおいておかなければならないと、わたしは自分を戒めていたにちがいない。

わたしは、三浦光世が前川正に似ていることにこだわっていた。自分が三浦光世にひかれていることを、偽ることはできなかった。しかしそれが、亡き彼によく似ているということでひかれているのなら、それは三浦光世という人間を全く無視したことになりはしないか。彼ら二人は、別人である。いかに顔が似ており、同じ信仰を持ち、

趣味が共通していたとしても、別の人格を持った人間である。わたしは、前川正の代用品として三浦光世を見ているつもりはなかった。だがそうは言っても、亡き人に似ているということは、やはりわたしの心を慰めてくれた。そしてそのことがわたしを慎重にさせた。

やがて、面会謝絶のままに、クリスマスを迎えた。わたしは、去年のクリスマスのことを思った。去年わたしは、たった一人で、この部屋にこうして臥《ね》たまま、クリスマスを迎えたのだった。文通の友の写真を幾枚も書見器に飾り、ベッドの傍《かたわら》に椅子《いす》を置いてもらった。その椅子はイエス様がおかけになる椅子である。何度か前川正と共に過したクリスマスが思い出された。健康を奪われ、西村先生も前川正も天に召され、ただ淋しいだけのクリスマスのはずだった。だがそれなのに、聖書を読み、心の中で讃美歌をうたい、たった一人で迎えた去年のクリスマスは、なんと深い慰めに満ちていたことであろう。健康も、恋人も、師も失ったわたしに、思いがけなく深い満ちたりた喜びがあった。

誰もすわっていないその椅子に、まさしくイエス・キリストがすわっておられた。

いま考えても、あの年ほど豊かに満ちたりたクリスマスはなかったような気がする。

それはまことに、神が共にいますすばらしいクリスマスだった。

わたしは、コリント後書十二章の聖書の言葉を思ったものだった。

「わが恵み、汝《なんじ》に足れり。わが能力《ちから》は弱きうちに全《まっと》うせらるればなり」

その去年のクリスマスを思いながら、わたしは今年もまた、たった一人のクリスマスを迎えようとしていた。去年のように、椅子をベッドのそばにおき、友人たちの写真を書見器に飾った。それは全く去年と同じクリスマスのつもりだった。

だが、どうしたことかわたしの心は慰まなかった。わたしは、心の底でしきりに三浦光世を待っていた。去年のように、誰をも待たない、ただ神のみを待つクリスマスではなかった。

夕刻になって、三浦光世が訪ねてくれた。母が強いて病室に通したのでもあったろうか。思いがけなく彼の姿を見て、わたしは涙の出るほどうれしかった。彼は営林署の会計係で、クリスマスも教会に行けないほど忙しいと言い、

「使いかけの万年筆で失礼ですが」

と、わたしに万年筆をプレゼントしてくれた。買物に街に出る暇さえなかったのだろう。彼はひとこと祈って、すぐにまた職場に戻って行った。

わたしは彼の使いかけた万年筆であることがうれしかった。真新しい万年筆であるよりも、何倍もうれしかった。彼がこの万年筆をにぎり、日記や手紙を書いたと思う

だけでも、その心の秘密を知っている万年筆がひどく親しいものに思われた。

その夜の一人のクリスマスはもはや一人のクリスマスとは言い難かった。わたしは幾度も万年筆のキャップを外し、眺め、すかし、そして日記に字を書いた。

これは完全に、恋する者の想《おも》いであった。それに気づくと、わたしはいささか憂鬱《ゆううつ》になった。わたしは決して、前川正を忘れてはいない。いや、忘れるどころか、いつも死んだ彼と対話をしていた。それなのに、わたしはもう他の男性に心ひかれているではないか。わたしは自分がひどく軽薄な人間に思われた。いやな女だと思った。

四七

正月を迎え、やがて雪解風《ゆきどけかぜ》の吹く三月が来た。わたしの病状は、次第によくなり、熱も血痰もおさまった。再びわたしの部屋には友人たちが訪れるようになった。わたしはつくづくと、自分に恋人がいないということが恐ろしかった。誰からも自由であるということ、それはわたしをかえっておびやかした。誰からも、前川正の恋人であると見られていた時のほうがわたしは安定していた。

しかし、わたしはいま、誰を愛してもいい立場にあった。たとえ病人ではあっても、わたしを愛する何人かの人が、わたしの回りにはいた。その誰を愛そうが、わたしは決して咎《とが》められはしない。

時々わたしは、自由ということについて考えた。ほんとうに自分は自由なのだろうか。考えてみると、それはどうやら怪しかった。なぜなら、わたしの願いは前川正を想って一生を終ることであった。だがわたしは、自分があまりにも人間的な弱さに満ちていることを感じた。亡《な》き彼を愛したことは事実であり、愛されたことも事実であった。いまもなお、愛しつづけていると自分では思っていた。しかし、わたしの心は大きく三浦光世に傾いて行った。心というものは、自分自身でさえ自由にならないものである。

その三月の夕べ、三浦光世が訪ねて来た。挨拶《あいさつ》をかわすや否《いな》や彼は言った。

「堀田さん、今度、ぼくは転任になりました」

彼はうれしそうだった。わたしはそのひとことに、自分でもわかるほど、さっと顔から血の去っていくのを感じた。このわたしを見て、彼はあわてて言いそえた。

「転任と言っても、神楽町《かぐらちょう》ですよ」

わたしはホッとした。神楽なら、彼の自宅から通うことのできる距離である。

彼が帰った後、わたしは考えた。彼の転任に、わたしはなぜ目の前がまっくらになるような思いがしたのだろうか。やはりわたしはほんとうに彼を愛しているのだろうか。

(でも、わたしは正さんを、こんなにも愛しているのに)

そう思った時、わたしは前川正の遺言を思い出した。

「一度申したこと、繰り返すことは控えてましたが、決して私は綾ちゃんの最後の人であることを願わなかったこと、このことがいま改めて申し述べたいことです。生きるということは苦しく、また謎《なぞ》に満ちています。妙な約束に縛られて、不自然な綾ちゃんになっては一番悲しいことです。……」

前川正は、人間というものをよく理解した上で、この遺言をわたしに書いてくれたのだ。彼に死なれた当時は、わたしはこの遺言がよくはわからなかった。特に、

「生きるということは苦しく、また謎に満ちています」

という言葉の持つ内容の重たさを、わたしはまだ知らなかった。わたしは単純だった。自分にはそんな配慮は不要だとさえ、心の底で思っていた。つまり、わたしは一生前川正を想って生きて行けるという自負心があった。

だが、人間の心はなんと移ろいやすいものであろう。弱いものであろう。この遺言を読んだ時、彼の深い配慮に驚きながらも、わたしはまだまだ自分という人間を知ら

なかった。

いまこうして、三浦光世を知り、彼に心が傾いていく自分をどうしようもないことに気づいた時、前川正の遺言は、わたしにとって実に大きな支えとなった。

(正さんは、知っていてくれたのだ。そしてこの心の変りやすいわたしのすべてを許してくれているのだ)

全く彼の言うように、生きるということは苦しく、また謎に満ちている。果して誰が、彼の死後一年しかたたぬうちに、彼によく似たクリスチャンの青年が、わたしの目の前に現れることを予期し得たであろう。わたしは、自分が三浦光世に心ひかれている現実に、素直であっていいのだと思うことができた。これは、前川正の大きな理解と愛による遺言のおかげであった。

三浦光世は、その時既に前川正とわたしのことを知っていた。なぜなら、わたしの枕元には、前川正の肋骨《ろっこつ》の入った桐《きり》の小箱が、白布に包まれて置かれてあり、その横には彼の写真が飾ってあった。そしてわたしの口から、二人のことは事細かに聞かされていたのである。わたしたちの間に秘密はなかった。西中一郎のことも、いま交際している友人のことも、三浦光世はすべて知っていた。ただ知らないのは、わたしが彼自身に心ひかれているということであった。

しかし、いかに前川正が、わたしの移ろいやすい心を許してくれていようと、とにかくわたしは病人である。ようやく便器を使わなくなりはしたが、終日ギプスベッドの中に臥ている体である。しかも年齢は三十四歳、彼より二つ年上である。無論美しくもない。こんなわたしに、異性を愛する資格も、愛される資格もないと、わたしは思った。だからわたしは、彼に自分の気持を打ち明けることは容易にできなかった。

微熱、盗汗、肩こりの苦痛は変らなかった。わたしはそんな中にあって、相変らず全国各地にペンフレンドを持ち、またわたしの病室にも、多くの友人を迎え入れていた。

当時、わたしの家族は、父母と末弟、そして高校生の甥《おい》がいた。父は七十に手の届く齢《よわい》であり、母も六十をとうに過ぎていた。ただでさえ金のかかる病人のわたしが、毎日手紙を書くということは、それだけ父母に経済的な負担をかけることでもあった。また、訪問客が多ければ、それだけ茶菓などの接待に費用がかかる。しかし母は喜んで見舞客をもてなしてくれた。家事と看病に追われながら、昼近く来た人には昼食を出し、夕方に訪ねて来た人には夕食を出してくれた。そういうことをいとわないだけではなく、わたしの療友をわたしに代って見舞に行ってくれる母でもあった。わたし

がすまながると、

「綾ちゃんだって、お見舞の人が来たらうれしいでしょう。かあさんが元気なうちは、どこへでも見舞に行ってあげるよ」

母はよくそう言ってくれた。そしてわたしの療友の母親と、看病する者同志として仲の良い友人になったりもした。わが母ながら偉いと思ったものである。看病に疲れているはずなのに、顔に出したり、口に出したりする人ではなかった。だから訪問客たちは、母の迎える態度がにこやかなので訪ねやすいと言っていた。特に三浦光世などは、いつも変らぬ笑顔で迎える母に驚嘆していたという。もし母が、看病に疲れて、不機嫌な顔を一度でも見せたなら、気の弱い三浦など、つづけて訪ねてくれることはできなかったであろう。するとわたしの運命も、かなり変ったものになったにちがいない。

それはさておき、わたしは父母に経済的に苦労をかけていること、いくら病人でも親に自分の汚れ物の洗濯をしてもらうことなどが、気の毒でならなかった。何とかして、自分で金を得ることができないものか。

そんなことを考えていた時、わたしのもとに、次兄の嫂《あによめ》からすばらしいのれんが送られて来た。ひと目見てわたしは、これは商品になると思った。長いこと臥ていて、世の中のことは知らない。しかしアップリケしたそののれんにわたしは非常な新鮮さを感じた。

早速、量産できるか、卸してもらえるかを問い合せてみると、できるという。わたしはすぐ弟の一人に相談した。弟は直ちに相談に乗ってくれ、勤めが休みの日には、セールスに行ってみようと請合ってくれた。

作戦は図に当り、ほとんど北海道中の有名デパートから注文を受けるようになった。そして、もっと北海道的な商品を作ってくれとの注文が来た。

そこでわたしは、いつも見舞ってくれる友人の一人に、わたしの構想を図案化してもらい、他に何種類かのデザインを考え、自分で作ることに決めた。と言っても、資金はない。臥ているわたしが、直接作ることはできない。必要なのは資金と人である。大胆にもわたしは、弟の知人から三十五万円借金し、製作のほうは友人の一人であるT氏の奥さんに頼むことにした。幸《さいわい》この奥さんは、非常に仕事のきれいな人であった。そのほかに、わたしは四、五人の療友や主婦たちに製作を手伝ってもらった。

わたしは臥たままで、頭に浮ぶ布地を次々に弟に注文する。そして型紙を作って、製作する人たちに、布地と共に渡す。わたしの仕事は思ったより順調に運び、母に洗濯器や炊飯器を買ってやることができ、月々僅《わず》かながら小遣いをあげることができるようになった。

だがわたしは、そんな中にあって、必死に三浦光世のことを忘れようと努力していたのである。

四八

ここでわたしは、当時の日記を開いてみたい。幼稚な日記ではあるが、わたしにとっては、大切な記念碑なのだ。

三月二日　熱七度。盗汗《ねあせ》。

節子姉、美和子さん、菅原さんより便り。菅原・田口さんへ葉書。

百合さんの赤ちゃんの葬式。(百合はわたしの実姉)生れてたった十四時間。葬《ほうむ》られるために生きて来た赤ちゃん。いまはもう土の下に埋められて。弟は羨《うらや》ましい赤ん坊だと言った。安彦さんもそういうにちがいない。生の喜びを感じない人々が愛《かな》しい。

「明日がきょうより幸せでしょうか」

と言って自殺した女。

「昨日は、きょうよりしあわせであったか」

という問も出てくる。わたしも人間としての喜びの時は、正さんとの五年間を頂点として崩れたのを感ずる。あとは何が待っているか。暗い思いだけ。しかしわたしは、あの輝かしい愛の時を与えられて感謝したように、今後のいかなる悲しみ苦しみにも喜ぶのでなければならない。

いまわたしには、三浦さんの存在が一つの救いであり、光りである。しかし恋愛はしないだろう。恋愛！　そこに待っているものは、不幸しかないように思う。（中略）

わたしは官能的なくせに、精神的な深い愛なしには生きていけない。もし深い愛なら肉体なしでもいい。しかし肉体だけのような愛はごめんだ。これはわたしの官能が、いまだ醒《さ》めずに眠りつづけているからだろうか。とにかくわたしは、知と情と意の、深く豊かなるものを求める。

ところで、いったいわたしとはどんな人間なのだろう。とらえどころのない夢のようなことを考えている、甘い、そして不良がかった、そのくせ清さへのあこがれを捨てられない、でたらめな女だ。人生への善意と積極性を持つ大正生れのロマンチスト。いつも泥沼にバタバタしてるような汚《けが》れた女。この世に「いてもいなくてもいい」ではなく、いないほうがうるさくないといいたいような女だ。

「あなたの行く所、必ず風が立つ」

と誰かが言った。そしてそれが、ちょっとご自慢でもあった愚かな女。全くの話、お前さんは、三浦さんなどに恋をする柄ではない。

神様、わたくしのすべてをどうぞお許しください。神様、わたくしはきょうも、みめぐみに溢《あふ》れつつも、心狭く、人を愛し得ない女でした。どうぞすべての人を、母のようなやさしく広い心で愛する者とならせてください。きょう葬りました幼子の霊を、何卒《なにとぞ》愛してくださいませ。わたしに愛を、本当の愛を与えてくださいませ。

インマヌエル・アーメン

三月三日　風邪。熱七度二分。汗。

三浦・平原・斎藤タネ子さんより便り。三浦さんご出張か。出張先からの葉書には、何かしら情緒がある。わたしも旅先の人を思う心になる。「旅」の持つロマンチシズムか。心がやさしくなる思いなり。稚内《わっかない》までとは大変。無事のお帰りを待つ。中頓別《なかとんべつ》は九年ぶりとか。幼い頃のあの方のお話を聞きたいような気がする。

神様、きょうのわたくしも、死に価《あたい》する一日でした。みめぐみにより、かく祈り得ることを感謝します。冷酷、嫉妬《しっと》、忘恩の一日です。どうぞイエス様の故《ゆえ》に、わたくしを御憐《おあわ》れみください。

インマヌエル・アーメン

三月七日

菅原・西村・宮越さんより便り。北海道アララギ来る。三浦さんもわたしも出詠《しゅつえい》していない。なぜかわたしには、いまは歌ができない。どれも下手だ。

これ以上三浦さんに近づいてはならない。わたしは自分が、相手をしあわせにできない人間であることを銘記すべきだ。いわば廃人とも言えるのだから、廃人らしくこの世のすべてに、もっと諦《あきら》めを持つこと。わたしの体は、癒《いや》されるまでまだ程遠いのだ。綾子よ、お前は人を愛する資格がないのだということを、決して忘れてはならない。お前には、人に愛されるものは何一つない。三浦さんのあの暖い友情に甘えてはいけない。

三浦さんは、決して共犯者にはならない人だ。いつも正しい。あの、一筋も乱さぬ髪のように、（うつむいた瞬間、パラリと垂れることもない髪なのだ）あの人はいつも、端然としているのだ。崩れることのない人だ。

神様、御手をもって、一歩一歩歩ませてください。

四月二十八日

便りなし。

竹内先生・田口母上・安彦・西村姉へ便り。アララギに投稿。左足神経痛。体の一部が、ズキズキと痛むのは、たまにはいいことだ。

三浦さんの夢。三浦さんが足を痛め（わたし自身が神経痛のために見た夢か）体を悪くして、誰か女の人に負われて、汽車で郷里へ帰るという。女の人は、中年のやさしい顔をした人だった。その人をわたしは、お母さんだろうと思って眺めていた。汽車がゆっくりと去って行った。プラットホームに突っ立ったまま、わたしは心がギュッとなるほどの愛情で、去って行く三浦さんを見つめた。

きょう見えるかと待っていたが見えず。明日は？　しかしもうわたしには恋はできない。恋をしてはならない。

五月一日

宮越さんより便り。

正さんが意識を失い、天に召されて二年経《た》つ。正さん宅へ、白玉粉三本と手紙を届ける。あの人のいない二年間、わたしは正さんを一日だって忘れはしなかった。しかし正さんの恋人としての二年ではなかった。わたしの弱い魂は、他の人の前でゆらいだ。でも正さん。わたしは決して正さんを忘れてはいなかった。

夜、正さんの歌稿を読む。

わたしたちは愛しあった。散歩もした。丘にも遊んだ。教会にも行った。喫茶店でも会った。同じ病院にも入院した。札幌まで一緒に汽車にも乗った。映画も見た。結核患者の同生会の仕事もした。歌会にも行った。二人で歌集の仕事もした。共に学んだ。二人で人を見舞に行った。いつも二人は一緒だった。しあわせに満ち満ちていた二人。あの人故にわたしは生き、わたし故にあの人は生きた。一緒に死ねばしあわせだった。しかしいい。もうわたしは、正さん以外の人は考えない。誰も正さんのように豊かには愛してくれないもの。

神様ありがとう。正さんありがとう。

五月二日　熱七度。一日頭痛、昏睡《こんすい》くり返す。
正さんの命日。正さんの日記読む。

五月十一日

わたしの魂は飢えている。知的なもの、高度の情的なものに飢えている。

自殺したKさんの日記を読む。Kさんて、素敵な、独創的な魂を持った心憎いような人だった。生れながらの詩人。

少し遺言ノートを書く。死ぬ準備は、いつでもOKにしておきたい。人間は、死をいつも静かに待っていて、その不意討に驚いてはならない。わたしはダメだ。

自分が考えているよりも、もっと命が尊いものだということ。わたしたちは気がついていないのではないか。このわたしの命は、イエス様の命と引替に与えられたものなのだ。いまやっと、それがわかった。頭ではなく、胸でスカッとわかった。わたしの命が尊いということの、本当の意味がわかった。すみません。イエス様。

わたしの日記は、わたし自身の心を写してゆらぎ、乱れている。のれんの仕事は、わたしの心の生活とは何の関《かか》わりもないように、次第に販路を伸ばしていく。とは言っても、その売上のほとんどは人件費にかかり、借金の返済にあてられた。それでも、自分の手もとにいくらかの金は入ってくるようになった。一生自分の病気がなおらないとしても、働く意志さえ持てば、あるいは小遣いぐらいには困らないのではないか、わたしはそんなことを思ったりした。そんなことを思うのは、やはり将来の生活への不安よりも、結婚しないで生きて行こうと願うわたしの心の底の姿勢であったかもしれない。

間藤安彦は、前川正を失ったわたしに、以前よりも心づかいが細やかになった。彼は札幌の北大にいたが、時折り旭川に帰って来た。そして必ずわたしを見舞ってくれた。

「何だか、綾さんは変ったような気がするよ」

ある時、ふっと彼が呟《つぶや》いた。わたしはドキリとした。彼は、わたしの周囲にたくさんの友人がいることを知ってはいた。しかし前川正の死後は、自分が最も親しい友人だと彼は思っていたようである。

「せめてあなたが、自分のことだけでもできるようになったら、ぼくは本当に一緒に住みたいと思っているんだけど」

それは、以前にも彼が言っていたことだった。この世に男と女が友人として、一つ屋根の下に全《まっと》うできるケースもあっていいのではないかと、彼は彼なりに夢をみていた。しかしわたしの気持は、死んだ前川正と、新たに目の前に現れた三浦光世に絶えず心がゆらいでいた。

「やっぱり変ったなあ、どこが変ったんだろう」

間藤安彦は、美しい目で探るようにわたしをみた。

「あなたも変ったわ。おとなになったもの」

水の精のような、妖《あや》しい美しさから、ようやく脱皮して、彼は一人前の青年の感じに変っていた。彼は二十七歳になっていた。

「正さんて、いい人だったなあ。あの人はぼくよりずっと生命力のある人だった。何か不自然に、奪われるように死んだ感じだね」

間藤安彦のあごに、うっすらとひげがあった。言葉づかいもいつしかおとなっぽく変っていた。しかし彼の鋭敏な感受性は変らなかった。彼はわたしの気持が、前川正にだけ注がれていないのを、いち早く感じ取ったようである。わたしは彼の気持をはぐらかすように言った。

「安彦さん、人間を男と女に分けるって、どう思う？　人間は女でも男でもないっていうこと、一つの命題として考えられないかしら。男女に二分してしまうから、同性愛なんて、いやらしく浮び上るけど、ねえ、人間をただそのまま突き放して、いや、もっと突っこんで見つめてみたら、おもしろいと思わない？」

間藤安彦は黙ってわたしを見、たばこに火をつけた。何か逃げていると彼は思ったようだった。何でも話し合えるはずの彼に、わたしはなぜか三浦光世のことは話ができなかった。わたしは自分が三十四歳にもなっており、しかもギプスベッドに臥《ね》ていながら、またもや人を愛しているということに、何かしらうしろめたいものを感じていたのかもしれない。

「何だか淋《さび》しくなっちゃった」

彼は帰りがけにそう言い、手をさしのべてわたしの手を握り、帰って行った。わたしはその時、彼の手の甲にある二センチ程の細い傷跡を見た。幼い頃からあった傷跡なのだろう。いままでそのことに気づかなかったことが、ひどくふしぎに思われた。

わたしはなぜかその夜、しきりに三浦光世のことが思われてならなかった。思ったからとていいではないかと、居すわるような気持もあった。いつか見たフランス映画「泣きぬれた天使」のことを思いだした。その映画は、たしか盲人の恋が描かれてあった。盲人の彼は、目の見える男と、一人の女をめぐって恋を争うのである。彼は決して、自分は盲人だから、不具者だからと言って、卑屈にはならなかった。わたしはその映画を見た時、その盲人の態度に感動したものである。

ギプスベッドに臥ていようと、三浦光世より二つ年上であろうと、過去に愛した人がいようと、現在のわたしは、やっぱり彼を愛しているのだ。それでいいではないか。

わたしはその夜久しぶりに何かゆったりとした思いで眠りについた。

四九

神は、わたしから前川正を取り去った代りに、三浦光世を見舞わせ、西村先生を天に召した代りに、一人の信仰の導き手を与えてくださった。

当時わたしは、前にも述べたように、多くの療養者や囚人たちと文通をしていた。その中に、Ｓという死刑囚がいた。彼は神奈川県の元やくざで兄貴株だった。そして遂《つい》に厚木で二人の人間の命を奪ってしまった。そのＳが死刑囚になってからキリストを信ずるようになった。俗に、悪に強い者は善にも強いという。彼は実に真実なキリスト者となり、同囚の人を幾人もキリスト教に導くようになった。

彼はわたしを、死んだ姉のようだと言い、時折り十円切手を十枚か二十枚送ってくることがあった。それは、療養中のわたしが、切手代や葉書代に困るのではないかとの、思いやりからであった。

ある時、このＳから葉書があった。

「今度五十嵐健治先生が、北海道に行かれることになりました。札幌までということですが、私は旭川のあなたの所を見舞って欲しいと頼んでおきました。そのうちにお訪ねすることと思います」

わたしは、五十嵐健治先生なる人が、いかなる人かわからなかった。多分牧師であろうと見当をつけた。

それから幾日もたたぬうちに、五十嵐健治氏から便りがあった。封筒も便箋《びんせん》も札幌のグランドホテルのもので、昨日千歳《ちとせ》に飛行機で来たと書いてあり、旭川に訪ねてもよいかとの文面であった。何しろいまから十四、五年も前のことである。飛行機はごく一部の人しか利用していない時代だった。

わたしはいささかガッカリした。わたしの知っている牧師さんたちは、誰もみんな決して金持ではない。牧師という仕事は、以前にも書いたとおり、余りにも薄給である。それなのに、この五十嵐先生なる人は、何と金持の牧師なのだろう。西村先生はおっしゃっていた。

「二等（いまの一等車）に乗るくらいなら、そのお金をもっと有効に使いますよ。ただし病人や老人が二等に乗るのは、決してぜいたくではありませんがね」

北海道まで来ることのできる牧師なら、老人でもあるまいと思った。生意気にもわたしは「只今《ただいま》病状が思わしくないので、どなたにも面会できません」と断わった。折返し返事が来て、「ではお寄りしませんが、くれぐれもお大事に」と書いてあった。

それ以来、毎月五十嵐健治氏から「恩寵《おんちょう》と真理」というキリスト誌を送って来た。わたしは一年もの間、一言も御礼の手紙を書かなかった。わたしはさすがに気が咎《とが》めて、御礼の葉書を出した。それは甚《はなは》だ簡単なものであった。すると封書で返事が来た。

「あんなものでも読みつづけてくださって、ありがとうございます」

逆にわたしに、丁重な御礼の言葉を述べてある。それは非常に謙遜《けんそん》な手紙であった。わたしはオヤと思った。これは只者ではないぞと、その人格の滲《にじ》み出る文面をわたしは読み返した。わたしは非常に思い上っていたのではないかと恐縮しながら、再び手紙を書いた。すると一枚のカレンダーが送り届けられた。世界のいろいろな国の風俗が載っているカレンダーだった。カレンダーにはクリーニング白洋舎と書いてある。

「わたしの会社のカレンダーをお送りします。ご病床のお慰めになれば幸《さいわい》です」

恥ずかしい話だが、わたしは白洋舎がいかなる会社か知らなかった。クリーニングと言えば、旭川のクリーニング店を連想するだけである。後で知ったことだが、この会社は東洋一を誇るクリーニング会社で、株式も上場されている大きな会社だった。

わたしは、氏が八十歳の老人であり、自分のお金で飛行機に乗って来たことを、その時初めて知った。老人なら飛行機に乗ろうと、ホテルに泊ろうと、いいではないか。

牧師だと思ったものだから、アメリカあたりから援助を受けている牧師かと、いささか気になったのだったが、わたしの心は解けた。無論、牧師たちがみな高給を受け、飛行機にでも、一等車にでも乗れるようになることをわたしは願っている。ただ、余りにも恵まれない牧師が多い中で、一人だけ飛行機に乗って来たのかといささか憤慨していたのだった。

とにかく五十嵐健治氏は、金には困らない人のように思われた。先に只者ではないと思ったにもかかわらず、幼稚な人間のわたしは、次のような手紙を書いた。

「あなたはお金持ですか。お金持なんか、わたしは恐ろしくありません」

全く奇妙な手紙を書き送ったものだが、五十嵐健治氏はその手紙に、恐らく微笑されたのであろう。わたしを次第に可愛《かわ》いがってくださり、新しく自分に娘ができたようだとさえ言ってくださった。

氏は、西村先生に勝るとも劣らないすばらしいクリスチャンだった。二十九歳まで三越に勤めた後、独立を志した。その独立の第一の理由が、日曜日に教会に行って礼拝したいことにあったとか。独立する仕事を探すにあたって、五十嵐先生は次のような基準を定められた。

一、日曜日の礼拝の妨げにならないもの

二、永年世話になった三越の営業と抵触しないもの
三、三越をお得意として、いつまでも出入りできるもの
四、資本の多くかからないもの
五、虚言や、かけひきのいらないもの
六、人の利益になって、害にならないもの

このことを白洋舎五十年史で読んだわたしは、驚嘆した。世の常識から言えば、自分の経験を生かして独立するのが当然ではないか。呉服店に勤めていたならば、呉服物を扱い、食堂に勤めていたならば、食堂を開く。これはのれんわけという慣習にも現れていることである。

しかし先生はちがった。十年の経験を惜しげなく捨てた。少しでも三越の営業にさし障《さわ》りのある仕事は、選ばれなかった。以上の基準であれこれ独立の職種を考えた結果、クリーニング業を始めることとなったのである。

〝洗濯屋、近所の垢《あか》でめしを食い〟

という川柳があったほど、洗濯業は人の好まない仕事であったという。しかし先生は、

「自分のような学問も才能もない者が、人のやりたいと思う営業では、とても群を抜

くことはできない。人の好む仕事よりも、好まない仕事をやることだと思いついた」

と、五十年史に記されている。

最初、先生は日本一の呉服店に勤めておられたので、洗濯屋になることは、何となく恥ずかしいような気がしたそうである。だが先生は、

「人の垢どころではない、人類の汚《けが》れた罪を一身に引き受けて、十字架の苦しみと恥辱を受け給《たも》うたキリストを思った時、自分の如《ごと》き人間が、人様の垢を洗うことが、何で恥ずかしいことがあろう。洗濯業は神から与えられた聖業である。この仕事に生涯を打ちこもう」

と決意されたという。

先生は、僅《わず》か創業一年にして、日本におけるドライクリーニングの創始者となられた。

この先生が、昭和三十一年六月、わたしを見舞に旭川まで来てくださることになった。わたしは待った。先生にお目にかかることによって、三浦光世に対して、いかにすべきかを教えられるような気がしてならなかったからである。

五〇

白洋舎の五十嵐健治先生が、わたしを旭川の家に訪ねてくださったのは、小糠雨《こぬかあめ》の降るある六月の日であった。先生は秘書の金子さんと、札幌の支店長を同伴された。ベッドに臥《ね》ているわたしのそばに立った先生は、心からの同情を示されて、憂《うれ》わしげにわたしをごらんになった。とても八十歳代とは思えない、つやつやとした顔色である。

「六十代に見えます」

わたしは言った。先生は、緑と白の花模様の毛布を、わたしの上にかけてくださった。先生のお見舞の品であった。わたしは直ちに祈っていただき、讃美歌《さんびか》をうたっていただいた。讃美歌は、わたしの好きな二七三番であった。

わが魂を　愛するイエスよ
波はさかまき　風吹きあれて
沈むばかりの　この身を守り

……

秘書も、支店長さんもクリスチャンだった。みんな大きな声でわたしのためにうたってくださった。つづいて先生は、聖書を読んで話を聞かせてくださった。それは旧約聖書のヨナ書だった。

ヨナは預言者である。神に、ニネベの町に行けといわれたのに、ヨナは逃げて船に乗った。船は暴風雨と大波にあった。同船の人は、誰の罪のためにこの暴風雨にあったのか、くじを引いてみようということになった。くじを引いたところヨナにあたった。人々は、ヨナが神の命令を聞かずに逃げて来たことを知って、ヨナを海に投げ入れた。するとたちまち海はないだ。ヨナは大きな魚に飲まれて、三日三夜その腹の中にいたが魚はヨナを陸に吐き出した。ヨナはニネベに行った。そしてこの悪い町ニネベは、四十日後に亡《ほろ》びると預言した。ニネベの人々は神を恐れ、断食《だんじき》して心をあらためた。ヨナは神の命令通りに、亡びの預言をしたのだったが、神がニネベを許し、ニネベの町は助かった。ヨナは非常に怒った。預言通りにならなかったことが、恥ずかしかったからである。

「ヨナは町から出て、町の東の方に坐《ざ》し、そこに自分のために一つの小屋を作り、ニネべの町のなりゆきを見極めようと、日陰にすわっていた。時に主なる神は、ヨナを酷暑の苦痛から救うためにトウゴマ（植物名）を備えてそれを育て、ヨナの頭の上に日陰を設けた。ヨナはこのトウゴマを非常に喜んだ。ところが神は、翌日の夜明けに虫を備えて、そのトウゴマを枯らさせた。やがて太陽が出た時、神が暑い東風を備え、また、太陽がヨナの頭を照らしたので、ヨナは弱り果て、死ぬことを願った。ヨナは怒った。神は言われた。

『あなたの怒るのは良くない。あなたは労せず育てず、一夜に生じ、一夜に亡びたこのトウゴマをさえ惜しんでいる。まして私は、十二万余りの、右左をわきまえない人々と、あまたの家畜のいるこのニネベの町を惜しまないでいられようか』」

先生は、この最後の章をお読みになって、わたしに言われた。

「ありがたいことですね。私たちの神さまは、備えてくださる神さまなのです。いいことも悪いことも、神さまが私たちのために、ちゃんと準備してくださっているのです。私たちの目には、悪いように見えることでも、結局は、良かれと思って備えてくださっているのです。すべては神さまがお備えくださっているのですから、こんな感謝なことはございません」

先生は、旭川に宿をとられ、網走《あばしり》方面、稚内《わっかない》方面と講演に出向かれた。そしてその暇を縫って、わたしの所に三度訪ねてくださった。いよいよお別れの時、先生はわたしの手を握って、目をうるまされた。後にわたしが全快してから、先生はこの時のことをおっしゃった。

(かわいそうに、もう余命いくばくもないことだろう)

そう思って、思わず涙ぐまれたというのである。

先生の、ヨナのお話は、わたしの心にこたえた。すべては神が備えてくださっているのだ。この病気も、わたしにとって必要な病気なのにちがいない。

(三浦さんのことだって、きっと備えてくださっているのだ)

不必要なものを神は与えないはずである。わたしはもっと神に信頼して、神の与え給うままに受けていけばよいのだと、思うことができた。五十嵐先生にお会いしたら、きっと三浦光世のことも何らかのことを示されるに違いないと期待していたわたしは、ヨナの話で、自分なりに解決が与えられたような気がした。

どんなにわたしが彼を愛していたところで、神がわたしに彼を与えてくださらないのなら、それもまた仕方のないことだと思った。この頃からわたしは「必要なものは必ず神が与え給う。与えられないのは、不必要だという証拠である」と信ずるようになって行った。わたしは以前ほどあくせくしなくなった。

五一

わたしの病状は、相変らず微熱がつづき、盗汗《ねあせ》がとれなかった。扁桃腺《へんとうせん》が週に一度は腫《は》れた。しかし、少しずつ体力がついて来ているようにわたしは感じていた。

その日は、晴れた七月の初めで、わたしの靴や、着物が廊下に虫干しされていた。小さな姪《めい》が廊下をかけて来て、ふしぎそうに言った。

「ネンネのおばちゃん」

幼ない姪たちは、わたしをそう呼んでいた。

「この靴、誰の靴？」

「おばちゃんのよ」

「うそ、おばちゃんには足なんかないでしょ」

そう言うのも無理はなかった。姪が生れる以前からわたしは病気であり、彼女たちはわたしの立った姿を見たことがないのだ。

「おばちゃんにも、足はあるのよ」

「えっ？　ホント？　足があるなら見せて。早く見せて」

「おばちゃんのかけぶとんをとって見てごらん」

姪は、まだ半信半疑でかけぶとんのすそをめくった。

「あら、ホントだ！　足があった」

姪は驚いて叫んだ。

「おばちゃん、足があるのに、どうして歩かないの」

「おばちゃんは病気だから」

「ふーん」

姪はいつものように、わたしの部屋で童話を作ったり、歌をうたったりして帰って行った。わたしはこの時、自分が全く不具廃疾の人間のように思われて淋《さび》しかった。そしてこっけいでもあった。こんな自分が、人を愛するなどと言っては、こっけいとしか言いようがないと思った。満足に自分の足で立つこともできないくせに、何と心だけは激しく人を恋うものだろう。

わたしは、その頃万一のために遺言を書き、自分の歌を整理しておいた。遺言の中心は、自分の死体を解剖して欲しいということであった。この世に生れて、何の役にも立たない病人だった。解剖用死体の不足なことは、医学生の前川正からしばしば聞いていた。わたしのように、あちこち結核に蝕《むしば》まれている体は、何かの研究に役立つだろう。せめて死んでからでも役に立ちたいというのが、わたしの願いだった。

短歌は決してうまくはなかった。しかしわたしなりに精一ぱいに生きた姿を、やはり書き残しておきたかった。自分の一つの姿を誰かに見て欲しいというのは、誰もが抱く平凡な願いではないだろうか。わたしはその歌のノートを手に取っていたが、ふと思い立って表紙にこう書いた。

「わたしが死んだら、このノートを三浦光世さんにあげてください」

彼は同信で、歌もいまは同じアララギに属している。彼なら、わたしの歌をまちがいなく読みとってくれるだろうと思った。それに何より、わたしがいまこの世で最も愛しているのは三浦光世だった。

その時はたしかに、わたしの死後にそのノートを見てもらうつもりだった。それがなぜか、ある日わたしはそのノートを三浦光世に手渡してしまった。彼はかすかに眉《まゆ》根《ね》を寄せてノートの表紙を見つめていたが、「わたしが死んだら」という文字を、ナイフできれいに削りとってしまった。

「必ずなおりますよ」

彼は叱《しか》るような口調でそう言い、そして静かに微笑した。彼は持ち帰って、すぐにわたしのノートを読んでくれた。そしてわたしの前川正を悼《いた》む歌に非常に感動してくれた。

妻の如く想《おも》ふと吾《われ》を抱きくれし君よ君よ還《かえ》り来よ天の国より

中でも彼はこの歌を、愛の絶唱だとさえ言ってくれた。彼はこの歌をみるまで、女性の真実を信ずることができなかったとも言った。そしてまた、この歌が自分の女性観を変えてくれたとも言ってくれた。

ノートの中には、わたしの姿が赤裸々に現れていた。わたしと前川正との愛が、数多く歌われてあった。その愛し合った姿に三浦光世は感動したのだった。そして、一人の男性を真実に愛したわたしの愛の故《ゆえ》に、彼もまたわたしへの心を深めてくれたのである。

その日は、彼と初めて会った日のように、美しく晴れ渡っていた。わたしは、開け放たれた庭を、ベッドの上に起き上って眺めた。大輪のバラがほころび、わたしは何かいいことがあるような予感がした。忘れもしない七月十九日だった。三浦光世から部厚い封書が届いた。手紙には、あなたの死んだ夢を見て、涙のうちに一時間あまり神に祈った。役所に出勤しても、しばらく瞼《まぶた》が腫れていたとあり、わたしの名の上に

「最愛なる」という字が冠してあった。

わたしはくり返しその手紙を読んだ。遂《つい》に来たのだ。待っていたものが。わたしは「最愛」という文字の上に手をおいたまま、ふるえる心を押し静めようとした。うれしかった。何ともいえないうれしさだった。だが一方で、これでいいのかという思いもあった。第一にわたしは、いつなおるかわからない病人である。そのわたしを愛する彼に、どんなしあわせが来るというのだろう。既に三十歳を越えた彼が、今後何年もわたしを待つということは可能であろうか。わたしの喜びは次第に重苦しい感情に変って行った。

たとえなおったところで、わたしは彼の子を生めるだろうか。わたしは彼の歌を思い出した。

独りにて果てむ願ひのたまゆらに父となりたき思ひかすめつ

彼は以前から、独身で一生を通すつもりらしかった。それは腎臓《じんぞう》結核で片腎を摘出していたということもあったろう。信仰一筋に生きたいという願いもあったであろう。また、できれば、この汚《けが》れ多い世の中には深入りしたくないという思いもあったろう。

女性というものに、彼なりに不信を抱いていたということもあったろう。だが彼の心の底では、やはり父になりたいという願いは、生々《なまなま》と生きているのではないか。

そんなことを思うと、わたしはやはり病身の自分が省られてならなかった。

(本当に愛するということは、どういうことなのだろう)

わたしはペンを取って手紙を書いた。

「三浦さん、全く思いがけないお便りをいただいて、何と申しあげてよいのかわからぬほどです。最愛なるというお言葉を読み終った時は、うれしいとかもったいないとかいう単純な感動ではありませんでした。貧血を起しかけたほどでした。立っていたとしたら、きっと倒れてしまったことでしょう。(中略)

私は女性としてあなたに愛してもらいたいとは願いませんでした。それはあなたの不幸を意味するからです。三浦さん、私は病人です。あなたをおしあわせにするものは何一つ持ちません。私はあなたが、健康な若い女性と相愛して御結婚なさることを望んでいます。三浦さん、私は心ひそかにあなたを愛していくだけで、しあわせでした。あなたが生きていらっしゃるというのがうれしいのでした。

お便りを涙に溢《あふ》れつつ拝見、そして涙のままに祈りました。神さまがもし私の愛を許してくださるのなら、健康にしてくださることでしょう。しかしいまの私には、半人前の生活に帰ることさえ、見当のつかないことなのです。三浦さん、あなたを心から愛する故に、あなたに病人の女など、とても押しつける気にはなれないのです。私が病人であるということが、将来どれほどあなたの重荷になることか、わかりません。

（中略）

過去において、愛する女性にお会いにならなかったのは、あなたがすべての女性にお心を閉ざしていらっしゃったからではないのでしょうか。いまの自然なお心持で、教会内の女性や職場の女性とおつきあいなさってごらんなさいませ。きっとあなたの愛を受けるにふさわしい、気立《きだて》のよい美しい健《すこ》やかな人にお会いになることでしょう。

（中略）

神さま、どうぞ二人が、主にあってますます堅く立ち、神を愛し得ますように。御《み》心《こころ》ならば、一生主にある清き愛を持って交り得ますように。二人の進むべき道を、どうぞ明かに主が示し給《たま》い、いまのこの私の乱れをお許しくださいますように。神さまが最高最善の道を備え給うことを信じ得ますように。主の御名《みな》によって、アーメン

ヨハネ第一の書　四の十二『神を見たものはまだ一人もいない。もしわたしたちが互いに愛しあうなら、神はわたしたちのうちにいまし、神がわたしたちのうちに全うされるのである』の聖句をお贈りいたします。

三浦光世様」

十一枚に及ぶ手紙であった。

しかしわたしは、やはり弱い女であった。三浦光世の愛を、全く拒否するほどに理性的ではあり得なかった。いつのまにかわたしは、彼を決して誰にも手渡したくはなくなっていた。

五二

ある日わたしの教え子が見舞に来た。彼女は三浦光世と同じ営林局に勤めていた。彼女はわたしのアルバムを見ていたが、ふとアルバムに視線を注いだまま言った。

「先生、三浦さんをごぞんじですか」

「ええ、同じクリスチャンだから」

わたしは、三浦さんは職場でどんなふうかと彼女に尋ねてみた。

「とても静かな人です、おひる休みの時間なんか、一人本を読んでいたりして、何となくステキなんです。わたしたちのお友達で、あんな人と結婚したいって、あこがれている人がいます」

彼女はわたしが、三浦の恋人だとは気づかなかったようである。教え子の彼女にとって、自分の友人のあこがれている人が、まさか昔の教師の恋人だなどとは、思いもよらなかったにちがいない。

「みんなあこがれているんです」

三浦光世のことをそうも言って彼女は帰った。その言葉を思い出しながら、彼のふさわしい相手は、わたしの教え子の年齢なのだと、あらためて思い知らされた。二つ年上のわたしを愛する彼が、気の毒でならなかった。しかもその上病身である。

その後訪ねて来た彼に、わたしはこう言った。

「三浦さんは一時的な同情で、わたしを愛していらっしゃるのではないのですか。もしかしたらヒロイックな気持じゃないのですか」

彼はハッキリと首を横にふった。

「ぼくの気持は、単なるヒロイズムや、一時的な同情ではないつもりです。美しい人なら職場にも教会にも近所にもいます。でもぼくは、それよりもあなたの涙に洗われた美しい心を愛しているのです」

静かな声だった。

「でも、わたしはこのとおりの病人なのですよ。愛してくださっても、結婚はできませんわ」

　彼はすぐに言った。

「なおったら結婚しましょう。あなたがなおらなければ、ぼくも独身で通します」

　何というありがたい言葉であろう。わたしは激しく感動した。しかしただひとこと、やはり正直に言って置かなければならないことがあった。

「三浦さん、わたし、正さんのことを忘れられそうもありませんわ」

　わたしは相変らず前川正のお骨《こつ》を入れた桐《きり》の小箱を枕《まくら》もとに置き、その横に写真を飾っておいた。わたしは依然として彼のことは忘れられなかった。彼はわたしに背を向けて去って行った人ではなかった。死という船の甲板に立ったまま、わたしの方を見つめて手をふりながら、次第に遠ざかって行った人である。わたしもまた埠頭《ふとう》に立って、もう見えなくなった彼に向って手をふりつづけている女である。いくら手をふっても、もはや帰る人ではない。それを知ってはいても、わたしは相変らず手をふりつづけずにはいられなかった。そのわたしのそばに、いつの間にか寄り添って立っていたのが、三浦光世だった。その顔も、信仰も思想も、前川正とあまりにもよく似た三浦光世だった。似ているということが、またしてもわたしをためらわせる。わたしは三浦光世を通して前川正を愛しつづけているのではないか。決してそうではないと思いながら、やはり割り切れぬ思いもあった。

三浦光世はそのわたしに言った。

「あなたが正さんのことを忘れないということが大事なのです。あの人のことを忘れてはいけません。あなたはあの人に導かれてクリスチャンになったのです。わたしたちは前川さんによって結ばれたのです。綾子さん、前川さんに喜んでもらえるような二人になりましょうね」

三浦光世の目は涙で光った。わたしは彼の手を取った。

「神さま、御心のままになさってください。どうぞわたしたちの愛を清め、高めてください」

二人はしっかりと握手したまま祈ったのだった。

五三

三浦光世は、それ以後も土曜日毎《ごと》にわたしを見舞ってくれるだけで、特に見舞の回数を多くするということはなかった。見舞う時間も、たいてい一時間くらいで、決して長くはならなかった。わたしを見舞ってくれる友人たちの中には、三時間や四時間話しこんで行く人は珍らしくなかった。

「三浦さん、あなたが一番早くお帰りになるのよ」

わたしは三浦に、そんな恨みごとを言うこともあった。

「療養の邪魔になってはいけませんからね」

彼はそう言い、決して情《じょう》にほだされるということはなかった。彼は訪ねてくると、わたしの容態を聞き、聖書を読み、讃美歌《さんびか》をうたい、信仰の話や、短歌などについて語る。そして時間がくると、共に祈り合って帰って行くという、相も変らぬ淡々とした態度であった。

彼自身、長く病んだことがあるせいか、面会客による疲労を、常に配慮していたのだろう。握手をしている時でも、わたしの手が握手のために力をいれることすら彼は恐れた。体力のすべてを、闘病に向けて欲しいと常に願っていたようである。

「信仰とは、望んでいる事がらを確信し、まだ見ていない事実を確認することである」

という聖書の言葉を、ある日彼は色紙《しきし》に書いて持って来てくれた。そして自分で額に入れ、わたしを励ましてくれた。しかも会う度に、

「必ずなおりますよ」

そう元気づけてくれるのだった。そのせいか、長いこと外へ出ることのできなかったわたしも、次第に体力が増し、彼を玄関まで送って行けるほどに回復して行った。無論トイレにも自分で立って行けるようになった。このトイレに初めて行った時の喜びを、なんと表現したらよいだろう。少しくらい歩くことのできたわたしも、ギプスに長い間臥《ね》ていたためか、初めのうちは屈《かが》まることがなかなかできなかった。それを、ふらつきながら幾度も練習し、遂に屈めるようになった時のうれしさ、何年ぶりにトイレのドアを開けることだろうと、わたしは涙ぐみながらトイレに入った。そして部屋に戻った時、わたしはもう誰にも便器を取ってもらわなくてもよいのだと思うと、うれしくてならなかった。

健康であった時、なんと無意識に生きていたことだろうと、その時わたしはつくづくと思ったものだった。トイレに行くことだって、決して当り前のことではないような気がした。歩くことも、立つことも、決して只事《ただごと》ではなかったのだと、わたしは思った。全国には、どれほど多くの体の不自由な人たちがいることだろう。きょうも明日も、ただ自分の足で立ちたいと願い、自分の願う所に行ってみたいと、ただそれだけを願いつづけて臥ている人たちが、今もなおどんなに多いことだろう。

わたしは徐々に、すわって食事することもできるようになった。今までは仰臥《ぎようが》の胸にお膳《ぜん》を置き、そのお膳を手鏡に写して食べなければならなかった。それが、自分の目の下に、直接お膳を見ることができるのだ。なんとすばらしいことであったろう。本当にそれは、胸のふるえる喜びであった。わたしは今でも時折、

（あ、わたしはいま、自分の目で食膳を見ながら食べているのだわ）

と、ふいに思うことがある。しかし、馴《な》れるということは恐ろしい。歩くこと、すわること、トイレに行くこと、その一つ一つに感激した当初のことを、わたしはいつの間にか忘れ去っているような気がする。

ここで思い出したが、わたしが臥たっきりでいた頃、友人が訪ねて来て、

「今夜の月は、きれいだよ。見せてあげようか」

と言ってくれた。そして手鏡を二つ使って、その月を捉《とら》えてわたしに見せてくれようとするのだが、どうしてもわたしの手鏡に月を写すことができなかった。

「いいわよ。どうもありがとう」

一生懸命、月を見せようとしてくれる友人に、わたしはそう言い、ふっと淋《さび》しくなったものだった。

だが、あの初めてギプスベッドから立ち、縁側から眺めた月と星の美しかったこと、

この世にこんな美しいものがあったのかと、わたしは叫び出したい思いだった。そして人々は、この月や星の美しさに気づいていないのではないかと、何かたまらないような気がしたものだった。

長い療養生活によって、与えられたこの一つ一つの喜びは、ともすれば日常生活の中で忘れ去られてはいる。しかし、時折思いがけない時に（あ、わたしは自分の足で歩いている）とか、（ああ、わたしは、わたしの目で星を眺めている）と思うことができるのは、やはりありがたいことだと思う。そして、それは決して忘れてはならないことだと思う。今もまだ、世界中にどれほど多くの人が、絶対安静の生活を強いられているのかわからないのだから。

五四

わたしと三浦光世の、何の波風もない交際は、こうした中で静かにつづけられて行った。そんなある日、それはたしか、雪が降り始めた頃ではなかったかと思う。彼が十日ほど地方に出張した。

彼は出張から帰ると、栞《しおり》や、果物などのみやげを持って来てくれたが、同時にポケットから一通の手紙を出した。何気なくその手紙を受けとって、わたしはハッとした。それは美しい女文字の手紙だった。彼は言った。

「二人の間にはね、どんな小さなことでも、かくしごとはしないほうがいいと思ったから、持って来たのですよ」

やはり差出人は女性だった。わたしは促されて手紙を読んだ。それは、長い間彼を慕っている女性の、美しい真情が巧みな文章で告白されていた。わたしは心が乱れた。この若く健康な女性こそ、彼の伴侶《はんりょ》にふさわしい人ではないだろうか。手紙の文面を見ても、女らしさと聡明《そうめい》さが豊かに溢《あふ》れていた。しかも、彼女は三浦光世という人格を、誤りなく捉えて尊敬している。

「お返事を出したのですか」

わたしは淋しい気持で尋ねた。

「いいえ、昨夜出張から帰ったら手紙が来ていたものですから」

とすると、一週間以上もこの女性は、彼の返事を待っていることになる。可にせよ、不可にせよ、返事を欲しいことだろうと、わたしは思った。三浦光世はまた言った。

「わたしはいつも、風の吹く前に戸を閉める主義でしてね。この人とも、二人っきりでお話をしたことはなかったのですよ」

そして彼は、わたしのことをこの女性に知らせると言い、帰って行った。

わたしは、彼が本当にハッキリわたしの存在を知らせることができるだろうかと思った。女性にせよ、男性にせよ、人に愛されるということは楽しいことである。しかもその女性は、どう見てもわたしより優《すぐ》れた人に思われてならなかった。それだけに彼の態度が危ぶまれた。だが、そんなことを少しでも考える自分が、自分でもいやだった。三浦という人は、そんないい加減な人間でない。わたしは誰よりもよくそれを承知しているはずである。その三浦を、少しでも疑ったことをわたしは恥じた。

数日後、彼は再びこの女性の手紙を持って来た。それは実に美しい真心のこもった手紙だった。

「病気の人をお待ちになっておられる由《よし》、本当に失礼申しあげました。一日も早く回復なさって、お二人がご幸福になりますように、心からお祈り申しあげます」

わたしは感動した。わたしは、わたしのことをいささかもかくさずこの人に告げた三浦光世の態度も、その三浦に、このような手紙を書くことのできた女性の心にも、深く心打たれたのである。

深く心打たれると共に、わたしはその女性にすまないと思った。そして、人間はなんと知らず知らずのうちに、人を傷つけ、悲しませるものであろうかと思わずにはいられなかった。もしわたしという人間がいなければ、或《ある》いは三浦はこの女性と結婚したかもしれないのだ。とすると、わたしはこの女性を押しのけて生きているということには、ならないだろうか。この世に、一人の人間が存在するということは、このように有形無形の押しのけ方をして生きているということなのだ。余り大きな顔をしてはいけないものだと、しみじみとわたしは思わせられた。

それはともかく、当時三十を過ぎた三浦には、無論縁談は幾つもあった。恩義ある職場の上司からも結婚の勧めはあった。だがその度に、三浦はハッキリと、

「決まった人がいます」

と言って、断ってくれた。いつ全快するかわからぬわたしのことを、いつも堂々とそう言い切ってくれた彼を思うと、わたしは、ありがたいとか、うれしいとか、そんな言葉を超えた深い感動を、今も覚えるのである。

五五

わたしの病室は、相変らず、男や女の友達で賑《にぎ》わっていた。その人たちと、わたしは主に聖書の話をした。そして時には集会を持った。中には、聖書を手にして、僅《わず》か

二カ月でキリストを信じた医学生もいた。彼は現在もなお、熱心な信者である。

三浦光世の愛と励ましに、そして数多くの友情に応《こた》えるかのように、わたしの体は更に元気になって行った。外出することも可能になった。

だが、どうしたことか、昭和三十二年の秋頃から、わたしは幻覚を見るようになった。わたしのその幻覚は、眠りの覚めぎわに、目は既にパッチリと開いているのに、中国の飾り物のような、赤や緑の物体が空中に見えるのである。それがある時には、牛の頭であったり、またある時は仏壇であったりもした。そう長い時間の幻覚ではなかったが、気持のよいものではなかった。

医師の友人は、しきりにわたしに、北大の精神科の受診を勧めてくれた。わたしはしかしためらった。これで八度目の入院となるわけだが、そうそう家人に迷惑もかけられなかった。一方、入院したい気持もあった。元気になったとは言え、当時わたしの熱は、七度四分を割ることがなかった。三浦と結婚するにしても、ここで一応精密検査を受けることは必要である。寒い冬に入院するのはいやなので、来年暖かくなってからということに決まった。そのくらいの期間があれば、わたしはのれん製作の内職で、少しぐらいの貯金もできると思った。三浦も、友人の医師も、医療費を出してくれると言ったが、なるべくなら迷惑はかけたくなかった。

こうして翌昭和三十三年の七月、北大病院に入院した。結核で長い間臥《ね》ている人間といえば、人々は青白い女を想像するかもしれない。しかしわたしは、臥ている当時から、どちらかというと茶褐色の顔をしていた。医師の中には、よく、こんなに顔色がいいのだから、臥ていることはないなどと、無茶なことを言う人もいた。何年も陽にあたらないのに、陽焼けしたような顔は、異常だと友人たちは言った。友人の医師も、副腎《ふくじん》に異状があるのではないかと言い、それも調べることになった。

入院はたしか七月だったと思う。八回の入院生活のうち、この入院が一番楽しかった。なぜなら、わたしはもはや絶対安静ではなく、二百メートルくらいなら、歩くこともできた。付添婦に何を頼むことも要《い》らなかった。洗面所にも行けたし、トイレにも行けた。これは実に楽しいことであった。

だが、毎朝洗面所に行っていて、わたしはふしぎに思った。誰も、他の部屋の人とは話をかわさないのである。いや、話どころか、朝の挨拶《あいさつ》もしない。みんな、朝から憂鬱《ゆううつ》そうに、歯を磨いたり、顔を洗ったりしている。自分で洗面できるというのに、こんな顔で始まる一日では、さぞつまらないだろうとわたしは思った。わたしは、洗面所に行くと、必ず大きな声で挨拶をした。

「お早うございます」

誰も挨拶を返す人はいない。しかしわたしは翌日もつづけた。依然として同じである。だがわたしはひるまずに、毎朝挨拶した。一週間もたった頃、やっと挨拶を返す人が出て来た。しめたと思った。わたしはすかさず、その人に、

「お加減はいかがですか」

と尋ねた。そしてこんな日がつづいて、気がついた時には、朝の洗面所の空気は一変していた。一等室の患者も、大部屋の患者も仲よくなり、気分のいい患者は、夕食後お互いの部屋を訪問するようになった。

ここにもまた、いろいろな病人はいたが、わたしほどに長い年月病んでいる病人は一人もいなかった。たしか一番長くて六年であった。満十二年のわたしの二分の一である。わたしが長い病気であったというだけで、人々は次第に、自分自身の病気をさほど重く感じなくなったのであろう。わたしは、自分が長い間臥ていたことが、人の慰めになったことを喜んだ。

わたしの病室は六人部屋だった。脈なし病の婦人がある日言った。

「あんたが入院して来てから、毎日楽しくて仕方がない。わたしは一年入院しているけれど、こんなに楽しかったことはない」

と言ってくれた。わたしは、ない頭をしぼって、毎日病室の人を楽しませることを

考えた。遊びに来た男の患者の背に、女優の写真をそっと貼《は》り、その横に、「これはぼくの彼女です」などと書いておいた。いたずらされた患者こそいい迷惑である。何も知らずに自分の部屋に帰って、爆笑を買った。しかしそんなことで、かえってわたしたちと親しくなり、向うもまた仕返しの遊びを考えた。こんなふうにして、わたしは少しでも病いから目を外《そ》らさせたいと考えた。病んでいることを忘れていれば、少なくともその間は病人ではない。

そのうちに、夜になると、「神様のお話をして」と言う療友も出て来た。話をしていると、わたしのベッドの回りには必ず何人かが集まり、熱心に話を聞いてくれた。わたしは、その真剣な顔に、何か胸の痛む思いがした。どんな人も、みんな何かを求めているのだと、つくづく思わずにはいられなかった。

こんなある夜、わたしは、眠られなくて詰所に薬をもらいに行った。もう人々が寝静まった頃である。するとそこで、同じように眠られない若い男の患者が来ていた。眠られない者同士で、そこの長椅子《ながいす》にすわって話を始めた。体格のガッチリしたその若い男は、盛んに、いかに自分がヤクザな者であるかを力み返って話した。

「おれのことなんか、誰だって手余しだと思ってんだぞ。みんな恐ろしがってるんだぞ」

「そう、でもかわいい顔をしてるじゃないの」

「おれはな、東京の渋谷で、けんかをしたことがあるんだ。凄《すご》い乱闘だった。白洋舎の横でよ」

「あら、わたし白洋舎って知ってるわよ。あそこを創立した人は、とても偉い人なのよ」

何を聞いても、わたしは少しもこわがらない。

やがて彼が詰所を去った。看護婦が言った。

「あんた、よくこわがらないわね。あの人凄いのよ。気にいらないと、運んで行ったお膳を引っくり返すんだから」

手のつけられない乱暴者だという。しかも一度は強制退院もさせられたとか。だがあの若者も、結局は人に愛されたい、淋しい人なのではないかと思った。そして、一時間ほど彼と話をしている間に、彼が言った言葉を思った。

「おれ、あんたの考えてること、大体見当がつくな。あんたは神様を信じてるだろう。おれも小さい時、カトリックの日曜学校に行ってたから、大体見当つくさ」

その言葉には、どこか優しいひびきがあった。

それから何日かたって、洗面所で大声でどなる声が聞こえた。看護婦に頭を洗ってもらいながら、何が気にいらないのか、一人の男が喚《わめ》いている。わたしは廊下を通りかかりながら、大声で叱《しか》った。

「誰よ。人に頭を洗ってもらって、威張ってるのは？」

「何をっ！」

椅子にすわっていた男が、くるりとこちらを向いた。あの夜の、ヤクザと自称する男だった。わたしと知ると、照れたように笑って、また向うを向いた。そして彼は、そのままおとなしく頭を洗ってもらっていた。

わたしの友人である医師が、以前彼の受持であったことを、後で知った。

「あいつ、弟のようにかわいいな」

友人はそう言っていた。わたしは、ヤクザという人間を叱ったのは、この時が初めてである。

わたしは幸い、脳波には異状はなかった。ただ腹膜が癒着《ゆちやく》しているため、婦人科が少し悪いということで、医師は超短波をかけてくれた。この療法が意外に効を奏し、わたしの熱は下り、顔色も白くなった。そして後は、旭川に帰って超短波をつづければよいということになった。この間三浦は、絶えず励ましの手紙と入院費用の一端を送ってくれた。おかげでわたしは、予定よりもゆっくりと入院して、元気になることができたのである。

以前、札幌に入院した時は、一人の知人もなかったわたしだったが、この度の入院では、百人以上の人が見舞に来てくれた。それは、以前入院していた頃に得た信仰の先輩たちがほとんどであった。

だが、わたしの心の底に、なお一抹《いちまつ》の淋《さび》しさがあったのは無論のことである。曾《か》つて前川正が学んだ北大、そして、彼と共に受診したことのある北大病院、そこに入院しているわたしに、淋しさがなかったはずはない。そしてまた、最もわたしを見舞ってくれた、かの西村先生は、この多くの友人たちの中には、もういないのである。しかし、わたしは、先生が病人を慰めたように、前川正が人々を愛したように、わたしもそうありたいと願わずにはいられなかったのである。

約二カ月の入院生活を終えて、わたしはわたしを待っている三浦や、父母のもとに帰って行った。

五六

北大病院を退院して旭川に帰ったわたしは、精密検査の結果を、家人や三浦光世にあらためて報告した。血痰《けったん》や喀血《かっけつ》で、しばしば死の恐怖をわたしに与えた空洞が、いまや完全になおっていること、カリエスも、七年にわたってギプスベッドに忍耐したおかげで、見事になおっていることを、お互いに奇跡と喜び合った。

ただ、結核性腹膜炎から婦人科の方が少し冒されているため、引きつづいて超短波の療法を、旭川の病院で受けることになった。毎日の通院が、わたしの体を次第に鍛えていった。十貫足らずだった体重が、いつしか十四貫にまでなっていった。

明けて昭和三十四年の正月である。三浦が一番先に年賀に来てくれた。わたしたちは新年初めての礼拝を、二人で持った。聖書を共に読み、讃美歌《さんびか》をうたい、共に祈った。わたしは彼に尋ねた。

「来年のお正月も来てくださるでしょうね」

あべかわ餅《もち》を食べていた彼は、箸《はし》をとめ黙って首を横にふった。

「まあ！　来てくださらないの？」

わたしは驚いて彼を見た。彼はおだやかに笑って言った。

「来年の正月は、二人でこの家に年賀に来ましょう」

「え？　二人で？」

彼の言葉にわたしはハッとした。何とも言えない喜びが胸にこみあげた。

三浦光世が帰った後、わたしは母に彼の言葉を告げた。

夕食の時、母が父に言った。

「とうさん、今年はタンスを買わなくてはなりませんよ」

「タンスを？　どうしてだ」

「だって、綾ちゃんがね、お嫁に行くんですって」

「綾子がお嫁に？　相手は誰だ、人間か」

父は決してふざけて言ったのではなかった。長い間臥ていた娘である。いまもまだ一日の大半をベッドの中に暮らしているのである。年齢は数え三十八歳になっている。こんなわたしに、結婚の相手があろうとは、実の父でさえ、思いもかけぬことであったのであろう。世の一般の男が、こんな娘をもらってくれるなんて、父には想像ができなかったのである。わたしは、今更のように真実な愛に打たれた。

「三浦さんが、綾子をもらってくださるんですって」

母が言うと、父はポカンとして言った。

「だってお前、三浦さんには奥さんがあるんだろ」

わたしの所には、若い青年や、既婚の男性などが、幾人も出入りしていた。三浦光世は、その正月で、数え三十六歳になっていた。年輩からいっても、その落ちついた物腰から言っても、既婚と思われたのであろう。

話が真実だと知った時、父は目をしばたたいた。三人はそれぞれの思いの中で、箸をとることも忘れていた。

一月九日、彼の兄が正式に話を持って来てくださった。わたしは、わたしのようなものを、弟の嫁として許してくれた三浦の兄に心から感謝した。三浦は初婚で、公務員である。いままで幾度か縁談もあったのに、その都度それを退けて、わたしを待っていてくれたのである。

もし自分の弟が、なおるかなおらぬかわからぬ年上の病人を待っているとしたら、わたしはいったいどう言うだろう。

「そんな夢のようなこと、実現するわけないじゃないの。あなたも年を取らないうちに、ほかの人と結婚したらどう?」

きっとそんなことを言うにちがいない。現に、わたしの友人である医師も、二人の結婚に反対した。友人は、

「あなたの身が持たないから」

と危ぶむのである。また、ある牧師は言われた。

「結婚は現実ですよ。夢のようなことを言っていても、いけません」

赤の他人でさえ、わたしの体を思い、彼のためを思って忠告したのである。全く、見ていてハラハラするようなことであったにちがいない。しかし、彼の兄はこう言ったのだそうだ。

「好きな者同士なら、連れ添って三日で死なれても、お互い本望だろう」

と。

幼なくして父親を失なった三浦は、兄が親代りでもあった。この暖かい言葉は、わたしたちをどれほど励ましたことだろう。

婚約式は、一月二十五日と決まった。当時わたしたちの教会では、婚約式を教会員一同の前で行なった。二人の婚約を会員が祝福し、二人が結婚に至るまで、清く真実に生き得るよう、傍《そば》から見守ってくれる。婚約者同士も、清らかな交際の中に、夫となり、妻となる日のために、より信仰に励むのである。

婚約式の一月二十五日は日曜日だった。神の前に婚約を誓い、牧師が祈ってくれた。そして、エンゲージリングではなく、二人は厚い旧新約聖書を交換した。聖書の扉には、

「婚約記念

　一九五九年一月二十五日

綾子

光世様」

彼からは、同じようにわたし宛《あて》の名が書いてある。婚約式に聖書を交換するというのは、意味ぶかいことである。二人の一生が、神の言《ことば》によって導かれることを意味しているのである。

拍手されてゐるわたしたち婚約のしるしの聖書を取り交しつつ

彼の家からは兄夫婦、わたしの家からは父母と三番目の兄が列席してくれた。婚約式を終えたわたしたちは、仲人《なこうど》になってくださる旭川二条教会の竹内厚牧師夫妻のお家に報告に急いだ。

降る雪が雨に霰《あられ》に変る街を歩みぬ今日より君は婚約者

全くふしぎな天候の日であった。旭川には珍らしいひどい風で、雪が横なぐりに吹きつけた。と、見る間に、その雪は雨になり、また霰に変った。何か、二人の前途の多難さを思わせるような、悪天候だった。

しかし、わたしはふと空を見上げて驚いた。なんとふしぎなことであろう。下界は風と雪と、雨と霰という複雑な天気なのに、太陽が広い雲間に、さんと輝いているのだ。わたしは西村先生にうかがった言葉を思い出した。

「雲の上には、いつも太陽が輝いているのです」

そうだとわたしは思った。二人の一生には、いかなる悪天候があるか予測できない。しかしどんな悪天候の日であっても、その黒雲の上には必ず太陽が輝いているのだ。雲はやがて去るだろう。だが太陽は去ることはない。わたしたちは、わたしたちの太陽であるところの、神を決して見失ってはならないと、深く胆《きも》に銘じた。わたしは、神が二人を祝福し、二人に、天候を通して教えてくださっているような気がして、うれしかった。

五七

結婚式は五月二十四日の日曜日と決まった。ところが、半月前になって、突然わたしは三十九度の熱を出した。三浦は、

「何も新調しなくてもいいですよ。布団《ふとん》も、いままで臥ていたのでかまいませんから ね」

と、言ってくれていたのであったが、それでも、何かと結婚の仕度にわたしはつとめた。その疲れでもあったろうか、熱はなかなか下らなかった。医師はペニシリンを打ち、クロマイを与えてくれた。だが依然として熱は下らない。三日たち、四日たつと、わたしは不安になった。結婚式までに後十日しかない。もし熱が下らなかったら……そう思って、いくら安静にし、注射を打ちつづけても、依然として高熱である。親《しん》戚《せき》の者は、三面鏡やタンスを送り届けてくれる。それらの品々に囲まれて臥ていると、文通していた各地の療友からは、連日のように結婚祝や、記念品が届けられる。いっそう気が焦《あせ》った。既に結婚式の案内状は出し終っている。準備はすべて整っているのに、原因不明の熱が幾日もつづく、父も母も、おろおろして来た。

「必要なものは、必ず与えられる」

わたしは、タンスや三面鏡を眺めながら、そう思った。もし、三浦光世との結婚を神が許してくださらぬのなら、この品々も与えられなかったであろう。そう思いながらも、熱が十日もつづくと、わたしは、確信がなくなって来た。後、四日で熱が下ったとしても、とても式を挙げる体力はないだろう。やっぱりこの結婚は、神が許し給《たま》わないのかもしれない。わたしは次第に悲観的になった。

だがそうした中で、ただ一人、三浦だけは平然としていた。

「必ず予定どおり結婚式を挙げられますよ。わたしたちを結び合わせてくださった神を信じましょう」

彼の言葉は確信に満ちていた。役所の帰りに、毎日わたしを見舞いながら、彼は一度も不安そうな顔を見せなかった。

本当に熱は下るだろうか、式は挙げられるだろうか。わたしは信ずることができなかった。二日前になった。父は遂《つい》に、遠い地の親戚に、挙式延期の電報を打とうと言い出した。最後の最後まで、わたしは親に心配をかけたわけである。わたしも父の言葉に同意した。しかし三浦は、大丈夫だと言った。わたしは依然として不安だった。当日になって、わたしが起きられなかったら、結婚式はいったいどうなるのだろう。遠くから集まってくれる人たちはどうなるのだろう。考えるほど心配だった。

だが、三浦の確信に満ちた態度は、遂に変らなかった。そして、事は彼の確信どおりになった。式の前日になって、わたしの熱はうそのように下った。ペニシリンでも、クロマイでも下らなかった熱が、けろりと下ってしまったのである。それは奇跡的でさえあった。しかも、十何日も熱がつづいたというのに、体のしんまでほぐされたように、疲れはすっかり消えていた。父母は喜んだ。わたしは今更のように自分の不信仰を恥じた。

「確信を放棄してはならない。確信には大いなる報いがともなっている」

と聖書にあるのを、わたしは忘れていたのである。神は、わたしが結婚するために最も必要な「神への全き信頼」を期待されていたのかもしれない。しかしわたしは、その信頼を失って、ただ思いわずらってばかりいた。

「すべては、神様の御心《みこころ》のとおりになりますように。人間の目には悪いと見える出来事にも、感謝をもって従うことができますように」

これは、当時のわたしの最も大きな祈りであったはずである。神のなさることに対する従順な信仰、わたしはそれを持っているとうぬぼれていた。それが、この連日連夜の熱によって、もろくも崩れ去っていたのである。わたしはあらためて、神のなさったことに感謝した。そして、結婚を前に、ただ物質的な仕度にのみ心を奪われていたことを恥じた。最も大切な神への信頼を忘れて、あわただしく日々を過しているわたしに、神は二週間の原因不明の熱を与えてくださったのである。わたしは、三浦の信仰によりかかって結婚式を迎えるような気がして、心から恥じずにはいられなかった。

五八

遂に五月二十四日の朝は明けた。

前日は、旭川には珍らしい激しい風が吹いていた。旭川の五月の風は寒い。この寒さでは、ウエディングドレスはさぞ寒いことだろう。わたしは心配していた。ところが当日は、朝から汗ばむほどの、風ひとつないよい天気だった。まるで、病気上りのわたしを、暖かく包んでくれるようなすばらしい晴天の日であった。後にも先にもこんなすばらしい五月の日は一度もなかったと言っても、過言ではない。

ウエディングマーチの鳴りひびく教会堂を、わたしは彼と共に、静かに壇上に進んだ。

わが行く道　いついかに
なるべきかは　つゆ知らねど
主はみ心　なし給わん

わたしたち二人で選んだ讃美歌が、会衆一同によってうたわれた。新郎の彼は三十五歳、新婦のわたしは三十七歳、共に初婚である。それだけでも、世の常の若い人の結婚とは異なったものを、人々は感じたにちがいない。しかも、会衆のすべての人々は、わたしの長い療養生活を知っているのである。お互いの親、兄弟、親戚のほかに、会衆の中にはわたしのたくさんの友がいた。かつて自殺未遂をした理恵、わたしの結婚に反対した友人の医師、病床のわたしに匿名《とくめい》で送金してくれていた教え子の橋本成男、いつもわたしの病床に来ていた人々、のれん製作の仕事を手伝ってくれている人々、そして、わたしをキリストに導いてくれた亡《な》き前川正の母上前川夫人。

人々はさまざまな思いで、二人の晴の姿を祝福してくれていたにちがいない。

時々、強いライトが閃《ひらめ》いた。かつての療友で、今はクリスチャンとなった黒江勉兄が、長い病床から解き放たれたわたしへのお祝に、八ミリで撮影してくれていたのである。

「病める時も、健《すこや》かなる時も、汝《なんじ》妻を愛するか、また夫を愛するか」

司式の、中嶋正昭牧師の言葉に、わたしたちは深くうなずいた。わたしはうなずきながら思った。それは健康人がなすべき誓いではなかろうか。三浦光世は、かつて一度もわたしの健康な姿を見たことがなかった。彼が愛したのは、ベッドの傍に便器を置き、ギプスベッドの中に、来る日も来る日も仰臥《ぎょうが》するわたしではなかったか。彼は病める時のわたしを深く愛して、足かけ五年わたしを待っていてくれたのである。深い感動が、わたしの心を謙虚にさせた。わたしは本当に彼の良き妻になろうと、幼な子のような、きまじめな気持で、神の前に誓ったのである。

式後、礼拝堂の下の幼稚園のホールで祝会が開かれた。小さなホールでは、百二十余名の人々が溢《あふ》れるばかりだった。会費は百円である。ケーキを入れた箱と、紅茶だけのささやかな祝会だった。しかし集《つど》ってくれた人々は、本当に心のこもった祝辞を述べてくれた。

まず第一に、仲人の竹内厚牧師がご挨拶《あいさつ》してくださった。竹内先生は、なるべくこの会を早く終えて、弱い二人を解放して欲しいとおっしゃった。この先生は、それまでわたしの所属していた教会の牧師で、わたしたちの健康を今に至るまで、常に心配してくださるありがたい方である。

つづいてテーブル・スピーチが始まり、やがて前川夫人が、わたしの所属する教会側を代表してお立ちになった。

「綾子さん、おめでとうございます。こんなにお丈夫になられる日が来ようとは、夢にも思いませんでした。何と申しあげてよろしいやら、ただただ奇跡のようで……」

涙にふるえていた夫人の声は、そこで途切れた。わたしはハッとして顔を上げた。夫人は目にいっぱい涙をためて、唇をかみしめ、激しい感動にじっと耐えていられた。

わたしは手にしていた花束にそっと顔を埋めた。幾度もお辞儀をして去って行った前川正の最後の姿が目に浮かんだ。

わたしと前川正の仲を知る人々は、夫人の涙が、どんな涙かきっとわかったことだろう。わたしは心の中で前川正に話しかけた。

(正さん、ありがとう。わたしは三浦さんと結婚しました)

理恵の言った言葉が思い出された。

「綾さん、綾さんの結婚を、一番喜んでいるのは、正さんかもしれないわよ」

そしてわたしは、昨夜母から渡された西中一郎の祝の包みを思った。死んで別れた人も、生きて別れた人も、みんな心の美しい真実な人たちだった。そして、三浦光世もまた、彼らに劣らずやさしい人だった。何の取柄もないわたしを、神は多くの人々を通して、愛し導きくださっていると、あらためてまた思わないわけにはいかなかった。

夜は鉄道会館において、内輪の立振舞の宴がささやかに設けられた。朝から夜まで附き添ってくれたバラ美容室の美容師が言った。

「いままでに、何度も何度もお嫁さんの仕度をしましたが、今日ほど感激したことはありません。きっと、一生忘れられないと思いますよ」

その夜八時過ぎ、わたしたち二人は、三浦の兄と、三浦の義弟に送られて、新居に帰って来た。

新居と言っても物置を改造した、九畳ひと間に、四畳ほどの台所がついた小さな家である。

手を伸ばせば天井に届きたりきひと間なりき吾《われ》らが初めて住みし家なりき

後に三浦が歌に詠《よ》んだ家である。この家の天井裏は棟つづきの隣家の物置になっており、壁ひとつ隔てた向う隣りの部屋もまた物置だった。

吾《わ》が部屋の屋根裏は隣家の物置にて下駄《げた》響かせて歩く音する

壁の向うの隣家の納屋《なや》に夜更《よふ》けて薪《まき》を崩してゐる音聞ゆ

三浦は後にこうもうたっている。

物置であろうと、ひと間であろうと、天井がいかに低かろうと、わたしたちにとって問題ではなかった。

送って来た三浦の兄と義弟が帰った。そのあとわたしは三浦の前にきちんと両手をついて挨拶をした。

「ふつつかな者ですけれど、どうぞよろしくおねがい致します」

「こちらこそ、よろしく」

三浦もていねいに礼を返してくれた。そして二人は心からなる感謝の祈りを神に捧《ささ》げた。

今日うたった讃美歌《さんびか》のように、わたしたち人間の行末は、いつ、いかになるか計り知ることができない。しかし、どのような時にも、二人は信仰に立って、真実に生きて行きたいとねがったのである。あたたかい、風一つない春の夜であった。

解説

水谷昭夫

『道ありき』は、昭和四十二年十二月号から、翌昭和四十三年十二月号まで、雑誌「主婦の友」に連載され、のち昭和四十四年一月三十一日「主婦の友社」から『道ありき・青春編』として刊行された。同誌には昭和三十七年新年号に林田律子（はやしだ・りつこ）の筆名で、『道ありき』の原型とも言うべき『太陽は再び没せず』を発表している。掲載誌が募集した「愛の記録」第一回入選作で、それが同誌に自伝を書きつづける機縁となり、以下『この土の器をも・結婚編』『光あるうちに・信仰編』と続く三浦綾子氏自伝三部作の第一作となったものである。大へんなブームを生んだ『氷点』についで『ひつじが丘』を書きあげたあと、日本基督《キリスト》教団の月刊誌「信徒の友」の求めに応じて、この時期の代表作となった『塩狩峠』の連載をはじめていた。

当時私たちが三浦綾子氏について知らされていたことは、『氷点』の一千万円懸賞小説当選を報じた朝日新聞朝刊、昭和三十九年七月十日附の記事がただ一つの手がかりで、彼女がかかる大作をなしとげたにもかかわらず、平凡で「キサクな雑貨店の主婦」であり、それも長い間病床にあって身動きも出来ずにいたらしいということぐらいであった。

その一方で私たちの強い関心をあつめたのは、一千万円懸賞小説という華やいだムードとはうらはらに、『氷点』がとりあつかった「人間の原罪」などという深刻な主題であった。諸事即物的な私たちの時代である。まるで顧られることの少なくなった人間の心、その深みに響いていくような三浦文芸の主題を知らされて、私たちはきっと難解で重苦しいものになるだろうと思わずにはいられなかった。しかしこの予想は見事にうらぎられ、作品は不条理で暗い罪の現実をえがきながら、いつも明るく、表現は平明でやさしい。主題はそしてこのやさしい形の中にしっかりと保たれている。そのために、どんな人間の悲惨な出来事も、それがそのまま、まるで希望や愛であるかのように語られるのである。これは『道ありき』にも言えることだが、袋小路におちた現代小説が、しばしば見せる才気走った苛立《いらだ》ちや衒《てら》いとは、およそ無縁なたたずまいなのである。つまり絶望や恐怖について語る方が、はるかにたやすいような私たちの時代に、あえてこのように語る。私はそこに、希望や愛に対する強靭《きょうじん》な決意と、その決意につらぬかれた闊達《かったつ》な精神を見る思いがする。その精神が、「自分の心の歴史を書いてみたいと思う」といって『道ありき』を書き出したのである。そこに語られていく出来ごとは、けっして明るいものとは言いがたい。書きようによっては、それだけでも充分現代風な読物となりえたであろうし、読者もまた、そこに描かれた著者の生涯の、並々ならぬ苛酷《かこく》さに結構心をうたれるであろう。しかし三浦綾子氏は、そこにとどまっていない。どのような苛酷な生涯や出来事であろうとも、かならずそこに光をそえて描き出すのである。そしてそれは、並々ならぬつらい出来事にみたされながら、その苦悩の深さに応じて輝きをます。そのような「心」である。それが読者の心をとらえ、一冊にまとめられて刊行されるや、たちまちのうちにベスト・セラーズになり、先の『氷点』とはちがった意味のブームを生んで行くこととなった。

『道ありき』はその題名を、エピグラムにもあるように「新約聖書」のヨハネ第十四章「われは道なり、真理《まこと》なり、生命《いのち》なり」からとったものである。『太陽は再び没せず』が「旧約聖書」イザヤ第六十章二十節からとられているのを思いあわせると面白い出来ごとであろう。著者は「旧約聖書」をはじめて読んだときの驚きを「度胆《どぎも》を抜かれた」（一四）と回想している。病床の虚無的な「わたし」に、前川正が「旧約」のなかの「伝道の書」を読めと教えるところである。その感銘というより衝撃が如何《いか》に大きかったかを物語ってあまりあるが、以来「旧約」は、三浦綾子文芸をささえる大切な土壌となるものである。たとえば『氷点』が、毎夜夫君とともに「旧約」を読みつづけながら書きあげられていったことなどが思いおこされるであろう。それが『道ありき』ではいま言ったように「新約」になるが、これも実は、前川正が彼女に言ったことばに由来している。つまり、上半身裸にされた前川正が、モルモットのように、教授や学生たちの前に教材としてさらされるところである。それを忿《ふん》まんやる方ない思いでみつめる彼女に、

「綾ちゃん、人間はね、一人一人に与えられた道があるんですよ」

という。口調はおだやかであったとあるが、このおだやかな口調で語られたことばが、『道ありき』の主題をささえるのである。それはまた作品のすみずみにまで静かに響いていって、一人一人の生涯が、どれほどつらく耐えがたいものであっても、その中に「道」があるのだと、自らの苛酷な生涯を示しながら、私たちにかたりかけているのである。

苛酷な生涯と言ったが、十三年間の闘病生活。ときには「たった一枚の寝巻」(三一)をまとって、身うごきも出来ぬギプスベッドの上ですごす。望みといえば起きあがること、他人の手を借りずにトイレの用がたせること、食事を自分の目の下に眺め

わ」「文字通り号泣」（四二）すば、いうなれば、二十四歳から三十七歳まで、ながら食べるということであったという。二十四歳から三十七歳まで、いうなれば、人生の花の時期である。愛するものの死に目にもあえず、「文字通り号泣」（四二）するところは、読むものの肺腑《はいふ》をえぐらずにおかないだろう。前川正の死である。「わたしは切実に思った。ただ一目でいい」「死顔《しにがお》に別れを告げたい」と思いながら、ギプスベッドに絶対安静を強いられているため、仰臥《ぎようが》したまま泣きつづけるのである。「身もだえして泣くということすら許されなかった」という。愛するものの死をえがいて、かくまで悲哀にみちた光景は、わが国の近代散文史でも比類のないものであろうと思う。

さて作品はこのような十三年間、「二十四歳の時から現在に至るまで」（はじめに）を書くとあるが、実際には昭和二十一年三月前後、七年間も勤めた小学校をやめるころから、昭和三十四年五月二十四日、著者三十七歳、三浦光世氏とむすばれるまでの出来事がおさめられている。それは敗戦後、著者をとらえた癒《いや》しようもなく深い虚無感をえがくことからはじまっている。

「わたしはただ淋《さび》しかった」。何の充実感も誇りもなく、間違ったことを偉そうに教えてきたという「恥ずかしさと、口惜しさで一杯であった」と言う。敗戦後いちはやく、多くの人びとが「戦後民主主義」のバスにやすやすとのりかえていったのは、今日よく指摘されている通り。でなければののしり合いや責任のなすりつけ合い、または一見つじつまのあった自己批判等などが流行していた。戦後精神史のみじめな光景のなかで、著者がおちこんで行ったこの虚無感は、むしろ、敗戦というものを、自分の良心の深みにおいて受けとめた、数すくない教師の「魂」の所在をしめす光芒《こうぼう》であったと言えるだろう。

「この世のものすべてがむなしく思われた」とある。偉そうな顔をして教えて来たという痛恨が彼女をとらえてはなさない。そんな中で、常軌を逸した西中一郎とTとの同時婚約、そして不履行。自らえらんだこととは言いながら、職場を失い、結婚の機会を失う。「乞食なども羨《うらや》ましくなるこの夜よ」とうたう。それから自殺未遂事件をおこす。ここまで来て読者は、「私は何のために生きて来たのか」(四)という問いに出くわすのである。その問いの前にたたずんで、著者は茫然《ぼうぜん》と行きくれる。私たちはこの前後の、三浦綾子氏が経過して来た悩みの暗さを、すこしていねいに読んでおきたいと思う。オーストリアの精神医V・E・フランクルは、「実存の無意味性に悩む」深い英知に根ざした感情を、挫折《ざせつ》感に苦しむ人間の悩みのなかに見出《みいだ》してくれているが、『道ありき』の著者をとらえていたのは、まさしくそのような悩みであったと言えるだろう。この感情に悩む人間を、単なる欲求不満の衝動的存在だとする科学的独断《ドグマ》におちいることをV・E・フランクルは警告しているのだが、たとえば病状をうったえる著者を、レントゲン写真などの確固たる資料をつきつけて、「神経質だ」と断定する医者がえがかれている。しかもその著者はまた、かつて教え子の教科書に墨をぬらされた。それも一種精神的教条《ドグマ》によるものだといえよう。これは痛切なアイロニイとなって著者を苦しめ傷つけているが、『道ありき』はそれを見事に描き出している。病めるものに対する人間としての、基本的な感情を欠如しているこの医師の例は、あたかも私たちの時代そのままであるが、私たちもまたその医師のように、著者の苦悩の実体を見あやまってはならないであろう。すくなくとも『道ありき』は、癒しがたい虚無感のなかへ、どこまでも落ちて行く著者の「心」を、こともなげに語り出すことからはじめられているのである。発病すらはじめはこころよかったという彼女の姿は、まさにそのとおりである。その先にあの「人は何のために生きているのか」という問いが待ちもうけているのだが、その不条理な虚無感の実体をはっきりと見ぬいて、「あなたはそのままではまた死んでしまう！」（一一）と語りかけるのが前川正であったのである。精神的教条《ドグマ》でもない、科学的独断《ドグマ》でもない、ましてニヒリズムでもない。それらはすべて人を傷つけあやまらせ滅ぼしてしまう。前川正が彼女にそうかたったように、『道ありき』もまた私たちにそう語りかけているのである。

その前川正から退屈な葉書がとどく（八）。それが何ものによっても動かされなかった著者の虚無感にさざ波を立て、以来千通に及ぶ愛の手紙にひろがって行く。いま「愛」といったが、ではそのような虚無感をこえる「愛」とは何か。現代、あまりにも使い古されたこのことば、著者もかつては文学仲間や気の利《き》いた男友達と盛んに議論しあった「愛」ではあったが、前川正との出会いによって、まるでちがった意味と生命をもってそのことばがよみがえって来るのである。この成りゆきは、「愛」について考える上で、じつに大切なことを語ってくれている。それもきわめてわかりやすい。彼女はこうして、初めて「愛」の歌をよむ。「何時《いつ》しか深く愛して居《お》りぬ」（二一）という、読みとばせばどうということもない歌いぶりではあるが、それだけにまたもの静かで深くゆたかな感情であろう。

このような「愛」にして、はじめて彼女の苦しい歳月を耐えさせたのである。前川正がもたらしたのは、鋭さや激しさがあたかも一つの価値であるかのように思いこんでいる現代の、あの苛立たしい衝動のような感情ではなく、「すべてを信じ、すべてを望み、すべてを耐える」（コリント前書）と、聖書が説いた、寛容で情け深い「愛」の現実性であった。身動きも出来ぬ病牀《びょうしょう》に仰臥《ぎょうが》したまま、彼女はすこしも惨《みじ》めではない。

しかしこの前川正が死ぬ。

彼女のために再起しようとして、二度も苦しい手術をうけたためだとある。この前後、『道ありき』は一つのクライマックスをむかえる。前にもすこし触れたように、もはやどのようななぐさめも、この地上にはあり得ないように見える。著者は号泣する。しかし、号泣しながら、やがて、彼女は、そのなかから前川正のもたらした「愛」が、自分の「魂」を、その死んだ後ですら、しっかりとささえてくれている事に気附いていくのである。「生きるということは苦しく、また謎《なぞ》に満ちています」（四七）と前川正は遺書で告げる。どうか生きて行ってほしいと、くりかえす。著者は『塩狩峠』の主人公永野をえがくとき、この前川正の愛の面影をかさねていくが、「自分の利益をもとめない」（コリント前書）愛は、以来三浦綾子氏の文芸の主要なテーマとなって繰返しおいもとめられていくこととなるものである。ついでながら「謎にみちている」ということの世界に対する謙虚なうけとめ方は、これもコリント前書の「愛」の章のことばに由来しているものである。

この「聖書」ということで、私は苛烈なシベリア流刑《るけい》を、聖書一冊をくりかえし読んで耐えた、ドストエフスキーの『死の家の記録』を思いうかべずにはおれない。勿《もち》論《ろん》両者はずい分とちがったものではあろうが、『道ありき』の著者もまた、無限の悲しみとともに、前川正からおくられた聖書一冊をいだいて、彼女の「死の家」を耐える。そして普通の考えに立ってみれば、すべて希望など存在しようもないという地平のなかから、実にさまざまな人びとが彼女の前にたち現われて来るのである。このようにして豊かな人間観察の記録がはじまるのだが、『道ありき』について言えば、『氷点』をはじめとする三浦文芸の多彩な人物たちが、生き生きと登場して来ているのはたのしい光景であろう。たとえば陽子自殺のモデル。この少女はまた人を愛し、その哀《かな》しみのために目を泣きつぶした松崎由香子でもあるらしい。辰子《たつこ》の闊達なサロンが著者の病室であったというのも面白い話である。しかしとにかく、人間の出会いというものの不思議さとすばらしさを思わずにはいられない。そしてついには、この名もない三十をはるかにすぎた病人が、現在の夫君三浦光世氏と出会うのである。「ベッドに便器を置」き、ギプスベッドに仰臥したままの「私」に、いつまでも待つという新しい「愛」がうちあけられるのである。

あしかけ五年待って、三十五歳の新郎と三十七歳の新婦がむすばれるところで『道ありき』はおわっているが、人はそれぞれの「道」のなかで、どのようにつらく、希望などが一かけらもない、そのようなときにでも、くだかれた魂を一ついだいて、人は人に出会えるのだという事を、『道ありき』は静かにつげているのである。希望や愛について語る勇気を、おしえてくれているのである。それはそして人間の心というものの、深い英知に根ざした真のなぐさめと希望を読むものにあたえてくれるであろう。

（昭和五十五年二月、関西学院大学教授）

この作品は昭和四十四年一月主婦の友社より刊行された。

新潮文庫の新刊

柚木麻子著
らんたん
この灯は、妻や母ではなく、「私」として生きるための道しるべ。明治・大正・昭和の女子教育を築いた女性たちを描く大河小説！

くわがきあゆ著
美しすぎた薔薇
転職先の先輩に憧れ、全てを真似ていく男。だが、その執着は殺人への幕開けだった――究極の愛と狂気を描く衝撃のサスペンス！

辻堂ゆめ著
君といた日の続き
娘を亡くした僕のもとに、時を超えて少女がやってきた。ちぃ子、君の正体は――。伏線回収に涙があふれ出す、ひと夏の感動物語。

藤ノ木優著
あしたの名医3
―執刀医・北条衛―
青年医師、天才外科医、研修医。それぞれの手術に挑んだ医師たちが手に入れたものとは。王道医学エンターテインメント、第三弾。

乗代雄介著
皆のあらばしり
誰が嘘つきで何が本物か。怪しい男と高校生のぼくは、謎の書の存在を追う。知的な会話、予想外の結末。書物をめぐるコンゲーム。

東畑開人著
なんでも見つかる夜に、こころだけが見つからない
毒親の支配、仕事のキャリア、恋人の浮気。人生には迷子になってしまう時期がある。そんな時にあなたを助けてくれる七つの補助線。

道《みち》ありき(青春編《せいしゅんへん》)

新潮文庫　み－8－2

昭和五十五年三月二十五日 発行
平成十四年四月三十日 五十六刷改版
令和七年七月三十日 八十刷

著者 三《み》浦《うら》綾《あや》子《こ》
発行者 佐藤隆信
発行所 株式会社 新潮社
郵便番号 一六二―八七一一
東京都新宿区矢来町七一
電話 編集部(〇三)三二六六―五四四〇
読者係(〇三)三二六六―五一一一
https://www.shinchosha.co.jp

価格はカバーに表示してあります。
乱丁・落丁本は、ご面倒ですが小社読者係宛ご送付ください。送料小社負担にてお取替えいたします。

印刷・錦明印刷株式会社　製本・株式会社植木製本所

ISBN978-4-10-116202-7 C0193